柏桦

时代出版传媒股份有限公司
安徽教育出版社

图书在版编目(CIP)数据

白小集/柏桦著.—合肥:安徽教育出版社,2017.11
ISBN 978-7-5336-8623-9

Ⅰ.①白… Ⅱ.①柏… Ⅲ.①随笔-作品集-中国-当代
Ⅳ.①I267.1

中国版本图书馆 CIP 数据核字(2017)第 256508 号

白小集
BAIXIAOJI

出 版 人:郑　可
质量总监:姚　莉
策划编辑:何　客
责任编辑:何换生
装帧设计:吴亢宗
责任印制:陈善军

出版发行:时代出版传媒股份有限公司　安徽教育出版社
地　　址:合肥市经开区繁华大道西路 398 号　邮编:230601
网　　址:http://www.ahep.com.cn
营销电话:(0551)63683012,63683013
排　　版:安徽时代华印出版服务有限责任公司照排
印　　刷:安徽新华印刷股份有限公司

开　　本:880×1230　1/32
印　　张:10.75
字　　数:280 千字
版　　次:2018 年 12 月第 1 版　2018 年 12 月第 1 次印刷
定　　价:48.00 元

(如发现印装质量问题,影响阅读,请与本社营销部联系调换)

序

  此书从开写到完结,费时两年,仍循《一点墨》(北方文艺出版社二〇一三年版)手笔。姿态:乱翻书,游于艺,兴之所至,悠悠忽忽,一路雕虫玩味,不亦乐乎。

  书名"白小集"来自杜甫诗《白小》,见下:

白小群分命,天然二寸鱼。细微沾水族,风俗当园蔬。
入肆银花乱,倾箱雪片虚。生成犹拾卵,尽取义何如。

  录此,专说我写在这里的文字,不外乎点点滴滴、一寸二寸小鱼的意思也。

柏桦

目　录

卷一　　　　　　　　　　　　　　　　　〇〇一

二〇一三年七月—二〇一三年十月

卷二　　　　　　　　　　　　　　　　　〇三三

二〇一三年十月—二〇一三年十二月

卷三　　　　　　　　　　　　　　　　　〇六七

二〇一三年十二月—二〇一四年二月

卷四　　　　　　　　　　　　　　　　　一一三

二〇一四年二月—二〇一四年五月

卷五　　　　　　　　　　　　　　　　　一四三

二〇一四年五月—二〇一四年十月

卷六　　　　　　　　　　　　　　　　　二〇一

二〇一四年十月—二〇一四年十二月

卷七 　　　　　　　　　　　二四七

二〇一四年十二月—二〇一五年三月

卷八 　　　　　　　　　　　二七三

二〇一五年三月—二〇一五年八月

卷一

二〇一三年七月—二〇一三年十月

一开场我又要提到那条永生的鱼了：一九三五年的某一天，有一个人在北京中（南）海的湖水里捉了一条鱼，鱼身上还挂着一块明朝永乐年间的放生金牌。（参见《一点墨》之二九六条《永生的鱼》）

　　那秋千不是宋朝的某一天，也不是一本书的某一天。直接读我二〇一三年六月十三日写的诗《三国秋千》：

> 多少身体飞了起来呀，空旷一时的秋千……
> 一个日本女诗人幻想了自己的死亡
> 短痛已舞蹈完光阴的风姿花传，转世！
> 她从金泽银杏树的秋千上摔了下来
>
> ……
>
> 那不变的男子天命女子亡命的大钟摆……
> 多少身体，因千里马凭空，高飞于天
> 多少赤松，因风跑不停，而激情澎湃
>
> 清晨蝶恋花下早酒的记忆，还乡的跌宕……
> 清晨，我们该怎样去度过扬州的晚年
> 多少身体呀，太守！泪眼问花花不语
> 行乐直须年少，乱红正飞过秋千——

　　他一生写诗，致力于感受，完全不经营句法。而另一个人写诗，唯有细节，毫无结构。再看第三个人，他在诗里写思想（纳博科夫说过连最伟大的思想都是空洞的废话），虽不痛恨音乐，但求语感即顺口。

　　农业导致诗瘦。那工业呢，难道就导致诗肥？不变的是"燕燕于飞，下上其音"（《诗经·邶风·燕燕》）；不变的是《书》曰："人惟求旧。"

她吃粥要放猪油，饮茶要放辣椒，喝牛奶要放醋。这是真事情。

是山谷的风？是桥边的风？是水上的风？不。是教师楼旁树林里吹来的风，一九六八年夏夜（准确地说，五月二十五日，夜，八点三十分之后，广州，石牌，华南师范学院），灯光橙黄柔和，我们刚在皮肤上擦了避蚊花露水。

没有匠心（苦工），何来自然，但许多中国诗人就不明白这么简单的道理。他们心目中的自然就是，一个诗人要么不劳动（多么逍遥），要么凭灵感（多么幻美），随手一挥便是杰作。你若告诉他，一个诗人应该每天勤练技术（如一个补鞋匠每天锻炼手艺），他反会理直气壮地说你竟是一个如此不自然的人。

梦中人登建康赏心亭而并不在永嘉"戚戚感物叹，星星白发垂"（"星星白发"最早出自左思《白发赋》之开篇一句），他观听如下：游鱼失浪，鹤随云去；归鸟亡栖，猪儿悲鸣；食堂犹在，张祜永辞。

某人（名字总是保密的）优哉游哉，肥遁于某城（城名同样保密）金刚巷。住金刚巷并不说明他要抄《金刚经》，可恰好他喜好抄些东西，他专抄叠音词，譬如：夜耿耿，忧悄悄，风骚骚，霜皑皑；心寂寂，意遥遥……太多了，恕不继续往下开列。

有时是一种气味让我们立刻懂得了怎样去生活，相信你的鼻子吧，不会出错的；有时是一种声音让我们选择了一种生活，但声音有伪装，容易出错，因此尤其不能因为声音而喜欢上一个人。

记住："自学者"是一种人格概念。自学者也是非常有意思的一个身份，萨特最懂，他在《厌恶》中就写了一个最著名的自学者，这人想在图书馆里读完所有的书，即不分青红皂白从 A 读到 Z。中国人其实也很懂自学者，所以我一贯对自学者形象倍感亲切、鼓舞。读者如欲对自学者作进一步了解，请参见《成都笔记》第二七〇条

《中俄自学者和专家》。

看到这段话:"挺喜欢两句诗,一是'在家人似出家人',一是'兴味索然似野僧',前者忘记谁写的,后者是王禹偁句子。老了,可能我也会出家吧。"我亦有感而发:这也是东亚人(尤其是日本人)的一个古老传统,很有美感;前半生娶妻生子养家,后半生以小乘之心度己,走完自己的一生。

无事就造句,用"但是"随手造三个简单句(虽可造无穷多的句):
但是"江东子弟多才俊,卷土重来未可知"(杜牧句,众所周知)。
但是"弓刀陌上望行色,儿女灯前语夜深"(黄庭坚句,少数人知)。
"但是,我的好朋友,有隧道!橘子!"(明迪译美国诗人卡罗琳·佛雪《给危城的信》末句,亦是怪句)

好厨师都有个好名字,譬如扬州厨师——居长龙。
好的饮食书也有个好名字。中国好的饮食书何止千万。不可一一写来。这里说二种。
一是因为名字好得怪:《易牙遗意》(明朝初年人韩奕所著的烹饪书),此书本是记韩奕家菜单却非要打春秋齐国名厨易牙菜系的遗产这个招牌,应是为了取历史悠久、自有权威之意吧。而易牙杀子,做人肉汤羹烹献齐桓公的故事过于残酷,在此就不多说了。
第二本饮食书则是名字好得别致:《养小录》,清初嘉兴人顾仲清(人称"顾蝴蝶"、"顾庄子")所著;此书名,典出孟子名句:"饮食之人,则人贱之矣,为其养小以失大也。"但顾蝴蝶反其道而行之,以"养小"之菜单反了孟子一贯的"养大"。

时尚是向人的最后一段生命致敬的,因此本质上时尚属于老人的事。年轻人反而没有时间时尚,也无需时尚。

希腊人说:"美是难的。"对汉人来说(写悲苦易)欢乐是难的,欢愉之辞难工(韩愈的一个诗观)。但李白是欢愉的,那《将进酒》虽写万古愁,却如同万古乐。而壮烈又壮丽的辛弃疾,一一七四年,在金陵赏心亭上高歌一曲(他常在此高歌):"拍手笑沙鸥,一身都是愁。"真愁吗?这愁之大气反倒染了欢乐颂的颜色。

李白在安陆隐居时,写了一首《赠内》:"三百六十日,日日醉如泥。虽为李白妇,何异太常妻。"
"百年三万六千日,一日须倾三百杯。"(李白《襄阳歌》)

从古至民国,我们的衣裳一直是宽衣大袖,为何?因为"袖中有东海"(苏轼),袖中有日月,袖中有乾坤,袖中有万物……

预言来自于好奇。我从小就显出这一癖好。一个人越好奇就越爱预言。

作诗法之一:"师已忘言真有道,我除搜句百无功。"(苏轼《秀州报本禅院乡僧文长老方丈》诗)可见,"抄袭"是作诗之正途。

人天生爱诉苦,而诉苦天然有力,因为有恨。恨力从来都比爱力大。

Respectively,每当我看见这个词——今晨(二〇一三年七月二十一日)我又偶然在一本书中碰到了这个词——我就会想到一九八四年五月的一个下午,和张枣在重庆,四川外语学院,他几分钟写完一封英文短信的情景。

马桶在用于大小便之外,也是生命之所和死亡之所。前者如神圣罗马帝国皇帝查理五世(Charles V),他就是在其母如厕时(一五〇〇年二月二十四日)出生的;后者如猫王埃尔维斯(Elvis),他则死在马桶之上(一九七七年八月十六日)。

东方人喜爱蹲着如厕。西方人乐于坐着如厕。

婆罗门不得穿新衣如厕；小便后漱口四次，大便后八次，进食后十二次，房事后十六次。（霍兰：《厕神：厕所的文明史》，上海人民出版社，二〇〇六年，第一〇八页）

下午三点，她的寂寞开始于喉咙吞水的抽动；三点十五分，结束于无声落泪又像笑的样子。

晚年，他成了因地制宜的诗人。

古文有一种轿子的味道。

普林尼（Pline）在《博物志》卷二十七中说："……人的粪便是所能得到的最好的肥料。"但欧洲古人认为鸽粪优于人粪。而"粪便，灵魂……"（Dominique Laporte）

金钱是粪便的还魂。粪便之气在金钱之地延续。（Dominique Laporte 的观点）

"黑屎"（stercus nigrum），即老鼠的粪粒，对治疗便秘有可靠疗效，当它们与蜂蜜和洋葱汁混合，可治疗秃发；"希腊白"狗屎（指狗的粪便暴露在空气中，时间久了变白），"动物性的土块，因而吸收力强，与制备过的象牙、科学制备过的鹿角等的功能类似"，专用于治疗咽喉疾病。
……
用青草喂养的母牛的新鲜粪便有减轻伤口和肿块炎症的功效……（多米尼克·拉波特：《屎的历史》，周莽译，商务印书馆，二〇〇六年，第一〇〇页）
……

历史有待书写，蜥蜴的、爱情的和粪便的历史。古代埃及治疗歇斯底里症的方法是让妇女吸燃烧鳄鱼粪便发出的气味，同样是埃及，将蜥蜴粪当美容品使用……粪便在经过某种制备之后（譬如人粪经过晾晒、分解之后）能够获得麝香和麝猫的气味。（《屎的历史》，第一〇二一一〇七页）

白色或过于清澈的尿，同样是不健康的。

勾践尝屎（吃屎）并非肛门人格（恋粪、恋尿、恋屁），他卧薪尝胆的行为众人皆知，为了日后的复仇。

我想起了卫生现代性（有一本书叫《卫生的现代性》，在此不说），它涉及血液、乳汁、粪便、性、尸体、精液、下水道、医院、工厂、小便池、排污系统、通风系统、运输模式、茅厕阴沟清理、掏粪的革命。

以前看过一本书，翁贝托·埃科写的《密涅瓦火柴盒》。在书中，他介绍了另一本书《德意志种族的巨大排便量》。该书特别比较了德国人和法国人的排便量，前者远超后者，而且前者的粪便气味更难闻。（翁贝托·埃科：《密涅瓦火柴盒》，上海译文出版社，二〇〇九年，第三三四页）。

今晨，读《屎的历史》，在第一二七页，见到一个普通法国人的排便量：

> 个人的粪便每天可达七百五十克，即每年二百七十五千克。所以一个五口之家每年产生（粪便）大约一千五百千克。

动物吃植物，植物又从死去的动物那里获得营养。

随手读让-吕克·亨尼希《害羞的屁股》（新星出版社，二〇一一年），在第六章见到有趣的画面：

人们注意到臀部总是与水果店（如核桃、樱桃或西瓜）或面包铺（奶油圆球蛋糕、羊角酥和小圆面包）有些关系。只有一个例外，就是禽蛋……

法国作家图尔尼埃（Michel Tournier）说，马粪是一种最好的东西；马是排粪天才、肛门天使。

风吹草低，我们将顺从什么呢？"顺从风吹、顺从大地、顺从生活、顺从睡意……"

积肥、养猪——汉族生命史中最关键的两个词。可惜，我们现在早已不积肥了。

士农工商，唯有士不是职业；"士尚志"（孟子），且多是些无名目的大（或小）志。譬如何多苓，他办了一画展，命名为"士者如斯"。

《易经》：反——正——反；《易经》终卦：（天地）未济。

女人格物，男人致知；女人感受，男人行动。

又读到循环事："镰刀为了收割，收割为了粮食，粮食为了劳动，劳动为工厂生产镰刀。"

另抄一句："忙忙似丧家之犬，急急如漏网之鱼。"（冯梦龙）

在吾国，丝声哀，竹声滥；在东洋，以手击鼓，三年成音。

秋思专属于汉文明的人世吗？

山东有一古曲，为子路所作，专写他一路背米回家欲为老母做饭之事。

"吾志在《春秋》,行在《孝经》",此为孔子座右铭,也当为我汉人之座右铭也。

夏日,柳巷,干了的青苔卷了起来。

宋儒恶游侠,轻数学,好幽静。而真儒者,政客也、兵家也。

你说一代人有一代人的文学。我说一代人有一代人的山河岁月。他说一代人有一代人的建筑。

天时地利人和(孟子),天籁地籁人籁(庄子),天机地机人机(《阴符经》)。

仁者无对,对树无风;知雄守雌,游于化机。

张爱玲年轻时的名言,出名一定要趁早啊。这使我想到杜甫类似的话"富贵应须致身早"。

一条真理(岂止大忌):结了婚的男人千万不要与单身男人成为形影不离的朋友。

肝神、脾神、肺神、肾神、心神;五神(脏)中,花有神,而水无神?在人间,唯老妇堪当月神。

四苦八苦(生、老、病、死、刀兵、水、火、贫贱),我们要度过,我们不征服。

快读《安持人物琐忆》,有三点可记。一是梁鸿志(我曾在其他地方多次提起他)于民国初年在京时曾被武进画家汤定之相面后预言"将来必惨死,应过铁云云"。一九四六年十一月九日,梁果然以汉奸罪在上海被枪毙。"及梁伏法后,有人询诸汤氏,何以先知,汤云:梁双目似猪形,又视人时必狼顾,此皆不得善终之相云云。"(陈巨来:《安持人物琐忆》,上海书画出版社,二〇一一年,第一一五页)二是在该书第一八五页,读到一个上海邓姓刻印人,能小楷,亦作诗,他为自己更名,叫邓粪翁(钝铁)。怪名我见得多了,而取名粪便的,还是头一次见。三是在该书后记第二六七页,孙君辉说陈巨来"文革"中饱受"四人帮"迫害,以至于脱肛很严重。

我一想起日本,就会想起池尾寺,想起禅智内供的鼻子(见芥川龙之介的《鼻子》)。

打手在嵊县招(参见吾诗《另一种传统》),基督在南京找(参见芥川龙之介小说《南京的基督》)。

诗人的样子,应该如张枣所说:"……混在人群中,内心随意而警醒。"优雅的中国诗意也应该如张枣所说:"……让我看见一只紫色的茄子吧,它正躺在一把二胡旁边构成了任意而必然的几何图形,让我真正看见它并说出来。"

《观音经》、《法华经》、《楞严经》、《金刚经》……到底有多少经?一切可吃的植物中,为什么芋头最具佛性?

年近耳顺,我才发现牛的眼是女性的(小牛眼若少女,老牛眼似母亲)。

春日黄昏,细月如爪,隋朝闲人杜子春在洛阳望天……有关后面的传奇故事,见唐人传奇之《杜子春》及芥川龙之介小说《杜子春》。

"死了脸反而比活着好看。"我在芥川龙之介小说《偷盗》快至结尾处，读到。

《左传·昭公七年》："古人有言曰：'其父析薪，其子弗克负荷。'"翻译过来，便是：父亲劈柴，儿子不能承受担当。为什么？

当我一看到古典文学教授罗宁博士驾驶红色的像跑车的小车时，我马上感觉是：对了！浓艳显个性，柔和是缺陷，这一简单道理竟然鲜有人知；所以国人选汽车的颜色，非此即彼：不是白色就是黑色。

上个世纪的男人是浪漫的，这个世纪的男人是环保的。

地上有树，平常；沙漠有树，反常。何谓平常，何谓反常，可继续造句。

欧洲乡村贵族分为两类：一类静，读书、收藏；二类动，吃酒、打猎。

对正派人来说，当作家既费力气又颇失尊严。但有两人例外：李白、纳博科夫。

对于像好高骛远（动口不动手），热爱谈论博尔赫斯，标榜柏桦诗歌并用法语写出纪德硕士论文（一九八九年于北外）的李伟这样的神人来说，即便他终身一字不写也是绝对合理合法的。他的天才无须怀疑。

加缪说现代人两大特征，虽已家喻户晓，在此，再说一遍：通奸与读报。这也让我想到拜伦发泄情感的方法：天才和通奸。（拜伦一节，参见约翰·福尔斯：《法国中尉的女人》，花城出版社，一九八五年，第一三页）

幸福的人不看书（尤其不看小说），看书是寂寞人的事。

何谓恋爱的感觉？一秒钟，仅仅一秒钟，在南国的星空下，她看着他，整个时代突然消失了。

只有爱尔兰人才有着独特的太监本领。（《法国中尉的女人》，第一四九页）而"妇女睡在一起是维多利亚时代一种极常见的现象……"（第一六三页）

你倏忽八十岁了，你是否还记得年轻时吃过我给你的一个芋头？

人并非对自己下的每一个决心都清楚明白。所以我曾说："难得下一次决心，夏天还很远。"

我喜欢有鱼鳞的树干，不喜欢光滑的树干。

鞋子之重要……其中，当然还有看鞋者的心情。譬如每当我看见穿绳制凉鞋的人时，就无言以对，为何？与其说我害怕艺术家（据说艺术家穿这种鞋），不如说我害怕绳索，尤其是那黑色的绳索。

那汉人年过不惑，依旧道貌岸然、庄严伟岸地抽着法国高卢牌香烟，这也算是一个二十一世纪可瞻仰的人文景观了。

刻薄的人都是细腻的人，瘦，是他们唯一的样子。但我也遇见两三个胖且刻薄之人，他们的共同点是，大量吃酒，并越吃脸越白。

说别人坏话的人都是憔悴的人，我还没看见过红光满面的人说别人坏话。

有些工作是在夜间进行的，只是你不知道，譬如扫街工、打更人（现已绝迹）、送奶者。

幸与不幸的问题，说穿了，就是单调与繁复的问题。再说明确些：幸福的人单调，不幸的人繁复。现在，你可选择，你喜欢哪种人？

入学时，他想读一门纯洁学科，真好，他听从了我的劝告选择了纯数学。

他无法适应瑞典，瑞典冬天的痛苦对于他这个东亚人来说实在是太陌生了；"我该怎样进入瑞典之冬？长夜泥饮吗？"他——一个不喝酒的吸烟者——在想，在瑞典的冬夜……

亚细亚的夏日南方，真是永恒不变，无处不在的闷热、潮湿……可每一次晚间冲凉，都让我心怀感激；因为每一次冲凉，都让我梦回到十岁夏日的光景。

吃鱼高雅，不宜于四川人；四川人吃回锅肉、榨菜，还有盐蛋（偶尔）；要么，他们干脆就吃酸菜鱼，那可是对鱼莫大的侮辱也。

一根牙签里面有多黑。

要么当一个雇员，要么成为一个骗子。

两次看见极细小的淡黄色书虫——第一次是前天上午，第二次是今天下午（二〇一三年八月十四日）——都在右边的书页爬行；第一次是什么书呢，忘了；第二次是库切的《夏日》，第一五页。

使他平静下来的事，不是垂钓，是购物。

痛苦的人是小心的人。

她的母亲从不掩饰她生气的样子，当着她女儿朋友的面，照样发脾气，这是可爱的直率和天真吗（因为有人这样为其辩护）？这是野蛮。不幸的是，她的女儿亦如此，继续她母亲般的野蛮。

弱者最不懂的是：适可而止。

在我记忆里，凡是身材矮小的男人，年轻时读书的目的都是为了演说，演说拯救矮子。

"……在教师这一行里，充斥着寻找避难所的人，以及不适合的人。"（库切：《夏日》，浙江文艺出版社，二〇一三年，第二二五页）

"晚年惟好静，万事不关心"（王维）——一种值得赞赏的汉人老年风采（或汉族宿命论）。

库切为南非的乌托邦造像（推而广之，亦是为非洲造像）：关闭矿山，犁除葡萄园，解散武装，废止汽车，推广素食，满街诗歌。（《夏日》，第二四一页）

他说如果他找不回他八岁时玩过的那张大重九香烟纸盒他是绝不会死的。

爱丁堡岸畔的峡湾，以及那里的欧石楠和蓝铃花……这只能使我想起穆丽尔·斯帕克（Muriel Spark，一九一八—二〇〇六）和她的《布罗迪小姐的青春》（*The Prime of Miss Jean Brodie*）。

脸上肉多的人何来悲哀。佛陀的慈悲来自多肉的脸。

白人的白皮肤像牛奶一样白吗。人人如是说。真众口一词，信口开河也。

除非你同时杀死一对夫妻蛇，否则另一条蛇一定会来报仇。

将一个猪蹄对剖开来,旧法用刀,我们就听见刀砍之声;现在有些大型超市用电锯,我们就听见电锯之声;两种声音不同,前者威风(男性化),后者缠绵(女性化)。

库切写杀羊阉羊一节(库切:《男孩》,浙江文艺出版社,二〇一三年,第一一六—一二〇页),我一读之下,不禁要拿来与张爱玲《异乡记》中杀猪一节做一个对比,真是堪称双璧也(不展开来谈);且看那刚被阉割的小羊羔浑身是血,忍着剧痛,立刻跑到羊妈妈身边依偎的样子,让我读后即知何谓清白无辜、谦卑温顺的受害者也。

我青年时代住过的房子(重庆,西南师大杏园)现在是一个老太婆住在里面。那老太婆的头皮又恰如库切在《铁器时代》第一章开篇不久所说"粉嫩,婴儿般的粉嫩……",而老太婆的内衣晾在绳子上,烈日下那很快就晒干的内衣依旧是灰暗的、皱褶的、松垮的。

那就要死的人来医院找人,却看见了垂死人,她吓得发冷发抖,赶紧离开。

必死者眼泪轻易就流出来了,一阵快感,泪涌若急雨——西欧的天气(伦敦雨除外)。

生活就是给开水烫过的番茄剥皮;感受光景,度过一生。

老人,敏感的人,怕死的人,极可能还要包括大部分知识分子(如我),最不宜读的书唯有这本《铁器时代》(库切著)。

《重新做人》(韩东诗集),吾国之珍宝,可作当代汉人修身齐家以及日常审美训练之专书,特记于此(备忘)。

布须曼人,无论男女,一到三十岁就立刻变成了老人,布须曼男人性交起来简直不要命。(库切:《幽暗之地》,浙江文艺出版社,

二〇一三年，第七九—八〇页）

　　当库切说"荷兰女孩身上有一种财产的气味"（《幽暗之地》，第八〇页），我们就说，德国女孩身上有一种黑马的气味。贵州女孩身上有一种云的气味。俄罗斯女孩呢，轻盈的气味。（蒲宁的一个观点）

　　九莉的皮肤是油浸浸的。屠夫的皮肤是红褐色的。

　　一个为什么，没有十万个：为何虫夜鸣、鸟晨唱？

　　午睡前，他拔下了一根绿头苍蝇的翅膀。

　　在微博里，看到某企业家一帧标准照片，马上觉得他的头不对，头是安装上去的。

　　何谓老一套，一说到厨娘，就统统是双下巴、大屁股、大胸脯。

　　他在厨房里恨着一个人。

　　树叶小的树木好看，大树叶的树木不好看。

　　消灭丽蝇（多好看的名字），首先要消灭丽蝇的蛆。

　　他是一个资深怪人，但我一直不清楚他怪之起源。某一天，见其笑容，才恍然觉到，原来他牙齿乌黑，牙床粉红。

　　亚洲农舍的阴凉总含有一种潮湿的荒凉。

　　厨房的灯光是一个家庭所有房间灯光中最富诗性的。

在重庆,我们叫鹅,威威;叫鸡,咯咯;叫鱼,摆摆。

鱼在水里,树在土里,人在尘世里。

瓦匠砌砖,石匠造像,铁匠打磨,花匠修剪。

他叫唐滔滔,完全出乎我的意料,他看上去更应该叫唐国华。

古今中外的老人有一个共同特征:早醒早起。

团队(其实就是一杂货店),小小的,谋生的,欢快的,在交大西门招待所旁边,日以继夜,取名强顺。

"十五志于学"(孔子)而非十三或十二,不仅适合于汉人,西人亦如是。读《吉本自传》(上海译文出版社,二〇一三年,第三四页)知,吉本也是在十五岁时发现自己一下变成大人了,"在我十五岁上,我觉得自己骤然从一个孩子变为成人了……"

夏天的早上,他身上的气味闻起来像老人;下午,闻起来又像婴儿。

广州,天河!广州,东山!我的一九九〇,我的夏天!苏志伟或吴少秋?姚学正或黄念祖?不,另一个人,在一间小学——梅花村!

他不吃鱼,是因为烧好的鱼,眼睛依旧鼓凸着,有一层白翳。

一矮小好动敏感(内心易受伤)老妇,八十六岁,某小学退休教师。她逢人便说她一生是玩耍过来的(她真是优越呀!),从前上班每天只上两节数学课,而且她特别强调:"我丈夫是重庆市某市长的秘书,我一辈子是做不来饭的,一生在市委食堂吃饭,若家里来客人,也在市委食堂添几个菜办席招待。如今我一个大儿已退休,在外地做生意,每月挣两万多元;我女儿(中学教师)也退休,每月辅导一名学生,挣五千元;小儿开一小店,每月也挣一万多元;我住敬老院,依旧每天玩耍。"

穷国作家最欢喜俄罗斯文学,顺理成章,他们也就特别感谢"俄罗斯母亲"。而富有国家的作家深知,作家其实仅仅是娱乐业中很小的一员。(库切的一个观点)

如果说布莱尔的故事就是塔西佗的故事,那李太白的诗也是普希金的诗?

杜甫召唤出雷克斯洛斯(Kenneth Rexroth),雷克斯洛斯又从自己的身体里召唤出王红公。

岂止写诗是女性的,写信亦是女性的。

动辄怜悯的人也是残忍的人。

高贵来于厌倦,样板是波德莱尔。低贱来于无聊,样板是唐吉诃德。

人最好的导师,毫无疑问,是死亡。一个人如果没有经历亲人的死亡是不可能成熟的,此说虽是老生常谈,仍应不断提醒人们反复体悟。据我所知,某人的父亲死时,正值他青春叛逆期,真是冥冥之中,死以另一个招式迫使他成熟,"把最后的甘甜酿入浓酒"。

饥饿使人宁静,但我可不是说那患糖尿病的警察。

你说人淡如菊,他说血浓如油。我说死黄如蜡。

破晓黑铁,天很酷;他,十七岁,对未来没有规划,更酷。

生活复杂,唯有女性的手一年四季都是凉的(在我有限的接触中)。

一小段对话,抄自库切《慢人》第十三章:

"……他们在世界上自由自在。世界,对他们来说,是个好地方。"
"然而……"
"是的,然而那个男孩身上有着死神的记号。我们俩都看到了。太漂亮了,太爽朗了。"
"让人想哭。"

形形色色,各自分开,鲜亮;形形色色,杂糅一处,暗淡。

在重庆的火海中(一个比喻,说的是重庆酷暑),一九七〇年夏天的某个正午,一号桥附近的山间,很可能是那里的一丝凉风,使得一位住在二楼的电工,立刻成了一名炒京酱肉丝的精致厨师。

面子带来害羞,此种情形并非中国人独有,全世界的人都有。

白日将尽,那老太婆总是狂怒并哀哭,他就画了一幅夏天的桃子和猪儿送给她。

清晨生活的乐趣,一碗面……那是瓯溆草堂的重庆生活……

在《慢人》第一八七页,读到一则库切开的文字玩笑,flash(闪)——flesh(肉)。

马来西亚姑娘安静如老鼠;英国人除了穿胶布雨衣,就煮洋白菜。

老人和幼童的哭泣都来得太容易了。而与妻吵架每次都败下阵来的男人易离婚。

另一个老了的标志：头发稀疏多油。进一步说：油头人大多都很实际，也很和气。

诗人与思想家的关系，如同风与马、牛的关系。

有两个大国在平和与平庸之间，有一个共同的优点，即最适合于人类居住；这两个大国是：加拿大和澳大利亚。

一小片脚趾甲被剪掉时没有落在桌子上，而是弹到楼板上了，他很着急，立即埋头去寻找，最后总算从一个桌腿处拾了起来，扔进了烟灰缸。

在"小世界"（参见 David Lodge 的小说 *Small World*）般的会议上，他总是有选择地留下他的一个形象（他七十二种形象中的一个），然后走人。

他每到达一个城市，这个城市就醒来，有了生活的气息；一离开，这个城市就被遗忘，立刻哈出来一股荒凉之气。

诗由别人去写，我只是抄诗。

请问现实主义的库切，挪威人真的是一年四季都穿着发臭的内衣吗？观看胖人咀嚼，真的会令人打寒战吗？星星们真的有私密生活并属于石块吗？

曾与南极洲相连的罗斯冰架现已断开，然而它的体积仍是那么巨大，足足有美国的德克萨斯州那么大。

再说一个老龄文人的标志：他为人谦恭但选词（造句）刻薄。

随手写几个国际化的消遣方式：中国以麻将消遣，欧洲以读书消遣，非洲以舞蹈消遣，美国以运动消遣。

蝙蝠，白天睡觉，倒挂不动；夜里觅食，彻夜飞行。

小职员多是言行一致的人。受虐狂和强迫症患者亦言行一致。

请不要介意少年不愿送给你或借给你东西，少年的世界很小，东西也很少，他纤弱的人格受不了空虚，它需要实物填充。

悲剧的本质是耻辱。

动手剪裁，就意味着取舍。

那二十五岁的葡萄牙男人唇红齿白，但只让我想到翠绿色。

我在何处找到自己，澳门？

他是出于嫉妒而发奋学习的。

一九九七年秋，我曾见过一名东德女清洁工，她确如库切所说"从布莱希特作品中走出来，就开始干活"，她并非"清理乱糟糟的现场"，而是手拿吸尘器，打扫地毯。

一六一九年十月的某夜，笛卡尔做了一个激烈亢奋的梦，笛卡尔主义随之诞生。

从口腔到肛门，人（当然也包括动物，反刍的牛呢?）多么精确而畅通。

肉体卢梭，皮肤卢梭，知识卢梭，思想卢梭。

阅读在树下，思考在树下，激动在树下，痛哭在树下，酒醉在树下（那体育老师）……

哪有六千只脚，只有一只脚在时间之上。

"瞧，这个人"尼采：幻觉，一八六八年；白喉，一八七〇年；带状疱疹，一八七二年；消化不良，一八七九年；面部红斑，一八八〇年；伤寒，一八八三年；痢疾，一八八八年……

吃饭机器、肛门机器、说话机器、呼吸机器、乳房机器、能源机器……

不涉及肉体的哲学等于隔靴搔痒。

禁欲者恨鼻子。哲学家不喜欢鼻子。德谟克利特崇拜鼻子。

芬芳，即逸乐，即奢侈（并非芬芳傅立叶），即颓靡，即亚洲……

爱上一个人，其实就是沦入一个人的气味。

鼻子，即嗅觉，即音乐，即性感，即快乐。

从《香水》作者可知，德国盛产嗅觉专家。

"瞧不起鼻子的人就是希望自己形同尸体。"（米歇尔·昂弗莱：

《享乐的艺术：论享乐唯物主义》，生活·读书·新知三联书店，二〇〇三年，第一六六页）

花园寺庙，花园修道院，花园学校，花园泰戈尔。

"烹饪是和谐世界各种技艺中最抢眼的技艺。"（《享乐的艺术：论享乐唯物主义》，第三三五页）

他学习波德莱尔，穿起漂亮的服装，去反对工业现代性。

照着镜子饮食、起居，是享乐主义者的事。

他可以边制作猪肉香肠，边在头脑里演绎数学难题。

有一种土耳其的老名牌香烟，叫列日。

圆脸是东亚的，孩子气的；也是无知的，尤其是圆脸男人（弥勒佛除外）。

并非所有宽肩膀男人都是好看的，有些宽肩膀只适合扛东西而已。

俄罗斯人多是梨形鼻子。

在纳博科夫《荣耀》（*Glory*）第一八三页（浙江文艺出版社，二〇一二年），读到"英国人喜爱契诃夫，德国人喜爱陀思妥耶夫斯基……"，我立刻想到中国人（譬如我）喜爱纳博科夫。

在年轻的风景里，"格鲁吉亚人不吃冰淇淋"。在黎巴嫩的雪松下，他坚信他的一生不会虚度。

人间多少阴凉，我只喜欢水井边阳光的阴凉。

年届四十，他很委屈（因为他觉得他本来会永在青春里）；到了五十，他很害羞（因为他绝不好意思对人家说出这个年龄）；六十以后，他很焦虑（因为死更进一步缠绕他）；七十以后，他有一种（人生）任务达成之感，就放松地破罐破摔，以烂为烂了；八十以后，几乎天天都是一百岁的感觉，他开始吃繁复的早餐（即在一大碗牛奶里放枸杞、燕麦片、补钙粉、芝麻糊、玉米粉、鸡蛋……），他说要保健。

他喜欢长统皮靴，于是他决定长大了去当军官，每天穿长统皮靴。

谁是世界文学中最伟大的非现实主义作家？果戈理（纳博科夫的一个观点）。顺势而来，当然是生活模仿文学。道德杀死艺术（注意：这一句是说给懂得的人听的）。

紧张的人是小气的人。

无论多热的天气，身体躺下来，就觉得有凉风。

日本人论文，说"句有亮光，则显华丽，此为高调之句……"，突然想到陈均的诗集《亮光集》，他写来并非华丽，但有文采。

少女日本，亦有寂声、寂色、寂姿，勿需寂心。

树在走，路在飞，彼得堡一贯话多；它属于谁（仅选一个）？属于食尸鬼果戈理、腹语者果戈理、鼻子意识论果戈理、儿童书写狂果戈理。

"岩石青苔，寂之所生。"（《平家物语》）太平盛世，雨中生姜。

日本茶筒中有"九我肩冲"、"江浦草茄子",可她喜欢柿饼茶筒。

何谓风罗?风吹绸衣即破。

夏炉冬扇(松尾芭蕉之风雅)。

有时我们脱口就叫庄子为"南华老仙"。

杜五郎(颖昌人)三十年不跨出家门一步(典出《宋史》),此乃宅男之先祖也。

三十嫩老,四十小老,五十初老,六十半老,七十高老,八十天老,九十神老。

一九八〇年代,他日日急着亦欢喜着要做的事,就是打开远方人寄来的书信,一遍二遍读过。

一九七五年,巴县,白市驿区,龙凤公社,公正大队,深冬天气,空气清朗,他年轻的身体睡在发黑的蚊帐里。

他不说木门,说木户;不说花重,说花森。

李子树一开花,猪仔就收拢双耳。

不要将淘米水倒入凉溪中。

干火腿碰在车门上,砰地一声闷响。

朴素全因有了香艳做底子,才引人侧目。

瀑布边的雾气无论冬夏都是有的。

日本熊本县过去叫"肥后",福井县过去叫"越前"。

在日本,何谓野郎(卖男色者)?男妓;何谓飞子(游动的年轻卖色男人)?男妓;何谓香具卖(表面卖香道用具,实则卖淫)?男妓;何谓寺小姓(寺庙里的小杂工)?男妓。

在日本,唯有象泻这个地名有意思。

美中不足的是:她的耳翼肥厚了一点。

下了三轮车,付了五元钱,这时,他突然怀念起幼时夏日睡过的那张篾席,那黄铜的颜色,那凉气袭人的篾席呀。

"白鸟衔花之姿,可谓幽玄风姿之象征。"(世阿弥《至花道》中一个观点)

读潘岳《秋风赋·序》"晋十有四年,余春秋三十有二,始见二毛",不禁感慨古人写诗真亡命沉醉也,潘岳正当而立,已生出白发了。

鸭足虽短,续之则忧;鹤胫之长,断之则悲。(庄子)

七步诗才,八匹骏马。

中国老人满街舞蹈,这使我想到,老人的舞姿应追求老树着花的优雅。

何谓蔫美:东风无力百花残。

善恶不二,邪正一如。
未得谓得,未证谓证。
生死去来,棚头傀儡,
一线断时,落落磊磊。

他读书太快了,竟然把"蒸汽"读成了"燕子"。

薛庆国教授翻译的阿多尼斯的诗《他》,仅抄来两句如下:

如果他有一间居所,那便是诗;
如果他有一个祖国,那便是诗。

他在台北吃冰岛鳕鱼,在上海买一个包包,在成都洗脚。另有一人却只吃枭头、燕脾、猩唇、挽手(牛鞭)、象白(大象的脂肪)、龙卵(白马的睾丸)以及驼峰。

杀狗起于春秋战国,其中著名屠夫是聂政、高渐离;之后的名家为西汉樊哙。另,狗肝,古汉人誉之为美食也。

喂,勒韦尔迪(Pierre Reverdy,一八八九——一九六〇),间谍仍主宰着法国的农村和夜晚吗?那闯入者呢,一个裸体男人?我听见你在说:"光落下又升起/像一个跳动的乳房。"(《守望》,树才译)

寂寞者(不分男女)与其捡绿豆,不如洗煤球;与其提着水桶嘻笑,不如凝视那水泥包裹的老虎灶。

人人都知道,诗人诞生于童年。但只有少数人知道"不可能有太多的抒情,因为抒情本身已经够多了"(茨维塔耶娃)。

翻译者在翻译我时,请尽力模仿我的音乐、忠实我的音乐、创造我的音乐;请让我的声音在外语中听起来有一种陌生的神秘感和唤醒感。

"在俄罗斯,只有她一个人用声音写作。"她冷,高尔基就同意了她的申请,答应给她一件毛衣,但拒绝给她一条长裤。而他与其说是彼得堡诗人,不如说是沃罗涅日诗人。还用说吗,读者一看便知,这里二人:"她"是茨维塔耶娃,"他"是曼德尔施塔姆。

爱尔兰文明被丹麦人破坏。

浓眉人皆内向人。浓眉男人,女性化;浓眉女人,男性化。

他取了一个老人的名字——沈耕莘,可他才五岁,怎么办?另一个人取了一个儿童的名字——李呱呱,但已是八十七岁的老人了,又怎么办?

紧急事(臧棣懂):丛书、丛书、丛书……协会、协会、协会……

狗能闻出人在恐惧时发出的气味吗?库切认为可以。(库切:《彼得堡的大师》,浙江文艺出版社,二○一三年,第七三页)

写诗为己,学术为公。

饭吃了一顿又一顿,该如何称呼这事?踵事增华?

花雕的激情既是小北的激情,也是青木正儿的激情。

何谓青楼之美?不是金小宝(海上花)的花酒,而是柳如是(河东君)的宴会:"河东君往往于歌筵绮席,议论风生,四座惊叹,故吾人今日犹可想见是杞园之宴,程、唐、李、张诸人,对如花之美女,听说剑之雄词,心已醉而身欲死矣。"(陈寅恪:《柳如是别

传》上册,上海古籍出版社,一九八〇年,第一七五页)

一八九〇年代的时髦发式:姑娘们额前的刘海。

一八九八年的《海上繁华梦》,就是一个"华头鲁勃"(wardrobe)、六把"欠爱"(chair)、两对"梯怕哀"(tea table)。

吾国天人合一,家具则处处疏远人;西方天人分离,家具却时时亲近人。

镜花水月的意思:镜中影像总染着漂浮的佛意——生之短暂。

晚清末年,海上"三胡":妓女胡宝玉,画家胡公寿,买办胡雪岩。

海上花界领袖林黛玉年近五十,仍光芒不减,一九二一年五月中的某一天,她被引荐给已来江南一个半月的日本作家芥川龙之介。为何是五月中的一天?据我大致推算:芥川龙之介一九二一年三月三十日刚抵上海,四月一日就因感冒引起的肋膜炎住进了上海里见医院,直到四月二十三日才出院。之后,芥川龙之介立刻拜访了郑孝胥、章炳麟、李汉俊等人,五月初,芥川游历了杭州、苏州、镇江、扬州、南京等城市,返回上海,五月十七日乘船离沪……此节详情见芥川龙之介:《中国游记》(秦刚译,中华书局,二〇〇七年,译者序,第四—五页)。二人见面(林黛玉和芥川龙之介见面)典出何处?又见叶凯蒂:《上海·爱:名妓、知识分子和娱乐文化一八五〇——九一〇年》(生活·读书·新知三联书店,二〇一二年,第二五一页,倒数第五行至第三行)。

一八九〇年代至一九一〇年代,中国媒体创造出来的第一代大众明星是上海名妓。

海上花界"四大金刚"转世图：林黛玉，魔礼红转世；张书玉，魔礼寿转世；陆兰芬，魔礼海转世；金小宝，从何转世，缺。

《种玉记》里一幅插图木版画，让我久久注目：一妇人在树畔，临栏独坐望鸟，画题二行诗"燕去燕来间白昼，花开花落送黄昏"（王珪《宫词》）。

在一本一八七七年第二次出版的上海旅游指南书《沪游杂记》（葛元煦医生著）中，"工部局"的条目被随意而平等地放在"放生甲鱼"和"旅馆"之间。

酱菜之多，目前只考虑如下一种，并待细查：锦州酱菜。那四海闻名的扬州酱菜呢，暂不考虑。

月出惊山鸟？哭声（从烟波致爽殿传来）惊山鸟。

何时第六次读《异乡记》（张爱玲）？立刻就读，抛开其余（书）。

写作，世事如棋，局局新（make it new）；身体，陈敦如说天有不测风云；命运，颜其超逢了旦夕祸福。

董，也叫"千里草"。

声音，响彻办公室：说话声、脚步声、咳嗽声、吐痰声……

马跑得愈快，样子就愈愤怒。

在晚清，在民国，中国百姓旅行时，有三件必备品是随身携带的：铺盖、牙刷、旱烟管。

冬天的英吉利海峡是恐怖的，尤其是一九二〇年。

诗是说谎的艺术。如有人说诗是真诚的艺术，那就是对诗的贬低，对诗艺的不屑。此话我已在多处说过，莫法，只得再说一遍。

辜鸿铭认为英国人对于哲学没有天分，他说他对美国石油比对美国哲学更有兴趣。而毛姆为什么最终大吃一惊并认为不合情理，因为辜鸿铭手抄了一首爱情诗送给他。（毛姆：《在中国屏风上》，上海译文出版社，二〇一三年，第一〇五——一一一页）

难忘的人是一生只见过一面的人。最难忘的人是彼此知道但永不见面的人。

一九二〇年，人们将不愿养育的婴儿送去修道院，修道院会给送婴孩的人两毛钱。（《在中国屏风上》，第一二二页）

榕树下，老荫茶摊，玩泥巴的儿童，休息的苦力，燕子飞来枕上的闲人……

卷二

二〇一三年十月—二〇一三年十二月

他平日所读之书，就是《太上感应篇》、《袁了凡功过格》之类，其水平也可想而知了。

怪事：她很年轻，但像老太婆；她很老，却像少女。

在晚清，"看灯兼看看灯人"，二更打后打五更；在宋朝，四更打后打六更。

春风——剪刀，夏风——短刀，秋风——镰刀，冬风——朴刀。

有一种木炭叫银骨炭。

何谓选锋（注意：不是先锋）？即打仗冲锋在前的敢死者。

衔枚疾进，真是好听又好看，虽说的是古代战士行军的缄默模样，亦忍不住要亲自抄来这里留个永久纪念。

慈禧散步主要为了消食，顺便也做些思考。另，她喜欢当官者说话声音洪亮；顺势而来，她当然喜欢震耳欲聋的京戏。

扬州，绿杨城郭是扬州；济南，一城山色半城湖。

在故宫，某人行走，但不是内廷行走，也不是御前行走，更不是军机行走，是厨房行走。

在清朝，并非只有玄武湖才是：光的的，翠泓泓；吾国湖水皆如是。

老人的一副常见形象："不知老翁有何事，独坐此处等人来。"再次把话说白了，老人有何可等？唯有等死。

一九四一年,"在北碚的那段时光很美好,我丝毫不觉得困苦"(杨宪益:《从〈离骚〉开始,翻译整个中国:杨宪益对话集》,人民日报出版社,二〇一一年,第一一二页)。也是在北碚,有一天晚上,杨宪益误倒了一碗"酒"(实际上却是一碗煤油)给梁宗岱喝,梁宗岱一边赞赏这酒有一种特殊的味道,一边将这一碗煤油喝尽而全不察觉。十五年后,我出生在北碚新村。

杨宪益幼时玩耍事(三件):给金鱼灌白兰地,看蚂蚁打架,追着捉苍蝇。(杨宪益:《去日苦多》,青岛出版社,二〇〇九年,第八—九页)

"命妇",小时候读书,总是遭遇这个词,读起来觉得怪,也没查过此词意思。如今网上搜查方便,一查意思,虽立即明白,但总缺少了小时候那种闻音而起的怪异之感。

《异乡记》可作为文学同类的接头暗号。它是一九一一年以来最罕见的一本书,几乎压倒《枕草子》。

浙江仙居,名不副实,山地苦寒,民风野蛮,何来神仙居?

日本之绿的确堪称世界第一(罗兰·巴特的一个观点),让我一见(哪怕只从照片上一见)顿生嫉妒。

今朝开门一件事,读到《孙真人卫生歌》,其中两句颇有意思:"卫生切要知三戒,大怒大欲并大醉。"接着再读《万寿仙书》之《卫生宝训》。

天津何谓?天津——自古称"小扬州"。一八六〇—一九四五年:

> 天津是中国境内最重要的正式的日本租界的大本营——马

克·皮第（Mark Peattie）称之为"日本在中国特权领域的宝石……"（罗芙芸：《卫生的现代性：中国通商口岸卫生与疾病的含义》，江苏人民出版社，二〇〇七年，第一六页）

苦除湿，甜给力，辛（辣）降燥，酸生水，咸消肿。

羊肉，补气、止痛、暖人、增性、治小儿惊痫。

蟹——寒性，小毒，通胃气，祛邪热。

在江户，禁止"出女入炮"，即禁止大名（领主或诸侯）私送妻妾出江户，私运武器入江户。

欠人一分钱也会引起日本人终生焦虑，至死不安。

七世纪以来，日本一直学中国，引入"忠"、"孝"等，但绝不接受"仁"——这一中国伦理学的最最核心。

日本人是全球头号睡觉高手，远超中国人；中国人本也是国际上顶尖级睡觉人，但与日本人一比，只能屈居亚军。为何？仅举一例：Arthur Smith 说，中国人可以站着睡觉；Ruth Benedict 说，日本人可以边走边睡。

再见日本人的矛盾处：黎明，苦行——冷水浴；晚间，享乐——热水澡。

日本人少幻觉，少思辨，最恨地震、打雷和父亲。

赵孟能贵，赵孟能贱。（孟子的观点）

可笑的事：咬紧牙关，还精补脑。

如果 Oxford（牛津）被认为是"牛的津渡"，那么天津，就该被说成是"天（或天子）的津渡"。

天津商人油腔滑调，天津泼皮大摇大摆，天津女郎爱放风筝，天津道仙占卜求财。

天津隆顺榕（一八三三年由卞楚芳创设），而非同仁堂。

日常生活中的化学之美：苏格兰威士忌。

长与专斋（Nagayo Sensai）为了学习荷兰医学而苦学荷兰文语法。

日本作家森鸥外，其实是一个热衷于写"卫生"的作家。

上海的新感觉派小说家刘呐鸥也算是一个"卫生"作家？他写了《礼仪与卫生》。

光绪三年，年逾古稀的工部尚书贺寿慈，每顿饭可吃尽一只肥鸭、一只猪肘。

人间最令人不齿、肉麻的事：
他，一个男人，自称有微博粉丝三千万，但说他只关注三人。

清朝勤政也算全球罕见了，从破晓至深夜，皇室、高官都在办公，一年到头无休息，但清朝还是垮了。

我有一个朋友吕祥，是扬州所属的宝应县人氏，一九九五年他离开了宝应，从南京农业大学去了新西兰。

古文人虽号称读万卷书，但唯独瞧不起法学，认为那是刀笔吏为讨饭碗才去学习的小课本。

吴江同里自古富庶，赌博昌盛。

乾隆年间，湖南宁远知县汪辉祖写有一本书《佐治药言》，此书可推荐给中国政法学院、警官学校的学生阅读。

男人的脸型是长的好看，首选"同"字脸，接下来依次为"田"字、"申"字、"甲"字、"由"字脸；圆脸幼稚（如来佛除外），椭圆脸慈祥（似老妇）。

那塑料袋包裹在某人手里旋转着，一眨眼，我还以为是一个动物的头在转；夜里，一架自行车迎面耸起，我又以为是一个鬼怪站立。

两朝帝师翁同龢（一八三〇——一九〇四）天阉无后，但样子看上去倒像一个有福气的人。

自古以来官场势利俗语一则："太太死了压断街，老爷死了没人抬。"

铁香是邓承修（一八四一——一八九二），铁汉也是邓承修。

西洋喷泉入圆明园被称作"大水法"。

在清朝，官威只吓国人，洋人专灭官威。

耕芋脸且白（成都一个中学生）。洗衣手亦洁（胡兰成书法一幅）。

春风得意大登科，秋风得意小登科。

害羞的收发信件人（出身河南的徐老师）已去世三小时。

徐州男人既尚武又妩媚，颇有人之张力；古有沛公刘邦，今有体育老师小洪。

《六个字母的解法》（刘禾著）是一部精致的侦探的幽远的学术小说。

字字读完，一如呼吸；这说的是读"南食召"的文字。

王，胖的好，瘦的不好；胖者，性急的好；瘦者，太细心不好。

不一定的事：火到猪头烂……

清初降将祖大寿，一个发音怪诞的名字。

好看的句子是：蒸了一条鹿尾。

清人生活一页：出潼关，过风陵渡……

米分禄米（官员）、甲米（将士）、匠米（工匠）、恩米（嫡系）。

岑春煊（一八六一——一九三三）既是个躁狂人，又是个爱管闲事的人。

从北京去四川旅游的年轻人请注意：在四川乡间，老人敏感，厕所味重，盘餐油多。

马鸣谦译铃木伸一俳句"人生忽如柿落"。中国成语有：瓜熟蒂落。

深春,教室里遗留了一件衬衣;秋来,一楼饭厅里有两个人;而夏日安于水库;冬天宜于灯下。

他(袁世凯,一八五九——一九一六)死得早,原因是每天早饭要吃二十个白煮鸡蛋再加两大笼蛋糕和一大碗牛奶。(高阳:《慈禧全传之六·瀛台落日》,中国友谊出版公司,一九八四年,第二五、四九七页)

清末,载洵去德国学海军,载涛去德国学陆军,无用。

晚清的天津有什么是重要的?官制?教育?军备?……我倒觉得是巡警。

一九六三年,从《李逵下山》(连环画),我记住了风景与朴刀;从《枪挑小梁王》(连环画),我记住了衣袍和马匹。

"不要生气,我们来到这个世界多么短暂。"
"短暂?但我还是很生气。"

云南——茯苓;河南——山药;浙江——於术;四川——贝母。

新闻在晚清可用于下酒。那张之洞日日喝"卯酒"。

"南人不相宋家传,自诩津桥警杜鹃。"(张之洞《读宋史》)

洋务是一种时尚,立宪亦是一种时尚。

我在一首诗中写了一句"商部高官陈璧是贪官",后又在阅读中碰到晚清邮传部尚书陈璧(一八五二——一九二八),其实这二人是同一人也。

再次套用韩东的句型,有关西班牙,我们又能知道些什么呢?在冬天永恒的青色天空下(冬日青空是阿佐林的观点),梦游者肩扛扫帚,农民们穷得杀羊,野狗的眼睛总是亮晶晶的。除了土风舞就是斗牛,除了打铁就是鸡叫,热闹的西班牙,你到底有何寂寞可言?

纸厂污染,肥皂厂多油。内江机器厂呢?在沱江边上。

铺子的灯光映亮黑暗的行道,幸运;卖饼人何止一个,古今中外成千上万,亦幸运。

并非幸福的家庭都是安静的。

同样的光线下,一些树鲜碧,一些树暗绿。

不要穿丝绸衣服,它使你看上去没有毅力。

酒商和书商有何不同,他又摇身一变为纸商。所有商人中,只有灯商才能成为诗人。

阿佐林,难道只有文学工作才是忍耐和爱吗?

岩燕,家燕,黑燕,紫燕;我认得一个研究中国当代诗的男学者,叫米佳燕(他那双儿女令古典学者陈国强尤其羡慕)。

宋朝最优雅的食品——橙酿蟹。

到底什么是最初的样子、最初的想法,以及最初的痛苦和幸福。

小时候,楼梯令人害怕;青春时节,楼梯总是阴森的;老了,楼梯就是楼梯,病者、弱者及来日无多者的扶手啊。

竟然有人说门罗是"我们时代的契诃夫"。此说之目的就是为了把人逼疯。

各国都有怪菜,说一个匈牙利怪菜:辣椒炖肉。

他为集中精神而喝酒,她却为了分心而喝酒。

那山严肃地接纳了那蜀锦包裹的两根黑骨——那人二八岁月之残余。

那株古树阴森,那幢白色房子令人想起夏日。

识人第一步:"睹居处玩好,则才不才了然可知。"(欧阳詹)

晚唐,天下板荡,石癖风行。

"月俸百千官二品,朝廷雇我作闲人"的白居易(七七二—八四六)八二一年任杭州太守,八二五年任苏州太守(真又是"两地江山蹋得遍"呀),八二九年,最终回到洛阳后,就一直住在他那"霜竹百千竿,烟波六七亩"(白居易《泛春池》)的私家园林——履道园里;还用说吗,日日养鹤换马(白居易从苏州带回的一双白鹤,白居易欲用姬妾换裴度的骏马),诗酒文会("琴酒连夜开",白居易《自题小园》)不在话下。

白居易(闲人之外)——爱水人又兼爱山人。白居易在大隐、小隐之外,发明了中隐,"大隐住朝市,小隐入丘樊。丘樊太冷落,朝市太嚣喧。不如作中隐,隐在留司官。……"(《中隐》)白居易的一生是"闲官在闲地"(白居易《咏怀》)的一生。

在吾国当代，大多数别墅都是为保姆修建的，保姆在别墅里寂寞地工作并享受，真正的主人却日日夜夜在外面打拼。此种情况自古皆然。在唐代，郑谷早就发现了："主人贪贵达，清境属邻翁。"（《游贵侯城南林墅》）这正是：园主外出追逐功名，而郑谷却"以游客身份，成为审美意义上的园主"（杨晓山：《私人邻域的变形：唐宋诗歌中的园林与玩好》，江苏人民出版社，二〇〇八年，第二七页）。一个悖论：园林为有钱人拥有，但供给闲人游玩，这又是"千金买绝境，永日属闲人"（刘禹锡《城东闲游》）。

Arthur Waley 说，九世纪的长安是马德里；九世纪的洛阳是塞维利亚或干脆就是雷明顿（Leamington）。

朱熹攻击白居易："诗中凡及富贵处，皆说得口津津地涎出。"（《朱子语类》）

从《斋居》、《题平泉薛家雪堆庄》、《李卢二中丞各创山居，俱夸胜绝，然去城稍远，来往颇劳，弊居新泉实在宇下，偶题十五韵，聊戏二君》又见（之前我已无数次领教了）白居易对买房的热心与讲究。

与其说天空比一口水井还要小，不如说"庭闲云满井"（张籍《经王处士原居》）。赫塔·米勒说："天空比一只眼睛还要小。"

"老翁真个是儿童"（韩愈），同理：Child is the father of the man（William Wordsworth, 一七七〇——一八五〇）。

他在洛阳东北角通远坊一带，寻找唐代玄宗朝李龟年的住宅。

南充人的三大特征：不吃葱、晕车、眼睛圆。再加一条：喜吃猪肝。

石颂自汉赋,《双石》(白居易)出苏州。"人各有一癖,我癖在章句。"(白居易《山中独吟》)石头不外泥土之骨(bones of earth)。宋徽宗——花石纲。

如下一诗,白居易《问江南物》:

> 归来未及问生涯,先问江南物在耶。
> 引手摩挲青石笋,回头点检白莲花。
> 苏州舫故龙头暗,王尹桥倾雁齿斜。
> 别有夜深惆怅事,月明双鹤在裴家。

《代鹤》(白居易)。八二六年冬,我们(白居易和刘禹锡)在扬州玩鹤一日。《白居易的名鹤》(*The Celebrated Cranes of Po Chu-i*),另,张祜《爱妾换马》(二首)。妾、石、鹤、马、酒、歌——白居易之生活。

研究者(因为侦破之难)高于写作者。

邵雍诗"篇篇只管说乐"(朱熹)。这有何奇怪,宋诗的根本就是逸乐,书写痛苦是不道德的。再说白了,邵雍(包括司马光)的闲适逸乐老师是白居易。

书在等人,人在找书,可惜我与帕慕克无缘。

有宋一代,洛阳是老人的天堂。

爱是因为回忆;他越是回忆,就越是爱。

在非洲,人吃猴肉、鳄鱼、蟒蛇,是平常事。在非洲,无论男女,屁股好看,也是平常事。

北欧人是森林之子吗？我看非洲人才是。

清晨，谈什么海关，我关心的是气味问题。他什么气味都想闻（最爱陈猪油的气味），抹桌帕的气味除外。

没有绝对性，何来安全感？

凉快多山的乌干达像苏格兰，奈保尔在《河湾》（译林出版社，二〇〇二年，第二三页）里如是说。

聊记一笔广州人黄汉煊（为了我们一九七八年的记忆），他在澳大利亚开办旅行社（近三十年），他的儿子学商科，他的女儿是一名澳大利亚牙科医生。

吃饭时，头几乎埋入盘里，他是谁？当然是印度人。印度人的脸多是肥肿的，而且肥得发亮。

美沦入美，钱沦入钱，人沦入人。

他彻底颓废了；他年轻时东学西学，到处模仿人的热情样子也就消失了。

谁怕声音？除了狗和芥川龙之介……

油灯光的阴影比电灯光的阴影柔和。

他身上有一股干黄瘦的香港西服气息。

贫穷和酷热总是相连的，那倒不一定，苦夏江南确是中国最发达地区。

厨师穿白色衣服，医生穿白色衣服，侍者穿白色衣服，那花花公子也穿白色衣服。

可以说，伦敦是阿拉伯人的天堂，也是他们的地狱。

当欧洲人厌烦了机器和工厂，亚洲人就发狂地爱上了它。（奈保尔的观点，参见其《河湾》，第二五一页）

在俄国，"遗孀"是一种职业。（布罗茨基的一个观点）

从一九七〇年代中期到一九八〇年代中期，我在许多中国家庭看见过一种迟到了四十年的西方时髦——用钩针编织的桌布（多为白色）。

好看的脸都是消瘦的，无论贵人或凡人；但威信和庄严出于（我认为难看的）肥脸。

不出我所料，"饥饿"之后，他一定会写到"水泥"——这个有关劳改营的俗套。

在纳粹集中营待过的凯尔泰斯·伊姆莱的现身说法："我已经知道，在我的道路上，幸福就像一个无法绕开的陷阱在窥视着我。话说回来，即使在集中营里，即使在如林的烟囱旁，也曾在痛苦暂息的时候有过某种与快乐相似的东西。所有的人都问我集中营是如何恐怖的问题……假如下次再有谁问我的话，我要跟他聊聊集中营里的幸福。"（凯尔泰斯·伊姆莱：《命运无常》，作家出版社，二〇〇四年，第二三八页）

对于那些动辄以标榜"苦难"为高人一等的人来说，我们不妨听听布罗茨基是怎么说的："说伟大的艺术离不开苦难，这是一种卑鄙的谎言。苦难会让艺术失明失聪，会摧毁艺术，时常还会杀害艺术。"（娜杰日达·曼德施塔姆：《曼德施塔姆夫人回忆录》，广西师

范大学出版社，二〇一三年，第六九页）

"小人"吉洪诺夫一九五九年十月五日至七日曾来成都，访问了郫县红光人民公社等地。

俄罗斯的典型诗性场景就是："蜡烛在燃烧"，"二月在痛哭"，桌上摆了一瓶伏特加。

看来看去，还是杨黎最先锋。何谓先锋？第一条就是：冒犯。杨黎的诗和其他诗人比，是最冒犯的。为何？杨黎的冒犯超越了道德，其他诗人的冒犯总逃不出道德（包括反道德）的框框。

高尔基恨曼德施塔姆吗？"够了，又是佛像。"

不是"提篮小卖"（出自现代京剧《红灯记》中李玉和的唱词），也不是林克教授去市场买菜时总挽着的他那人人皆知的古老篮子，是曼德施塔姆家的"菜篮子"——"比亚斯特的两部长诗篇幅很大，只好用菜篮子把它们运出去"（《曼德施塔姆夫人回忆录》，第一九页）。

喜欢加缪也是一种西方一九六〇—一九七〇年代的时尚，如今（一九八〇年代至今）还成为东亚（尤其是中国）年轻人的时尚。

"曼德施塔姆总是会感到奇怪，苏联诗人，尤其是列宁格勒诗人，为什么始终在说他们很年轻，说他们在歌唱。"（《曼德施塔姆夫人回忆录》，第二一七页）

曼德施塔姆诗中有一个反复出现的意象——"皮袄"："皮袄，就是生活的稳定；皮袄，就是俄国的严寒；皮袄，就是一位平民知识分子无法觊觎的社会地位。"（《曼德施塔姆夫人回忆录》，第二一八页）

"应该弄件皮袄。""他穿皮袄不合身。皮袄留在了莫斯科。"

在古代,诗是男性的,词是女性的。

借复古维新,并非桐城派的专利,一九八〇年代的四川(以成都为中心)"整体主义"(后又称"汉诗")诗人亦如法炮制。

最静莫过养蚕时;最惊心的事呢,莫过于阴天,"谁家把雪白的蚕倒了,顺溪水流去……"(胡兰成:《今生今世》上册,天地图书,第二〇页)

蛇吃蛙,在广州(一九八一年十月,我在广州白云山下写过类似一句"蛇缠住青蛙发出一种声音")。鹤吃蛇,在江南。

铁匠是台州的好。箴匠是嘉善的好吗?那木匠呢?皮匠呢?箍桶匠呢?……

他说城里做生活不容易,切莫大手大脚,水口要扎紧。

四川人说串门,走人户;浙江人说跑人家。

吃苦随喜,幸福吃惊。

七月初七,为讨乞巧,女儿穿针引线宜于暗处。

和尚说木鱼声好听,石匠说舂米声好听。

在重庆巴县乡间,一九七五年,龙凤公社公正大队的农民和"知青"下雨不劳动,称为"扎雨班"。

当心火烛,当心幽潭,当心过桥,当心刀斧,当心玻璃,当心薄纸，当心车辆，当心生活。《易经》说："动乎险中，大亨贞。"

所有读初中以及读高中的儿子最难为情，也最不高兴的事情是他们的父母去学校见他们。

他的头发稀疏，但向后梳得齐整，唯有一根头发从左边脸上飘了下来，真是不好看，亦不妥。

每当想到一九八〇年代的两个诗歌流派"莽汉"和"撒娇"，我就会想到胡兰成说的"……分明觉得自己是在做戏，人生就是这样的赌气与撒娇"（《今生今世》上册，第一五四页）。

一九三二年，中国穷到何种程度？"……左右邻舍都穷到连几毛钱已无处借……"（《今生今世》上册，第一六七页）一九四八年，更穷，"……吸烟的人连一根火柴都要可惜"（《今生今世》上册，第一五八页）。

中国历代文人（无一例外）"……凡到寻常巷陌都有想要安居下来之意"（《今生今世》上册，第一七一页），甚至连俄国的帕乌斯托夫斯基亦如此，且看他写的《雨蒙蒙的黎明》中一段话：

四周的一切，连那用浅绛贝壳做的烟灰碟，都说明了那种和平的、久居的生活，于是库兹明又想了起来：假如留在这里该有多好啊，留下来，像这所老屋的住户一样地生活下去——不慌不忙，该劳动时劳动，该休息时休息，冬去春来，雨天一过又是晴天。

间谍工作的境界："云淡风轻近午天，傍花随柳过前川。"（程颢《春日偶成》）

金华有什么好呢？有一间大学吗？"金华倒是好出息，畈里甘

蔗，村里炊烟人家。"（《今生今世》下册，第四四页）

　　我注意了王敖回答一份访谈问卷的第八个问题之最后一段，即"我写诗会讲究音色，考虑情境中和声的感觉，引发身体与感官的律动，而不是简单地制造某种文字上的节奏……"这一段是进入王敖诗歌音乐性讨论的一个很好的入口（作者本人提供的）。

　　每次读到（这已是第五次了）"徐步奎有好语：'把绿色还给草地，嫩黄还给鸡雏'"（《今生今世》下册，第九五页），每次都必然想到卞之琳写于一九三七年的《白螺壳》其中三句："黄色还诸小鸡雏，青色还诸小碧梧，玫瑰色还诸玫瑰"，"还"是那个时代文学的一个特征，从一九三七年至一九四七年，从卞之琳到徐步奎。

　　愁者散步，乐者跑步，死者如何走好？

　　胡兰成的三喜三不喜：读《佛经》欢喜，读《花间集》欢喜，读《易经》更欢喜；读《楚辞》不喜，读《儒术》不喜，读杜甫之穷不喜。

　　每一次阅读都改变一点他的面部表情，不同的阅读令他流露不同的表情。

　　一个自我，一只苹果；一群人，一片苹果树林；老人起得清清早（破晓即起），在吾国；中年人深夜不归，那说的是沈启无而非冯文炳；山风溪流，水意荒荒，当然无关上海；过温州，你歌且谣，你也顺便发现了这是张爱玲唯一的异乡。

　　人之常情的事：老了的王（king）都羡慕年轻的农夫。

　　他放每一件东西，都有一种卫星导航般的精确；东西取拿，轻松方便，归位时又恰如千年静物，似从未挪动。

父母与子女无恩。（梁启超的一个观点）"人世最大的恩是无心之恩……"（《今生今世》下册，第一一〇页）

如生如死胡兰成，欲仙欲死张爱玲。

一淘坐，一淘说；一淘吃，一淘喝；一淘赌，一淘玩。

吾国之山，唯有温州乐清雁荡近太古；恰似胡兰成说的，雁荡山里"古音听愈淡"。

在深冬阳光的照射下，窗边水仙的样子长得颇为狂乱而有力。

靠思想活的人要么单纯，要么愚蠢。

渡汉水时（一九四五年夏），他（胡兰成）在江心沉下一把手枪；近横滨时（一九五〇年夏），他又将一条手巾和一件衬衣抛入海中。

"二〇三九"并无特别的意思。我一贯欢喜时间数字，常常把玩不已，也常常随手且又敏感地给出任何一个时间数字。

失业便自杀，那是日本人爱做的事。

戴笠——江山胡兰成；胡兰成——嵊县戴笠。

惜物的人不投机，因投机委屈了物。（胡兰成的一个观点，可参见胡兰成：《今生今世》，中国长安出版社，二〇一三年，第三六七页）

灯光下的红橘自有一种青春的好意。

对酒不饮,对花不折,对人不怨。不怨,是出于庄严;怨,是由于慈悲。

山中无甲子,人间多悲欢;树木无情而衣裳有情。

那女中提琴手身挎中提琴,却给人感觉挎了一挺机关枪。这一情形,我依稀记得在奥地利女作家耶利内克《钢琴教师》(北京十月文艺出版社,二〇〇五年)第七页或第九页上读到过。写这一节,是因为突然想到女诗人唐丹鸿在此之前,早就写过一首极具爆发力的超现实主义诗歌《机关枪新娘》,禁不住全文引来:

> 那是纯洁的燃烧的星期几?
> 穿高筒丝袜的交叉的美腿一挺
> 我吹哨:机关枪新娘,机关枪
> 你转动了我全身的方向盘
> 你命令我驶向了疯人院
>
> 那是东边的火药瞄准西边的头发
> 那是愤怒的朝霞插入扳机的食指
> 那是大丽花突然抬起微风捂住乳房
> 那是你,把钢琴剧痛的脂肪往下按
>
> 你的裸体在锉子六月下泛蓝
> 你的叹息给铜管乐划了一把叉
> 但愿我的鼻子形同手掌
> 机关枪新娘,机关枪
> 远远地,我抱着你的肩,捧着上面的香水
>
> 我是反光纠缠着钥匙私语
> 我是正光抽打的无知的阉人
> 我是闪身让你加速的高速公路

> 我是棉花、水银和……呜咽

探索莫扎特《安魂曲》最后的秘密——这件工作——正由那女博士牵头的一个研究小组在做。(《钢琴教师》,第九页)

孩子玩积木,也玩泥巴;玩树叶,也玩狗儿。

热乎乎的牛粪是好闻的,有一股温暖厚重的干草气味。而狗屎缺了牛屎稳健的中年气,不过还好,狗屎有楞头青的绷紧。猪粪是又难看(一摊)也难闻,不想说它了。

闲人不适合学音乐,倒是可以听音乐。

与其说人的生命只有一次,不如说人的年轻只有一次。

喝酒脸红,运动脸红,害羞脸红,愤怒脸红,说谎脸红,发烧脸红……

这是一把抒情古提琴。这是一叶蓝钢刀片。这是一个德国橘子。

他年轻的热浪逼得那老太婆万分痛苦。

巴赫当然属于北方,那上海呢?上海的气质是北方的。

那女人的乳房是一大堆热肥料(在耶利内克《情欲》第一章中可见),这样丰饶慷慨又自暴自弃的写法唯有奥地利女作家耶利内克才写得出来。

恋爱,对于男人来说,就是需要一条时尚裤子;女人何须工作?爱上就等于一切。

"古花如见古遗民。"(石涛《梅花诗》)

一九六〇年代,在全球范围内,漂亮的男人是伐木工,漂亮的女人是电报员。

喜欢马达的人并不一定喜欢吃,我就认识一个只热爱吃稀饭、咸菜,绰号叫马达的重庆男人。

当家里小孩出去玩耍时,为何中国母亲总要说一句"不要走远了哈……"原因一目了然:远方——危险。但秘书们总在旅行。但海子说:"远方除了遥远一无所有。"

那孩子吃起来,目光灿然,脑子一片空白。

有时,一个轧钢车间就把一个写诗天才浪费了,再回头已百年身。

在瑞典卡尔斯塔德(Karlstad)森林里,有一间布厂,上海人对它有兴趣。

酒精的敌人是最多的,譬如夜色,譬如床单(为何?醉后呕吐物弄脏一切)。

世上没有白得的东西,连痛苦都不是白得的。

是整个银河系都在围绕着他旋转吗?

白色裤子总是遭人恨。

"结束多红粉,欢娱恨白头。"(杜甫《陪王使君晦日泛江就黄家亭子二首》)

"可惜"是个说不尽的话题,我本跃跃欲试,要来叙说一番,想了一会儿,还是决定放弃,让杜甫现身说来吧:

花飞有底急,老去愿春迟。
可惜欢娱地,都非少壮时。
宽心应是酒,遣兴莫过诗。
此意陶潜解,吾生后汝期。

——杜甫《可惜》

谁说折磨比无所事事更强,无所事事本身就是一种折磨。

"我能看见远方在蓝色与灰色之间变幻"(池凌云《中年》),仅此一句就让我感到了温州,还用说吗,只有在温州的犬边才会出现这种颜色;但真正奇妙的是,诗人!她精确地捕捉了这一感觉。

真是伟大的哀歌呀,很可能是我目前看到的最震撼的哀歌:

……
像一头母牛那样
她臀部翘起,自高处洒下
老天使的泪——
……

——朵渔《哀歌》

我喜欢乌云下的明亮,阴天下的明亮是令我久久注目的,所以,当我一见"阴天下只有油菜花是明亮的"(张执浩《阴天下》)这一画面时,我有一种重逢阴天之美的欣喜。

《小实验》(张执浩诗),这样的机趣,对于整天苦大仇深的中国人来说的确太稀罕了,可这就是生活之一种,唯有诗人才能帮我们发现。

减压阀和余生（张执浩语），这一对张力，也形成我们的人生。

雪，其实并非总是洁白的，是一种昏暗的白，一种衰老的灰白，老人怕雪。

宜人的景色总是围绕在老房子的周遭。

初春，河面在深夜解冻，巨冰分崩裂开，那声音（年复一年）听上去依然是那么年轻呀；但也有不舒服的地方，山中房舍里的一切都是潮湿的，墙壁、桌椅、床铺、被子、衣服……全是湿漉漉的。

有时，在夜里，也在白天，寂静的房间里，准确地说，是厨房的墙壁或转角处，会传来一阵清脆的极有韵律的声音——鸟的尖嘴啄墙壁的声音。但室内根本就没有鸟，那声音从何而来呢？

写者之目的是为了找到读者（这是老生常谈的常识），哪怕最终只找到写者本人，本人亦是自己的读者。我就曾在一次访谈中说过，我只读自己不读别人。

诗歌中的捷克味，其实是一种民歌味。

汤已结冰，猛火化开；饥饿者想的盼的都是肉。

树各有其命运，数各有其命运，书各有其命运。

不要当着狗的面跳入河中游泳，狗会因不安而狂叫。

布拉格有一个地方叫"饿墙"。

风中的古树声很难用语言去描述，我也不想描述，那就听下去吧。

恋人被风景吸引的两种情形：一是忘了接吻，二是沦入爱河。

醉酒后，死法多样，层出不穷，最美的是李白捞月而死，在此不赘，仅说来三种如下：一是过桥时坠落，摔死；二是醉倒雪地，冻死；三是跌翻于火炉上，烧死。

捷克的民族咖啡馆有一种食品——奶汁桃子冻米饭。

与其说是他对海军入迷，不如说是他对海军帽后面的两条黑色飘带入迷。

一切臭味中，鱼的臭味最浓烈。

赛弗尔特说："每当见到美丽的姑娘或者美丽的妇人，我的心便开始颤栗，双膝乏力。"（雅罗斯拉夫·赛弗尔特：《世界美如斯》，译林出版社，二〇一三年，第一四三页）其实，普通的敏感人亦如此。

蝴蝶之美随灯熄灭，黑暗……

抒情诗属于……同时也属于自私的人。知性诗（poetry of wit）属于有钱人和知识分子。叙事诗属于流浪汉或食客。他是一个医生，他喜欢周邦彦。

我听说好多诗人都想当心灵诗人，只有少数几个除外，其中一个本来就是坏人，另一个是整天指鹿为马的人，还有一个是肥硕的头发稀疏的吃烟人。

某人第二天要远行，当晚在其住家的附近走走，也是人之常情。

何谓人间菩提：暮春菩提、仲夏菩提、初秋菩提、隆冬菩提。

匈牙利香肠皮硬，维罗纳香肠扭曲，米兰香肠灰白，底洛尔香肠乌黑，博洛尼亚香肠粗大，成都老城南香肠黄红，上海香肠细小。

好听的江名是新安江（我从小记住的第一个江名就是新安江，以及新安江水电站）、富春江、嘉陵江、嫩江……嗯，潜江，也还好听；建德江，聂广友说好听，是的，孟浩然之《宿建德江》；恩江呢？黑龙江似乎不好听，但威武；黄浦江，就是一个词：硬朗。湘江，发音有些寒冷；西江，听上去妖娆；淡江，淡江大学；沱江，滴滴都是酒呀。

有何金色可言，布拉格的老鼠有十寸大。

吃，你不能说吃鱼翅就高贵，吃臭豆腐就下贱；同理，阅读亦如是，有口味之别，无贵贱之分。

只要有任何一个文人去世，他都要到处炫耀他的预卜能力："我早就从此人照片上看出他魂魄已散，很快就要死了。"

椴树知多少，华椴、粉椴、紫椴、蒙椴、糠椴，而我只喜欢南京椴。在捷克，椴树是国树。

如今还有什么不是时尚的呢？连痛苦都是时尚，莫说委屈了。

榉树，伟岸、端庄、长寿；维吉尔在《牧歌》开篇就写到它："提屠鲁啊，你在榉树的亭盖下高卧……"（Tityre, tu patulae recubans sub tegmine fagi）

预言总是令人恍惚的。

食肉动物的阴囊皆是黑色的。（纳博科夫的一个观点，参见其《爱达或爱欲：一部家族纪事》，上海文艺出版社，二〇一三年，第

二一页)

俄罗斯农民爱穿红衬衣。

每一个脑筋都含有数亿年的历史密码,我对每一个脑筋都很敏感,无论聪明或愚蠢。

一个空虚的人,对小事情忘得很快。

《红楼梦》里的"鼻腻鹅脂"是说女人的肌肤洁白、身子微丰,但用来形容那个来自乌普萨拉(Uppsala)的年轻男人的皮肤与身子也是极为准确的。

对于《日瓦戈医生》,纳博科夫就讽刺它为《梅尔特瓦戈医生的爱情》。

我七岁读《错斩崔宁》,从此错过《灯花婆婆》。

英国人的下午生活:一壶茶、一本书、一副眼镜、一碟饼干、一小盆玫瑰。

蝙蝠喜欢花椒,蝙蝠喜欢烧酒,蝙蝠宜于暮晚,蝙蝠宜于寺庙。日本俳句多写蝙蝠,现仅录一首水乃家作吟咏的蝙蝠:

> 蝙蝠呀,
> 人贩子的船
> 靠近了岸。

同在江北,徐州苦寒,扬州富丽;徐州吃狗肉,扬州吃风鹅。

春老绿,秋老黄,物愁雨,人愁鱼;柳色变,声色变,闲者惊,静者省。

各有千秋的事：越人吃笋，闽人嚼蔗。

火病最难治，用补药则发火，用凉药则伤胃，唯有坐等病死。袁宏道（一五六八——一六一〇）恰如是，死于火病。

宿酒未醒，宿雾未散，不甚了了。

"阳春是宇宙的纨绔，素衣乃有山河之异"，清晨抄来沈启无两句诗。

舟中人语，桥中人语，山中人语，镜中人语。

再抄一遍："夏日之夜，有如苦竹，竹细节密，顷刻之间，随即天明。"

温州奶妈喜欢大声唱歌。

沈启无于民国二十九年（一九四〇）八月，在北京西城半壁街，写了一首《鹊》，我以为毫无意思。

在《今生今世》之《汉皋解佩》里有一节《开岁游春》，有心的读者会隐隐发觉道貌岸然的沈启无欲追求已经是胡兰成女朋友的护士小周，背着胡兰成在小周面前说胡的坏话，这惹得胡兰成很不高兴，骂他是个龌龊人："我与小周所在的地方，启无自是夹不进来……启无是像《白蛇传》里的法海和尚，他妒忌，是因为他没有。"（《今生今世》，第一八七页）又碰巧了，今晨（二〇一三年十二月一日）读沈启无诗集《思念集》（该诗集印于一九四五年，汉口），其中一首《白衣看护》立刻让我确定这是一首为追求小周而写的情诗（共十三行），本不想引来，但考虑到一般读者很难见到，只好亲手打字如下：

> 你是一朵含笑的百合花
> 病人在你的手里忘记了疾苦
> 我从你身边走过轻轻地
> 我的心很低很低
> 我还不知道你叫什么名姓
> 所以也没有和你招呼
> 暗中我心里画了一个十字
> 我闻到绷布和药的气息
> 你笑起来是微风吹过的竹叶子
> 清扬地浥漾地
> 又像月亮底下的小白帆船
> 静静地静静地浮在扬子江上
> 做梦似的把我带得遥远遥远

除夕夜，胡兰成与小周一起在医院过年，让我们再来看看诗人沈启无的样子："因为这真的是除夕，真的是佳节良辰。……惟启无与永吉，一个要找慰藉，一个要找满足，他们提了灯笼出去了。"（《今生今世》，第一八八页）去哪里？当然是去找"同是天涯沦落人"。作为闲趣，再抄一首沈启无记录他当晚写的诗《祝福》：

> 阴天里长江的水
> 静静地向前流着
> 没有颜色的昏暮
> 思梦般地越远越远
> 黄鹤楼淹没在黑暗里
> 大江隔断人语
> 夜行船是心上的帆影
> 今夜会有人为我祈念
> 我提着油亮的纸灯笼

半明半灭地踱着石板路
从多情的异乡人家出来的
我祝福人间的爱与温暖

一九四三年夏,沈启无在东京写下《留别》,赞美日本:

你们的精神将永久是年青的吧
大气压之下安放着可爱的幽静

"波浪起源于众神的犹疑"(波兰诗人 Tomasz Rozycki,一九七〇—),波浪也起源于老年的乳房(再次提请注意:不是青春的乳房)……

何谓欧洲精神?一粒 Donckels 巧克力。

录新昌戴九玄《集净业寺湖亭》二句:"败叶疑鸥浮渐远,老僧如鹤瘦堪亲。"以及《灯市》二句:"年华最胜惟灯节,帝力於人得酒杯。"

"甲第连云起,名园对日开",此为吴县蒋山卿说英国公的园林,有畦,有池,有台,有亭,有堂,有阁,有圃,景色随物婉转,曲折东入,次第展开。

如下一条专门抄写过来,给今天的遂宁诗人黄彦、胡亮、阿野,新华文轩的王益等人观看:

遂宁诗人吕大器(一五八六—一六四九),字俨若,号先自,遂宁(今属四川)县北坝人。性刚躁,善避事。

说到吾国树木之美,就自然想到:高柳老榆,瘦松古槐。

元月八日至十八日，京华妇女着白衫，走石桥，去腰腿诸病；男人却去城门，用手掌暗中摸铁钉，讨吉祥。这正是蕲州张宿《走百病》："白绫衫照月光殊，走过桥来百病无。再过前门钉触手，一行直得一年娱。"

在北京如何耍，从《帝京景物略》（刘侗、于奕正著，北京出版社，一九六三年，第六六页）知："南则耍金鱼池，西耍高粱桥，东松林，北满井……"

再多说一句金鱼的事，天下并无生下来就是金色的鱼，又见上书，第九五页："鱼则白，白则黄，黄则赤，无生而赤者。"

天宁寺，隋塔也；妙应寺，辽塔也；慈寿寺，明塔也。

阴雨天为酒色天。（燕地俗语）

春峨峨，夏幽幽，秋岑岑，冬柯柯。

录太仓王世贞《正月十四日夜，茂秦、于鳞、子与、子相集灵济宫》二句："醉须携兴往，春事日相仍。"

闪电——天笑。

初冬，某日午后，那女图书管理员右鼻孔流下鼻血。

元初童谣一则："塔儿红，北人来作主人翁。塔儿白，南人作主北人客。"

继续四季之色（除夏不老之外），春老白（日色），秋老红（暮色），冬老黑（墨色）。

利玛窦为吾国带来什么？耶稣像、万国图、自鸣钟、铁丝琴。

利玛窦在吾国学习什么？袭衣冠，译语言，躬揖拜，书毛笔。

这几天读明诗，每每遭遇丹阳贺世寿的劣诗。

一个小寺的画面：幽室隐读，柳花、榆钱、松子飞落时，满院中。

香山四望：青望麦朝，黄望稻晚，晶望潦夏，绿望柳春。

再三望：望林挴挴，望塔芊芊，望刹脊脊。

渔人二分：渔夫、渔妇。渔父亦二分：渔翁、《渔父》（屈原作品）。
鱼梁与渡头，亦是古时的好："山寺鸣钟昼已昏，鱼梁渡头争渡喧。"（孟浩然《夜归鹿门歌》）"汴水流，泗水流，流到瓜洲古渡头。"（白居易《长相思》）

中国画法之一种：水边寺、柳边楼。

"老妇能巫媚，侨居莫我嗔。"

再说"四害"：苍蝇现代；蚊子有古风（令神经衰弱且可爱的纵欲者不安）；老鼠依旧是女性的敌人（类似的话我在《苏州记事一年》的结尾说过）；麻雀不老，永在童年。

我从来没有喜欢过荷花，无论它被多少人赞美过，就如同我从来没有喜欢过芭蕉一样，干脆把话说白了，不喜欢的原因仅仅是因为它们的样子难看。今日午后昏昏，偶观梁简文帝诗《春夜看妓》，其中一句"荷生夹妓航"，顿时感觉有一种怪异的敏感性，不禁还对"荷"头一次另眼相看了一分钟。

每当读到古乐府《艳歌行》"兄弟两三人，流荡在他县"，便会立刻想到戴笠那迷惘艰难的青年时代，我曾在一首诗《戴笠与胡宗南》中写过年轻戴笠流荡的情形，不妨引来如下几行。从戴笠身上，我们顺便可以看到一代又一代青年的成长是多么危险、可怕和艰难：

  一九一九年，戴笠以第二名的成绩考上衢州师范学校，但他无心成为一名小学教师；他只想离开他世代居住的江山县，那树荫稀疏的村庄。生活一定在远方吧！那时，他经常漫游在钱塘江上下游，从衢州至金华以及杭州宁波一带；偷窃、赌博、跑腿或打短工……这个本可以成为一名小学教师的青年，在杭州结识了一个真正的小学教师——胡宗南。……

卷三

二〇一三年十二月—二〇一四年二月

为何是"鱼尾何簁簁"(《古乐府·皑如山上雪》)?因有"天牛鱼尾长五尺"(《南越志》)。

虽是人人皆知的常识,也要再说一遍:西人在学习上发力是从青年时代才开始的,我们却在幼年至青少年时代就已完全用尽了自己的学习之力。

在我记忆中,有许多神经症人格的男人喜欢在性交后点上一根香烟,正巧我又读到纳博科夫对这一行为的评价,引来如下:"我作为医生和艺术家,谴责那些做爱之后要点一根香烟的粗俗之士。"(《爱达或爱欲:一部家族纪事》,第一一二页)

北碚是重庆最美的地方。"北碚模式"(卢作孚的城市杰作)曾在一九四四年六月被美国《亚洲》杂志称赞为"北碚是至今为止中国城市规划中最为杰出的典型"。有兴趣的读者可继续追查这篇文章:T. H. Sun, "Lu Tso-fu and His Yangtze Fleet", Asia (June 1944)。

安徽年轻诗人吴盐写来一句"一只寒鸦飞过午门",我有空也接一句:"雾中的一钱光称过了它的重量。"

莫办法的事:两个男青年,一个白化病,一个牛皮癣。

一九八〇年代的东亚文人崇拜加缪,就如同一九二〇年代的东亚文人崇拜别林斯基。

突然想到的一句顺口溜:二〇一三年,为人常艳丽。

幸福婚姻的唯一法宝(良策):彼此尊重对方的习惯。

我们听一首诗,不必听出其颜色,但应听出其时间——声音的云烟。汉字的四声是声音的云烟？继续说：因为诗是时间的艺术，而声音属于时间。

那来自浙江温州的眼镜商人在腹部系了一条红带子（带子内装了一些草药），说是为了治疗脱发病。这倒让我想起了另"一位系了腹带的荷兰人"（二〇一三年十二月八日星期日黎明，我在《爱达或爱欲：一部家族纪事》第一三九页上读到）。

手掌宽大的人适宜于掷铅球，也适宜于弹钢琴；之外，我还知道一个小手弹琴者石叔诚。

不仅是中国青少年会短暂地热衷于哑铃运动，俄罗斯青少年也如此；而且这运动普遍始于暮春，结束于晚夏，之后，再不出现在习哑铃者的人生中。

"……女同性恋者的三个综合特征：略微颤抖的手，带鼻音的说话声，还有慌乱的眼神……"（《爱达或爱欲：一部家族纪事》，第一五三页）

我对这三个特征，除第二个外，都不以为然。

那红发人来自东欧？也可能来自北欧或苏格兰。

鲁特（Lute），巴黎古名。

金幕、铁幕、竹幕。小心！恋爱即倾诉。

纳博科夫说"她闻起来有腋毛的味道"（《爱达或爱欲：一部家族纪事》，第一八四——八五页）。更具体些，什么腋毛的味道？干爽的腋毛味道？有汗味的腋毛味道？冬天的或夏日的腋毛味道？破晓的或深夜的腋毛味道？……

他前胸后背都长着几粒令他颇觉舒适的粉刺,他笑起来也露出令他更觉舒适的牙龈(可别人看着毫不舒适)。

为什么人总是看别人老,看自己年轻(这一问题我已说过不下十遍,但我禁不住还要提出)?

是因为自恋吗?那倒不一定。很可能人人都具有一种自我修正的魔法,即一分钟前你感觉你九十岁,一分钟后立刻又感觉自己只有十四岁。

随手一下就翻到了舒丹丹翻译的《我们所有人:雷蒙德·卡佛诗全集》(第二册,译林出版社,二〇一三年,第二二七页),读到《在正午》:

> "鸭汤"端上了,再没有别的什么。但你
> 几乎咽不下这汤;这是一种浑浊的液体,
> 一丁点野鸭和清洗得
> 不十分干净的内脏在里面漂浮着……
> 一点也不美味。
> ——安东·契诃夫《穿越西伯利亚》

怎么说呢,我唯有叹服:鸭汤的浑浊本来是司空见惯的事,而我之前竟然没有发现,非得经卡佛来指出,才恍然一悟;想想我曾吃过多少鸭汤!而且在二〇一二年十二月二十八日还写了一首《重庆的汤》,顺便也引来如下:

> 少年时节牛尾汤相宜于重庆而非牛鞭
> 某中年人家却欢喜在立夏吃一碗鸡汤
>
> 有一个青年最爱在解放碑长跑;深冬
> 他人品寡淡,恨肉,钟情于嫩豆腐汤

而今人人都在冬灯下满怀了一颗春心
重庆,晚年匆匆而平静,只喝老鸭汤

谢谢卡佛和译者,从今以后我知道了"鸭汤是一种浑浊的液体"。

译拉金(Philip Larkin)写于一九五〇年二月二十五日的诗《来到》(Coming)

来到

长长的傍晚,
光线,冷黄,
沐浴在房屋
平静的前额上。
一只画眉歌唱,
在月桂环绕的
深空园子,
它嫩脆的声音
震惊了砖房。
春天即将来临,
春天即将来临——
童年,是
遗忘了的倦怠,
而我像一个孩子
来到大人们
和好的场所,
我只能一无所知
但非同寻常的笑声
亦令我突然高兴。

Coming

On longer evenings,
Light, chill and yellow,
Bathes the serene
Foreheads of houses.
A thrush sings,
Laurel-surrounded
In the deep bare garden,
Its fresh-peeled voice
Astonishing the brickwork.
It will be spring soon,
It will be spring soon—
And I, whose childhood
Is a forgotten boredom,
Feel like a child
Who comes on a scene
Of adult reconciling,
And can understand nothing
But the unusual laughter,
And starts to be happy.

喜欢的事可反复说：世间多少 Vodka（伏特加），我只喜欢瑞典的 Absolut Vodka 和波兰的 Wyborowa Vodka。

以上这节又让我立即想到舒丹丹翻译的尼尔斯·哈夫的四句诗（《在黑暗中捕捉蜥蜴》）：

……
我们支持开放边境
供给水果和蔬菜，
但无论我们如何扭转和掉头，

屁股都在身后。

依旧是舒丹丹翻译的尼尔斯·哈夫的两句诗（《我奇妙的笔》）让我久久顿住：

……
一个人过分敏感有什么用？
用处不多。

注意：还有一个马拉——抒情的老诗人——来自《重庆晨报》。

"我翻书的声音听起来像翅膀。"（查理斯·斯米克《一本满是图画的书》，舒丹丹译）

我曾在《两个重庆人在美国》一诗中说："你得带着责任感去吃苹果呀！"那意思很明确，即一个人吃什么、吃多少是需要负责任的（不仅对自己也要对别人负责）。后来读到舒丹丹翻译的简·赫斯菲尔德（Jane Hirshfield，一九五三— ）一首诗《是这样的：你曾快乐》，其中有一句："吃，现在也成了一件只为别人做的事。"看来人性确是相通的，你想到的别人也会想到。

每当我听到某人说什么"对灵魂的拷问"这类话时，我就只能无言；说这种话的人，要么真是病了，要么故意为之，正常的人是不会这样说话的。

我喜欢的声音是：鸟嘴敲着木头，发出生铁的碰撞声。这一句是改写自舒丹丹翻译的卡佛《传到马其顿的消息》中两句："鸟喙的咔嗒声/犹如生铁相碰。"

我昨天（二〇一三年十二月十一日）写的诗《听话》，其中一句"说自由在夜色里，并非说自由在黑暗中"，是从舒丹丹翻译的简·

赫斯菲尔德《长久沉默之后》一句化脱而来："一份晚来的自由，就在黑暗里。"

厨房，一个家庭最温暖的场所，不仅宜于吃饭，也宜于读书、写作（家里最适合写诗的地方是厨房）、饮酒、闲谈。这正是：厨房——"草草杯盘供语笑，昏昏灯火话平生"（丰子恺名画）。

我看见一个平凡的爱尔兰老妇——叶芝的女儿。

年轻时（一九七五——一九七七），我天天在山间漫游，幻想着莫名的未来，如今，回首往事，真不知从何表达当年站立山巅的心情，唯有借卡佛写的一句——他回忆年轻时游山的感受——来说："但整整一生，曲折多变，就在眼前。"（《我们所有人：雷蒙德·卡佛诗全集》第一册，第一六〇页《维纳岭》）

常识如下：生命就是等待（说白了就是等死），今天正午读到一句卡佛的诗："仅仅等待，看接下来发生什么。"（《我们所有人：雷蒙德·卡佛诗全集》第一册，第一七〇页《至少》）

有时候，只要走出去，来到户外，就有了意义。

幸存者是盼望者，也是见证者。

安生立命就是把自己交付给一件事情（职业），譬如他投身修鞋这件事，你投身无所事事。

怕死的人，会死；不怕死的人，也会死。可怕的人是那个整天把自己关在房间里写"死"的女诗人。

在落日大道会让人想起什么呢，他会想到卡佛的一句诗："在高加索，落日就是一切。"（《我们所有人：雷蒙德·卡佛诗全集》之

《高加索传奇》)

快到海峡时,快接近巨大的黑暗森林边缘时,他闻到了从森林腹地扑来的潮气,多么古老的味道。

声音多么重要,当我们念"香格里拉",想到的并非是风景和酒店,而是声音本身的美。
"噢,美索不达米亚!"也一定是这发声,让"他的观众感动得流泪"(《我们所有人:雷蒙德·卡佛诗全集》第二册,第四六页《美索不达米亚》)。

"今生今世"并非只是一个中国观念(idea),全球无宗教信仰者都会这么认为,譬如卡佛"只要这一生,再不要更多"(《我们所有人:雷蒙德·卡佛诗全集》第二册,第六〇页《小步舞》)。

从卡佛写的《火灾之后》,我知道了一道"用公牛眼做成的菜,叫作'醒在清晨'"。
从卡佛写的《鲟》,我又得知"鲟独自生活,安于广阔的淡水河,穷尽一百年的时间回到它第一次交尾的地方"。
而寿衣,对于儿童来说,当然是"另一种神秘"。
(以上三条参见《我们所有人:雷蒙德·卡佛诗全集》第二册,第二〇五页《火灾之后》、第二一四页《鲟》、第二一八页《另一种神秘》)

今日(二〇一三年十二月十四日)拂晓,我正好读到舒丹丹翻译的米沃什一首诗《一八八〇年重返克拉科夫》:

……
我的书箱也来了,这次不会再走。
对于劳顿的一生,我知道:我已活过。
……

会有人接手，总会带着相同的希望，
我们知道那没有意义，却一生耽溺于此。
我的国家仍将一如既往，帝国的后院，
用它粗野的白日梦抚慰它的屈辱。
……
所以大地隐忍着，在每一桩琐细的事上，
在人们的生命里，不可逆转。
似乎是一种宽慰。获得？失去？
又有何不同，如果这个世界终会将我们遗忘。

刚一读完最后二句，耳畔就响起了张枣生前某次电话中的声音"An obtainer? Or a loser?"是的，"获得？失去？又有何不同，如果这个世界终会将我们遗忘"。

每一个人的一生志业，其实在十四五岁时便决定了，所以孔子说十五志于学。某个诗人也说"持久的事往往是你一开始做的"（《我们所有人：雷蒙德·卡佛诗全集》第二册，第二〇六页，查尔斯·赖特，引自《南方河流日记》）。何谓一开始做的，当然是十四、五岁时决定做的，从此，你将持续一生做它。

从舒丹丹翻译的《我们所有人：雷蒙德·卡佛诗全集》第二册，第二八六页《让我们咆哮吧，阁下》，我得知"在西伯利亚不只是熊咆哮，麻雀和老鼠也会"。推而广之：在俄罗斯一切都是咆哮的，那疼痛的无声的鱼呢？

有关"私奔"主题的文学作品何其多也，今晨读到《我们所有人：雷蒙德·卡佛诗全集》第二册，第三〇四页《私奔》，其中一小节有童话之美，颇令人向往，非得录来如下：

……
我们前往

奥地利
在那里
莱茵河岸某地
在任何一个古老
而美丽的小镇上
我们可以平静地生活
一百年
……

青春岁月，"一种性的刺激。我们生活在艰难时世"（《我们所有人：雷蒙德·卡佛诗全集》第二册，第三一〇页《与罗伯特·格雷夫斯在堑壕阵地》）。

我以前说过，年龄大了，弯腰困难，老年夫妻就彼此帮忙剪脚趾甲。

一九一九年夏日的西湖，某一天上午，那未来的间谍王站在一株——纳博科夫所说的——"神经质的柳树下"，脑筋陷入短暂空白。

十二月仍在小阳春里，无法穿毛衣。

"怪僻是对至深哀痛的最好治疗。"（《爱达或爱欲：一部家族纪事》，第三一九页）

恐高症、幽闭症、时间恐惧症、空间恐惧症。

译 Fiona Sze-Lorrain 诗一首

Still in the Night Fields of Hokkaido

Inattentive rain. Inattentive star.

Water and light in this violently faint
life. The fields, say

the ancients, an unwinged sea
of lamps. In the space,
concentric silence expanding

outwards. Into the stillness,

and on into distance. Crickets question
twice. They register an air
between real and improvised time.

Crickets—I can't
finish my line. Nature suddenly
feels so foreign

and I just broke my camera.

北海道旷原静夜

漠然的雨。漠然的星。

水与光在狂暴而纤弱的
生命里。原野,说

古人,无翼的灯之

海。在空间里,
同心的寂静朝外

扩展。进入无息,

接着进入迢遥。蟋蟀相问
二次。它们流露出一种气氛
在真实与即兴的光景之间。

蟋蟀——我不能
完成我的诗行。大自然突然
感到如此陌生

而我正好弄坏了我的相机。

乌哈(uha),一种俄罗斯鱼汤。

得句:千万别在凉风中睡去,当心!肩周炎。此句从倪湛舸诗《当其无》末二句化出:

>   劳碌的名字都是美的
>   你听啊,千万别在变凉的风里睡着

"一个人的初恋就是一个人第一次得到长时间的起立鼓掌。"(《爱达或爱欲:一部家族纪事》,第三九〇页)

"俄国人的面孔都像是批量生产出来的。"(《爱达或爱欲:一部家族纪事》,第四六六页)试问,又有哪个民族的面孔不是批量生产出来的呢?

一八八〇年,还是幼儿的光绪皇帝在皇家护卫的照看下,练习骑马。同年，"面带半抹忧郁微笑年轻英国女家庭教师，在结束睡前安抚后利落地重新合拢了她所看顾的男孩的包皮"（《爱达或爱欲：一部家族纪事》，第四九八页）。

张爱玲年轻时的名言是："出名要趁早呀。"我在此想到的却是，跑步要趁早呀（人生幸福从跑步开始，要从年轻跑到老），"七十岁时，他尝试在早餐前到偏僻的小道上练习慢跑，然而乳房的晃荡令人生厌地提醒他，自己比年轻时重了三十公斤"（《爱达或爱欲：一部家族纪事》，第五二〇页）。

造句练习（《爱达或爱欲：一部家族纪事》六句）：

她年芳十一，头发总是甩来甩去的。
任木炭烧得焦黑，那是燃烧的代价。

喂，世界的两个半球像匀称的屁股。
体重在增加，阴囊依旧紧绷得结实。

英国晚春的傍晚，弥布着文学的气息。
岁月的流逝将她的妩媚打磨得更加精致。

诗人车前子写有一本书《木瓜玩》，这正是"诗人感木瓜，乃欲答瑶琼"（秦嘉《赠妇诗三首并序》）。

读罢"一别怀万恨，起坐为不宁"（秦嘉《赠妇诗三首并序》），她向他迎了上来，三十六年的分别岁月即刻消失。

读曹植《美女篇》想到此节：苏州乃妖冶闲都，但美女未必妖且闲。

《淮南子》："妇人不孀。"高诱曰："寡妇曰孀。"

女性化的日本要把人逼疯。

山东朝阳，山西夕阳。（见《尔雅》）

古人好"阿"字，如秦皇阿房宫，汉武金屋阿娇，晋人尤其多，阿戎、阿连等，之后更是阿爸、阿母、阿姐（妹）、阿哥（弟），真络绎不绝也。

枚乘《七发》滔滔，但以忧伤终老。

张衡《思玄赋》："美纷纭以从风。"

葳蕤草，一名丽草，又呼为女草。（《述异记》）

酒病曰"醒"。

"人贱物亦鄙，不足迎后人。"（《古诗为焦仲卿妻作并序》）

观苏帮菜，两盘：一盘，鱼嘴残酷；二盘，鳝丝优雅。

何来"悲催"意，"阿母大悲摧"（《古诗为焦仲卿妻作并序》）。

在南朝，"东西植松柏，左右种梧桐"；依旧是在南朝，"枝枝相覆盖，叶叶相交通"。

还用说吗？中国和丹麦有一个共同点（明摆在那里），那就是两国人民酒后都爱唱歌。
丹麦对世界做出的贡献是：自行车、曲奇饼干、安徒生童话、幸福生活。

有什么可紧急的，生活本身都很紧急，譬如看风景也是非常紧急的事。

以"但没有用"作为循环出现的关键词（也可称作节奏词或主题句）写一首诗（但似有人写了？也未可知），我试写一首《重庆，但没有用》如下：

他在重庆行坏事，投诉，但没有用；

他在重庆办报纸，告白，但没有用；

他在重庆开书店，买卖，但没有用；

他在重庆写情诗，爱人，但没有用；

……

读，用脊椎骨去读（纳博科夫的观点，见其《优秀读者与优秀作家》，《文学讲稿》，生活·读书·新知三联书店，一九九一年，第二六页）；听，用肩胛骨去听（本尼·安徒生的观点，见其诗歌《把持面具》，《如果这是世上最后一首诗：另一个安徒生的诗集》，京不特译，金城出版社，二〇一四年）。

没有缝隙，何来插入，何来透气，何来思考，何来希望，甚至何来咆哮……而鲁迅式的"铁屋中的呐喊"也是要逼疯人的呀。

人等待属于他的时刻，最卑贱的人也有属于他的时刻，这是常识，即光荣与梦想的时刻，并非只属于贵人，也属于贱人。

请低声说话，鱼怕声音。另外，狗也怕声音。

"凌波微步，罗袜生尘。"（曹植《洛神赋》）洛神行走之美点点滴滴俱在目前。在此解释一下"生尘"：这是指洛神在水上行走，步履所带出的水尘，即细细的水珠也。

小说如妓。诗若处子。文章似老人吃花雕（黄酒）。

来自湖南邵阳的象征派诗人石民（一九〇〇——一九四一）是个美男子，一次温源宁对废名和梁遇春说："石民漂亮得很，生得像Angel！"（眉睫：《废名先生》，金城出版社，二〇一三年，第七二页）

并非只有一个南京鸡鸣寺，湖北黄梅也有个鸡鸣寺。

我以前在许多地方说过，人不愿成为自己而想成为别人，但之后，人终会明白，人只能成为他自己。今天读本尼·安徒生的诗《同一个人》（《如果这是世上最后一首诗：另一个安徒生的诗集》，第九一页），其中三行也是我曾说过的意思，引来如下：

> 我并不曾一直是我自己
> 但现在习惯了作为我自己
> 不愿意去作为另一个人。

并非"刽子手无聊就危险"（托马斯·特朗斯特罗姆《十一月》），无聊人都危险。

有一个丹麦诗人说："考虑到我对自己多么着迷，我必定是世上最博爱的人之一！"（《如果这是世上最后一首诗：另一个安徒生的诗集》，第二三四页）

"夏天老了，一切都流成一种忧郁的沙沙声。"（托马斯·特朗斯特罗姆《布谷鸟》）但有时候，我感觉水很有天才，流出来就是冰镇的威士忌。

还有一次,某位美国诗人说:"我触摸叶子。我闭起眼,想到水。"(詹姆斯·赖特《试图祈祷》)

孔雀,在越南可以当老师。

应修人早已作古,而湖畔烟柳仍在;今朝(一九八二),风中画桥,改革年代,多少夜校或"电大"(广播电视大学)学生走过。

儿童都喜欢历史,而讨厌医学。

今日下午(二〇一三年十二月二十二日)突然想到安庆,也就自然想到海子的一首小诗《给安庆》第一节:

五岁的黎明
五岁的马
你面朝江水
坐下。

顾城总是惊人的,在《柳罐》里,他说:

……
细眉细眉
手持刀棍

在《法门》里,他说:

……
一个小米
一个小国

……

一个小时
一个小锅

接下来，抄顾城四首完整的二行小诗：

小神

搬开云母的事
你说四　你说四十

北京图书馆

爬并不是从前的事
这时　车站从中华转向风景

知春亭

那么长的走廊　有粉笔
把手伸得高高的

平安里

我总听见最好的声音
走廊里的灯　可以关上

有关走廊关灯一节，许多诗人写过，譬如阿米亥，譬如食指等；可见夜里走廊的关灯声，吸引了多少诗人呀。无疑，芥川龙之介同样会被吸引，他平生最怕的（也可以说最敬畏的）就是声音……

"春窗刻凤下，寒壁画花开。"（庾信《奉和示内人》）"荷风惊浴鸟，桥影聚行鱼。"（庾信《奉和山池》）

从废名《桥》得知一个画面,小牛拴在一株院内的石榴树下。

种树为了乘凉,此外,种树也为了在树下梳头;挖井,不单为了汲水,也为了照镜。

读着,读着,睡着了,手仍持着书,直到醒来。

我的老同学,美国移民律师马强在日本京都旅行时,说:"一队僧人在雨中走过岚山渡月桥。"这也让我想到废名在《桥》之《今天下雨》里一句——"雨是一件袈裟"。

他来到河边树荫下洗衣,洗完后,便赤足走过河对岸去。

"雪胸鸾镜里,琪树凤楼前。"(温庭筠《女冠子》)

吾国自古,猪肉贵、鱼肉贱。但"莫以鱼肉贱,弃捐葱与薤"?(甄宓《塘上行》)

钏起于后汉矣。

"忧来无方,人莫之知。人生如寄,多忧何为?今我不乐,岁月如驰。"(魏文帝《善哉行》)

世界没有乌普萨拉(Uppsala)无法想象,没有乌普萨拉大学更无法想象。

魏明帝唱罢《伤歌行》,又作《种瓜篇》。

蛮夷妇女轻淫好走,故以琅珰锤之;汉人妇女效之。

"帝起细微。"(《汉书·高帝纪》)

从汉至唐，美妇虽各有分别，即环肥燕瘦之说；但其标准多半还是为：广额细眉，银盆大脸也。

说活在生活中，不如说活在语言中。所以，维特根斯坦要说：想象一种语言就是想象一种生活方式。

读《说文》知：鼎三足两耳，和五味之宝器也。

有些人吃饭就等于吃浆糊（那碗中食物的样子），此观感来自微博上某些食客发布的盘中餐照片。

悲剧等待悲剧人，幸福等待幸福人，无聊当然等待无聊人。

再说一遍，注意嘴唇！你的命运将被其决定。

维也纳是一个犹豫的城市。

斯图加特有一座孤堡（Solitude Castle），它其实是一个国际艺术基金会。斯图加特有一间德意志出版社。一九九七年十一月的一天，我从斯图加特去图宾根。

在古代，钻木取火，四季各异。邹子曰："春取榆柳之火，夏取枣杏之火，季夏取桑柘之火，秋取柞栖之火，冬取槐檀之火。"

晋朝诗人杨方作《合欢诗》，言妇人谓虎啸风起，龙跃云浮，同声相应，同气相求；妇人与君之情，亦是坐必接膝，行必携手，如鸟同翼，如鱼比目。

再抄杜甫《三绝句》之一：

前年渝州杀刺史，今年开州杀刺史。

群盗相随剧虎狼,食人更肯留妻子。

子胥将死曰:"树吾墓槚,槚可材也。"

妇人执箕帚,男人立雁门。

鱼翔水,兔走窟,各哀其所生。

在汉代,月儿若何?月穆穆以金波。

凉风,多多益善;无论冬夏、晨夕,皆是好的。

孔子仁,孟子性,老子无,释迦空。仁无隔,义有隔,空无隔,色有隔。

俊逸鲍参军,死得惨,为乱兵所杀。

归花。别叶。"苶萸幔里铺锦筵。"(梁简文帝《对烛赋》)

在谈到张爱玲时,夏志清说:"我认为她是中国最出色的讲故事的人,有史以来的。"(来自单向街图书馆微博:《夏志清生前最后一次接受采访》)我认为这是对张爱玲的一种贬低,因为张爱玲的小说根本就不是(也不屑于)讲故事。须知:讲故事的文学本质上就不是文学。文学从来不是故事会。伟大的《异乡记》(张爱玲著)根本就不讲故事。

从鲍照诗"争先万里途,各事百年身",到杜甫诗"长为万里客,有愧百年身",今晨(二〇一四年一月一日),我亦顺便想到:人各百年身,须度寸光阴。

今读《西京杂记》,知"赵后(赵飞燕)体轻腰弱,善行步进退"。联想到安徽、南京一带,有几个写诗的年轻人办了一个诗歌网络版杂志,取名《进退》,真还有些典故的意思。

人有男女之别,花无左右之分。

英雄所见略同的事:杜甫在《曲江二首》(其二),劈头两句便是:"朝回日日典春衣,每日江头尽醉归。"后来读到高兴翻译的托马斯·萨拉蒙的《民歌》,其中也有一句:"酒鬼出售衣裳。"

"花喜欢手。"(托马斯·萨拉蒙《鱼》)类推:铅笔喜欢手,酒杯喜欢手,乳房喜欢手……世间万物又有什么不喜欢手呢?

记忆是触摸吗?记忆也可以是气味,是声音或颜色。

动刀者被刀驱动,动枪者被枪驱动。

你可以说声音是用于看见的,他也可以说声音是用于触摸的或用于嗅闻的。对于未来,声音一直就在那里,很令人放心。

活着的万能的身体呀,并非只用于吃喝……也用于情色、政治、艺术与衰老。

《汉书·王莽传》:"晨夜屑屑,寒暑勤勤。"

"空床寄杯酒。"(沈约《拟青青河畔草》)"含情寄杯酒。"(沈约《初春》)

读《禽经》知:陆鸟曰栖,水鸟曰宿,独鸟曰止,众鸟曰集。

"泛艳回烟彩,渊旋龟鹤文。"(柳恽《捣衣诗》)
"飒飒秋桂响,非君起夜来。"(柳恽《起夜来》)

水清而深，谓之潇。

我曾在多处说七写七，今又写来几条"七"：张衡《七辩》，张协《七命》，枚乘《七发》，傅毅《七激》，崔骃《七依》，曹植《七启》，陆机《七征》，孔儒《七别》，宝琴《七弦》，东方朔《七谏》，萧纲《七励》，萧统《七契》，何逊《七召》。

《异物志》：赤而雄者曰翡，青而雌者曰翠。

"小妇独无事，对镜画蛾眉。"（沈约《拟三妇》）

"管清罗荐合，弦惊雪袖迟。"（何逊《咏舞妓》）

今人说井栏，古人说"银床"或"玉床"，譬如"绮井白银床"（庾丹《夜梦还家》）。另，李白的"床前明月光"，当然是说井栏前的月光。

千里别鹤，泪有余辉。（化用吴均《与柳恽相赠答六首》其中两句：别鹤千里飞；落月有余辉）

春酒甘如乳，秋酒清如华，夏酒凉如冰，冬酒暖如炉。

这可不是刘湛秋的"三月桃花水"，是《韩诗章句》"三月桃花水下"。

葡萄带。石榴裙。窗前柳。井上桐。霍君（霍光）骑。柳惠（柳下惠）车。

"妾坐江之介，君戍小长安。"（吴均《闺怨》）

"行人早旋返，贱妾犹年少。"（费昶《芳树》）

六朝，鲤鱼风，即九月风也。

"闺闲漏永永，漏长宵寂寂。"（皇太子简文《楚妃叹》）

"出妻工织素，妖姬惯数钱。"（皇太子简文《大堤》）

为何古人门钥必以鱼（即鱼形锁），从《芝田录》知"取其不瞑目守夜之义"。"千门万户递鱼钥，宫中城上飞乌鹊。"（《乐苑·鸡鸣歌》）"夕门掩鱼钥，宵床悲画屏。"（皇太子简文《秋闺夜思》）

继续简文帝之诗："妆窗隔柳色，井水照桃红。非怜江浦珮，羞使春闺空。"

慢脸并非简文帝；慢脸，卓文君。

当春乃发生的事，简文帝哀《春日》："桃含可怜紫，柳发断肠青。"
到了秋夜，帝又咏"灯笼诗"："花心生复落。"

千春拂膝，万恨含胸。鸡鸣高树，狗吠深宫。

曹操"性佻易，自佩小鞶囊，盛手巾细物"（参见《北堂书钞》《曹瞒传》）。

"羊头之钢。"（《魏文帝集·大墙上蒿行》）

"朝沽成都酒，暝数河间钱。"（萧子显《代美女篇》）

慢脸萧纲，晚嘴策兰。再往前说：汉人慢脸，西人晚嘴。有一句黄庭坚的诗须记住："敌人开户玩处女。"等等，还有一个人呢，她叫"快嘴李翠莲"。

"的的见妆华"（刘孝威《郪县遇见人织率尔寄妇》），唯有慢脸才桃红。

那砸墙的声音沉闷而厚重，令人心惊，就像砸在动物的背上。

玫瑰树下有苜蓿，名怀风，或光风。

不必一读到"风横入红纶"（徐君倩《初春携内人行戏》），就联想到索尔仁尼琴的巨著《红轮》。

"锦袖淮南舞，宝袜楚宫腰。"（隋炀帝）

山中人专食：赤米、白盐、绿葵、紫蓼。

他的腿不仅宜于奔跑，也宜于穿毛裤。

隐居懒听音，但也听到某人买了我的书后久久不能释怀的后悔之音（他指出了我书中的一处硬伤），逢人便说要将此书即刻送人；我真是爱莫能助，又不好当面从他那里把书买回来。

《礼记》：春服青玉。张衡："美人赠我锦绣缎，何以报之青玉案。"

"望京城，董逃；日夜绝，董逃。"（《后汉书·五行志》）

正当及时行乐时："和风习习薄林"（陆机），"春虹散彩银河"（谢灵运）。

饮酒样子一种："杯若飞电绝光，交觞接爵结裳，慷慨欢笑万方。"（傅玄）

古乐府：市肉取肥，沽酒取醇，交觞接杯，以致殷勤。

"岁忽忽其若颓。"（《楚辞》）

《汉书·礼乐志》："灵之下若风马。""春云为马，秋风为驷。按之不迟，劳之不疾。"

《老子》："飘风不终朝。"

为何罗振玉？"振玉下金阶。"（晋辞《七日夜女歌》）

是广西百色吗？不。我倒想起江淹《江上之山赋》："树无情而百色。"

《文子》："有荣华者必有愁悴。"

故事：西海之外有鹤国，男女皆长七寸，为人自然有礼，好经论，跪拜，寿三百岁，人行如飞，日千里，百物不敢犯之，唯畏海鹄。鹄过，吞之，亦寿三百岁，人在鹄腹中不死，而鹄一举千里。（见《神异经》）

"吴山饶离袂，楚水多别情。"（江淹《临秋怨别》）

玉树青葱，鸭蛋鲜红；某人，一九七五年，爱读左思《吴都赋》："旷瞻迢递，迥眺溟濛。珍怪丽，奇隙充。……"

梁简文帝《长沙宣武王庙碑文》："反宇飞风，伏槛含日。"

我一直想为"长沙"（尤其是它的发音）写一首诗，今天（二〇一四年一月十二日）总算写出来了，见我所写的小诗《长沙》。

读《晋书·陆云传》,知陆云与荀隐一则对话(开场):

　　云曰:"云间陆士龙。"
　　隐曰:"日下荀鸣鹤。"

莫不是那杯渡和尚欲以落叶为舟?
江干远树浮,更那堪春日上春台。

人间岂有"寿万春,欢无歇"(沈约《秦筝曲》)。

《兵书》(或望气经):"韩云如布,赵云如牛,楚云如日,宋云如车,鲁云如马,卫云如犬,周云如轮,秦云如行人,魏云如鼠,齐云如绛衣,越云如龙,蜀云如囷。"

为造句所用,记下:"忽过新丰市,还归细柳营。"(王维《观猎》)"自从将军出细柳"出自庾信《燕歌行》。另一个好听的地名:渔阳,见白居易《长恨歌》:"渔阳鼙鼓动地来。"

古有马如龙,今有桃花马(庾信《燕歌行》:"桃花颜色好如马")。

在瑞典春天破冰时,我倒是切身感到庾信这句"黄河春冰千片穿"(《燕歌行》)的阵仗。

"少年唯有欢乐,饮酒那得留残。"(庾信《舞媚娘》)

陈后主、张丽华的故事,就是《玉树后庭花》、《临春乐》等歌曲的故事;亦是百媚在城中、千媚在中央的故事。

那一对景德镇夫妇贩卖瓷器,冬天,来到成都,我见了他们,我感到他们将死在路上。

吃面，想到的自然是，山西刀削面；云南过桥米线很烫，年年有人被烫死。

为何易名可以延年度厄，因易名可带来身体元气的变化，产生一种化学的维新（重组）。

老子，这个名字的意思，就是久寿以及专以长生为务；而与《道德经》有关，只是碰巧顺便的事。

"树下流杯客，沙头渡水人。"（庾信《春赋》）

怕或不怕仅在刹那之间，常常只需挺住一秒，就胜了。

"玫瑰色还诸玫瑰"（卞之琳《白螺壳》），年轻的温暖还诸年轻，年老的温暖还诸年老。但有时，对于古老，我们则永远年轻；对于走过的时间，我们又变得更年少。

我们在幼小的时候
就已扭曲，永远变丑了

（见林克编选《里尔克诗选》之《对立的诗节》，长江文艺出版社，二〇一三年，第一一九页）

庾子山说阳台神。南京人说倒头神。

为何只向驾白鹿者致敬？为何只向乘白马者致敬？

出门时带一本《夏之书·解禁书》（陈东东著），但他又不欢喜土家族。布依族呢？小学老师总是一副瓜熟蒂落的样子。安徽宿松人有意思吗？当然！祝凤鸣就是宿松人。

十五世纪的波兰语言最了不起。二十世纪,有个波兰女诗人,一生只写了一句好诗:"给予她生命,就是判处她徒刑。"

在希腊,除了那"疯狂的石榴树",剩下的就是刷白的墙。

"人生只合扬州死",可他却选择死在镰仓。

"嘴是我们进入私密的要道。"可他则喜欢睡在地板上。

某人说了,三种最美的事物:太阳、月亮、黄瓜。

不必四处寻找重庆,重庆城就在你体内,那内部的肋骨如桥梁,血液循环如两江(嘉陵江、长江),黄葛树环绕着心脏的琼楼,而大海比一只眼睛还要小。火锅,穿肠过!

我们从破晓开始工作,唯有晚餐才停下来,充分享受光阴的流逝……

"鸟儿的眼睛已被蚂蚁吃掉。"在晨光照耀的院子里的一张木桌上,"燕子的影子飞过食物","不是固执,只是贪婪"。

有人顶风骑驴儿,有人埋头捉虱子。

昨日(二〇一四年一月二十一日)与罗宁一家在成都崇州街子山间寻古寺不遇,今晨读到 Mary Oliver 的一首诗《时刻》结尾二句,也是写我昨日游山寻古寺的情形:

> 如果有一个寺庙,那我还没有找到。
> 我就这么继续游荡,在青草和杂草的天堂。

与高贵的视觉相对的是卑下的味觉。

告诉我你吃什么,我就能知道你是什么样的人。(布莱特-萨夫林)

神仙炼丹皆山中,神仙升天皆白日。

"李少君者,齐人也,汉武帝招募方士。……"(《太平广记·卷第九》,中华书局,二〇〇六年,第五九—六〇页)

两位道士:大气张玉兰、乱眼王妙想。两位神仙:男神马自然、女神谢自然。还有一位女神仙叫薛玄同,注意,不是钱玄同。

异僧中唯有杯渡(因常乘木杯渡水而得名)最有意思。(《太平广记·卷第九十》,第五九〇—五九三页)

那罗江老僧居于霍山,"构立茅室,孤在海中,上有石盂,水深六尺,常有清流,古老相传……"某一日,他一百三十岁,忽见一折翅鸭,立刻想到少时,曾折断过一鸭翅,此为报应也,老僧遂故去。(此故事见《高僧传》,亦可见《太平广记·卷第一百三十一》,第九三三页)

今日清晨(二〇一四年一月二十六日)突然想起二十九年前,曾经读过的张枣两首诗,一是《间谍》,二是《坏人》,我甚至还记得:那坏人靠在城门边的样子(原句记不精确了,但张枣写了类似句子)。可惜这两首诗如今早已散佚,不知去了哪里,颜炼军能否找到?

"东都放榜未花开,三十三人走马回。秦地少年多酿酒,即将春色入关来。"(杜牧《及第后寄长安故人》)

我曾写过一首诗《怒风下》,后读《太平广记·卷第二百一十八》,第一一六九页《孙思邈》,知天有四时五形,另外,还惊奇地见到了怒风:"……和而为雨,怒而为风,散而为露,乱而为雾,凝而为霜雪,张而为虹霓。……"

读《启颜录》,知山东人做的饭菜,有榆气。

有钱能使鬼推磨吗?不。家贫,鬼推磨。

某妇人死后十月生一男,取名灵产。(见刘义庆《幽明录》)

定伯卖鬼,得钱千五。(见《列异传》)

一种重庆的过年仪式——刨猪汤——杀猪、烫猪、刨毛、分边(将一头整猪剖为两片);吃刨猪汤,也就是吃:刀口肉、血口肉、泡汤肉,其中必吃:血旺、肥肠、酥肉、烧白、猪肝,而最大的亮点当然是吃回锅肉。

在六安寿春,喝春寿酒,吃六安瓜片。

读《稽神录》,知"破木有肉"事:"有人破大木,木中有肉,可五觔,如熟猪肉。"
"有槐甚大,葱郁周回,可阴数亩,槐有瘿(瘤子),形如二猪。"(《闻奇录》)

白银树。白檀树。醉草通睡草。

何谓柿盘,比喻木中根固。六觔梨,即洛阳报国寺梨。

井下有龙,井上有鱼。鹿头寺泉水涌出,李树上结出木瓜。

从《广异记》知"巴人好群伐树木作板"。又从《广异记》知"唐开元中,有虎娶人家女为妻,于深山结室而居"。

我们现在使用的汉语，来自如下几个方面：古典汉语、佛教汉语、日本汉语、欧洲翻译汉语。

她的脸有一种午后二楼狭小办公室的热气，他的脸有一种从未在街上走过的庙气。

精确地说，诗歌写作中的想象力其实是一种联想能力。据我写作经验，我无论有多么跳跃和断裂的想象，它最终必须和整体有关，只要与整体有关，我就觉得我其实运用的是联想力，或这样说，想象力只有在联想力之中才得以落实。

只要是人（疯子和神除外），任何天马行空的想象力——在此让我们想想哪怕像马雅可夫斯基这样拥有前无古人、后无来者的想象力的诗人吧——都有一个边界，即总要与整体性有关，甚至解构式的碎片化也是如此，须知没有整体何来碎片。

"古诗眇邈，人世难详。"（钟嵘）
"人生实难，死如之何。"（陶渊明）

有两类诗人：一是文辞繁复，内心简单；二是内心繁复，文辞简单。

在前往越南的寻父途中，年轻的初唐大诗人王勃淹死于海上。

皮日休（约八三四—八八三，有人不喜欢他的姓名）被黄巢所杀。

他用人人都知道的一招——即以李商隐——去抵制白居易。

读《梦溪笔谈》，见一则有意思的对话（起因于穆修、张景在东华门外等待上朝时，"适见有奔马践死一犬"）：

穆修曰：马逸，有黄犬遇蹄而毙。张景曰：有犬死奔马之下。

诗文，古硬，好；轻逸，亦好。

我曾在《一点墨》中说过中国人的"三怕"，其中，一怕就是：怕冷。今晨读王安石《葛溪驿》，见到一句"病身最觉风露早"，亦是说他染病的身体怕冷的事，此故事又是一番"帘外雨潺潺，春意阑珊，罗衾不耐五更寒"（李煜《浪淘沙》）也。

苏轼崇拜陶潜、杜甫，但其文学成就应归功于李白、白居易。（艾朗诺的观点，见孙康宜、宇文所安主编：《剑桥中国文学史上卷，一三七五年之前》，生活·读书·新知三联书店，二〇一三年，第四五二页）我质疑这个观点的后半句（顺便说一句本不宜公开说的话，我不太喜欢苏轼），即苏轼的文学成就应归功于李白、白居易。

八股即制艺，即时文，即对偶，即骈散。

有明一代，青年人的理想是进入翰林院，这是一份既闲适又荣耀的工作。

《离骚》以降，风骚以来，一六一八年，蓬觉生编《女骚》，陕西女诗人文氏写《九骚》。

自古以来，苏州岂止生产园林、书画，也生产时尚与焦虑。

文学工业兴起于庞大的考试人群。

在福建建阳我会想到谁呢？当然是一代大书商余象斗（一五六〇——一六三七），我曾在《一点墨》中也提到他。再次提他，以示招魂。

发愤之作岂止《水浒传》,也关乎《金瓶梅》。

吴伟业的《秣陵春》(一六五〇年代)。

只有苏州文人可以过一种自由职业的生活,譬如唐伯虎,闲来就写青山卖。

为何春船夜市唯在苏州?杜荀鹤说了:"夜市卖菱藕,春船载绮罗。"

读书笔记一则(二〇一四年二月二日):

> 汉赋之后,意犹未尽
> 我读董越《朝鲜赋》
> 又读湛若水《交南赋》
>
> 瞿佑的《剪灯新话》呢
> 我们从未停止过阅读
>
> 刚注意了叶盛的《水东日记》
> 而《香祖笔记》我早已读得烂熟
>
> 《耳谈》之后,好看莫过《古今小说》:
> 蒋兴哥重会珍珠衫;杜十娘怒沉百宝箱

春忙只在闲处看,人生只合成都老。

"洗砚鱼儿触手来",怎么办?"深院下帘人昼寝",怎么办?入秋天气,雨烂路滑呢,怎么办?快去问车尔尼雪夫斯基,怎么办?

"百年世事兼身世",杯酒谁与细论文。

想到汴河,就想到晚唐罗隐写的《汴河》头四句:

> 当时天子是闲游,今日行人特地愁。
> 柳色纵饶妆故国,水声何忍到扬州。

安徽池州,自古以来是个贬谪地(就是我们今天说的"下放地"),司马光在《资治通鉴》里说了:"池州多迁客。"

半夜酒醒的人,正逢着"酒无通夜力,事满五更心"。

在饮酒戒酒之间反反复复之人何其多也。晨读白居易,才知"晚来天欲雪,能饮一杯无"的白居易也是这种人;欣喜之下,赶紧引来白居易写的《会昌元年春五绝句·病后喜过刘家》:

> 忽忆前年初病后,此生甘分不衔杯。
> 谁能料得今春事,又向刘家饮酒来?

美国诗人卡明斯的书《我:六次非演讲》,半小时读完(它也就只值这么长时间),仅喜欢其中一句话:"在接下来的三十分钟里,这个人不过只是三十年光阴的化身。"

并非我本人,是岁月。岁月,把这些词组成了句子。

莎士比亚在《奥赛罗》里说:"我不是我。"(I am not what I am.)今天,我们则说:我是一个他者。

她已死去多年,但她形象的一瞬间仍在你身上留存着。

"是什么秘密的道路指引我去热爱斯堪的纳维亚的一切?"博尔赫斯提出了这个问题,接着他又引来如下两行诗:

一个神秘、陌生的神造访这森林。
那是一个张开双臂的沉默的神。

一切艺术都向往音乐,也许是因为在音乐中意义即形式。(博尔赫斯)

一个建议:失眠人为求速睡就去读《浮士德》(中文本)。

享受忧郁的人读书(蒙田的一个读书观)。博尔赫斯认为不存在的事物只有一件:遗忘。

我写出的书已离我而去,早就不属于我了。

那老人头上扣着一顶小小的蓝呢帽子,像一枚椭圆的蛋。

"包法利夫人咬住了嘴唇,孩子在村里流浪着。"

一个人精力有限,买鞋用去了精力,学习就没有精力了。

晚餐之后,脸发红,那是由于愉悦的消化。

读《包法利夫人》读到什么呢?读到资产者自私、艺术家妒忌、年轻人斯文、教士厚颜。包法利医生客气。包法利夫人呢?还需说吗,浪漫。

为何人们偏爱失明的燕子胜过失明的麻雀?为何人们欢喜年轻的鸽子而讨厌年轻的苍蝇?杀鱼不悲鱼之血,打鸟则悲鸟之血,为什么?

今天(二〇一四年二月十三日)早上,去华西医院看鼻子的病,见赵宇教授虽被小型人海包围,却仍能从容耐心诊断,对此我深感惊心（须知：华西医院看病洪流——大型人海——更是惊人呀），简直被这阵仗镇住了，直到晚间才逐渐体会出了一个道理：在吾国，唯有医生才是超人。

一九九七年十一月的一天，我在德国图宾根见到如下情景：疯子演讲，学生喝水，手风琴（俄国男人在拉）于市政厅的屋檐下单调地响起，女歌者（俄国女人在唱）喉咙被哀怨的红星照亮，也被南德秋天的丝绸缭绕。

补记一句：这一对演唱者身边除了三个中国人（我和张枣、张奇开）以外，便无人了。

再补记一首曼德尔施塔姆的诗《手风琴》（汪剑钊译）：

> 手风琴，悠长的咏叹调
> 哀怨的歌声，废话——
> 恰似丑陋的幽灵
> 在惊扰秋天的树荫。
>
> 为了让那支歌曲顷刻
> 晃动起静止河水的懒惰，
> 请以朦胧的音乐
> 去笼罩感伤的波浪。
>
> 多么平常的一个白昼！
> 多么不可能的灵感——
> 脑子有根针，我徘徊如影子。
>
> 作为解脱，我多么希望
> 向磨刀工的燧石致敬：
> 流浪者——我，喜欢运动……

一失眠，就立刻想到曼德尔施塔姆的一首诗《失眠。荷马。高张的帆》。

如果一见到这样的句型"黄化病,黄化病,黄化病!"(出自曼德尔施塔姆《我觉得,被认作百年纪念》)我们就立刻跟随:白化病,白化病,白化病!或蓝化病,红化病……面对可以如此无穷地类推下去的句子,人们还有何阅读的兴味呢?

怎样学习?让我来读一段曼德尔施塔姆的诗:

> 无限性,我独自阅读,
> 你的课本没有旁人打扰——
> 无页的、蒙昧的通俗医学书,
> 巨大的树根练习册。

那放在台阶上的挎包,远看似一条小狗。

年轻的张枣走在歌乐山的斜坡上,生活还长得很,仿佛有一亿年等他去走。

唐朝——广东——古风的鹅肉。

希腊——初始的阿尔法;希腊——最后的奥米加。

恐怖的事是"请用眉毛把我绑起来"(曼德尔施塔姆《乌鸦与鸽子的混合物》)。

有时候,就是星星把人毁灭了。

"世界——快乐,黄昏凶险!"这样的句子只有茨维塔耶娃才写得出来。

今晨偶读到木心的一首小诗《从前慢》，结尾三句颇可玩味，特抄来如下：

从前的锁也好看
钥匙精美有样子
你锁了，人家就懂了

为什么齐奥朗会在中国年轻的读书人中走红？这一现象也是可以再三玩味的……

读得太快了，一不留神，我把"洁儿"看成了"话儿"。

我曾经极其关注过"七"，后来读到汪剑钊翻译的茨维塔耶娃的一首诗《我赞美，七》，也颇有意思，且引来头节：

我赞美，七，
七个日子！
蛇，我赞美你的
七层皮！

"每个人都带着一份报纸（带着自己的湿疹）……疮痂的搔痒者，报纸的读者！"（汪剑钊翻译的茨维塔耶娃的一首诗《报纸的读者》）

"穷理尽性，以至于命。"（《易·说卦》）

旋旋新烟，旋旋新燕，旋旋新颜。

读《陈独秀诗集》，其中有一首《曼上人作葬花图赠以蛰君为题一绝》，头二句很差，后二句可颂，引来如下："携锄何所事，双燕语便便。"

续读《灵隐寺前》（此诗一九一四年八月十日发表于《甲寅杂志》第一卷，第三号），"酒旗风暖少年狂"，但见陈独秀民国初年之青春意气捉酒行也。此句还让我想起陆龟蒙一句诗"酒旗风影落春流"。

再看他在江南苦夏里的几丝闲情，作为一个民国新人，他正从杭州"病起客愁新"，到"清凉诗思苦，相忆两三人"（《杭州酷暑寄怀刘三沈二》一九一四年八月十日发表于《甲寅杂志》第一卷，第三号）。

在其《感怀二十首》之一，结尾二句"闭户弄朱弦，江湖万余里"，我们又可亲察到一个隐于僻巷且心怀天下的英雄形象。

黄浦江还有一个美名"春申浦"。此名一观便知，来自战国时期楚公子黄歇，即春申君。

破晓读韩偓《向隅》，其中一句"弟兄消息绝"，立刻让我想弄清他是哪里人，因在我印象中，西南地区的人称兄弟，吴越地区的人叫弟兄，结果一查，才知韩偓是陕西万年县（今樊川）人。

"句芒一夜长精神"（韩偓《早起探春》），即梅花一夜长精神也。

皮日休虽名字不好听，人也有可爱处，今日晨读其《添鱼具诗·背篷》："侬家背篷样，似个大龟甲"，不觉会心笑了。

庾信《卧疾穷愁》："有菊翻无酒，无弦则有琴。"

"断云留去日，长山减半天。"（梁简文帝《薄晚逐凉北楼回望》）

从韩偓《伤乱》"谁在谁亡两不知"不觉联想到鲁迅《悼杨铨》的"花开花落两由之"。

"稜稜霜气，薿薿风威。"（鲍照《芜城赋》）

《左传·僖公二十二年》："君子不重伤，不擒二毛。"（君子作战时，不再伤害已受伤的敌人，不捉拿头发花白的人）

一想到九〇九年寒食日这一天，韩偓在福建沙县雨中看蔷薇并作诗，便也立刻想到如今福建沙县小吃遍中国的情形。

谁说沧州是武术之乡？沧州武术零落唯余耕夫渔翁，这恰是小杜所唱："十年耕钓忆沧洲"，也是韩偓所写："沧洲何处觅渔翁。"

为什么歪风不好斜风就好？

《易·井》："井渫不食，为我心恻。"而"井谷射鲋，无与也"。污井不能食用，我很伤心。那用箭去射井中小鱼者，其生活是多么无依无靠呀。

今晨读到韩偓两首秋千诗，的的爱不释手，赶紧抄来：

偶见

秋千打困解罗裙，指点醍醐索一尊。
见客入来和笑走，手搓梅子映中门。

想得

两重门里玉堂前，寒食花枝月午天。
想得那人垂手立，娇羞不肯上秋千。

古人吟诗为何总是拥鼻（掩鼻），顺手举一例"拥鼻悲吟一向愁"（韩偓《拥鼻》）。

在《身体十章》里，我已写过"眉"。后读《海录碎事》才知吾国自古便有"十样宫眉"："唐明皇令画工画十眉图，一曰鸳鸯眉，二曰小山眉，三曰五岳眉，四曰三峰眉，五曰垂珠眉，六曰月棱眉，七曰分稍眉，八曰涵烟眉，九曰拂云眉，十曰倒晕眉。"

蒲宁和吉皮乌斯恨茨维塔耶娃的诗。

每读到《史记》之《太史公自序》："迁生龙门，耕牧河山之阳。年十岁则诵古文。二十而南游江、淮，上会稽，探禹穴……"无不感动颤栗，太史公形象当即浮现于目前也。

等我换了一番心绪后（即享受的、慢腾腾的散文姿态）才能从容来写注释，眼下我还处于急迫地往下写（诗）及其修订的状态。

请问陈均兄，如下问题我已盘旋两天了：《下扬州》里（考虑到前后相关动词，即"吃"、"观"）有半句诗，我该写成最初的"闻风若蜜"呢，还是改为"闻风吞蜜"？"若"在此声音好听，且低调；"吞"音稍差，但陡然亮出且貌似有攻击性，此二字用哪一个很让我踌躇。今朝，我倾向于用"吞"。但最后还是决定用"若"。

一时多少嫩：嫩寒、嫩冰、嫩冬、嫩凉、嫩热、嫩绿、嫩白、嫩哭、嫩笑……

清晨（二〇一四年二月二十六日）我刚注意了鼻亭山（湖南道县），晚间，消息突然来了：长沙市书院路，玉泉寺路口进去，金陵墓园，观音园，玉兰区，十九—二十一……吾友张枣已长眠于此。

晚夏，一股来自斯图加特下午的哥特风吹拂了我。唉，又是风，简直不厌其烦呀……

高烧刚过，读到辛弃疾"劝人间、且住五千年，如金石"，不觉为此感慨系之。

读门多萨写的《中华大帝国史》，知明朝时：鸡价钱便宜，两磅拔毛的肉，通常值两分；猪肉两磅值一分。

一个诗人并非什么植物都写，读俞弁《逸老堂诗话》卷下，知："梅花不入《楚骚》，杜甫不咏海棠，二谢不咏菊花。"

并州自古刀好，剪刀又状若燕子……但中国人的牙齿只受得了稀烂的食物。

每天，全世界有多少人用鱼肝油滴鼻子，以治疗干燥性鼻炎或萎缩性鼻炎。

在吾国，学汉语，（最正宗的门径）开篇就是《易》；在瑞典，（高本汉时代）开篇便是《左传》。

积善成名，积恶灭身。

走了一上午，她坐了下来，静了下来，记住了第一个英语单词：inclination。

收到朵渔诗集《仪式的焦唇》。书的做工完美，选用的字体很好，大小亦好。

朵渔的字写得好，我在想如果用他的手写体来印他的诗集那该是多么优雅的事。他的字像陈东东的字，只是更秀丽些。我继续想，如果张枣还在世，看到了这册诗集，应该亦会动容吧。不过诗集的名字真还是忍不住透出了青春的焦虑呀，我个人偏爱另外的名字，譬如"斜坡手记"、"个人史"，甚至"九枝灯"（这个名字最好）。

淮南王始于刘安；豆腐始于刘安；招隐士始于刘安（王孙游兮不归，春草生兮萋萋）；淮南子始于刘安。

卷四

二〇一四年二月—二〇一四年五月

年轻人总想着一劳永逸的事。中年人却想着无为而治。老年人坐等死之将至。

在阆中古城，执法人杀狗的时候，围观的老人们和闲人们都笑了。只有一个人看见了那古犬眼睛明亮，若泉水中的星星，是西晋的傅玄吗？

焚风不是烧风，是一种热干风。

鱼丽，即鱼丽阵，古代战阵名，《文选·张衡〈东京赋〉》："鹅鹳鱼丽，箕张翼舒。"

昔人有言：益我货者损我神，生我名者杀我身。

有一种思，叫小苦思；有一种书，叫小杰作（Kenneth Rexroth 就这样称赞过米沃什的一部书）；有一种乐，叫小逸乐——临风、听鸟、观鱼。

他活在重庆不如说他活在汴梁。

那狗看上去很困惑而非痛苦，连续挨了三天打，腿已被打断了，起因是它想护住看门人的扫把，吼了几声，吓唬了过路人。

穷得只有借书读的任孝恭死于五四八年，侯景之乱。

"立身之道，与文章异；立身先须谨重，文章且须放荡。"（萧纲《诫当阳公大心书》）

幽岩宜于凝思，长河宜于朗咏。

一九二四年的春天，对于沈从文来说，就是和胡也频在北京说空话、吃白开水。

一九二八年,胡也频和丁玲从北京搬家到上海,又去杭州,又回到上海,一路带着两把藤椅、一个煮饭的炉子、一个米箱;这几件行李最令我感到好奇也引起我兴味,特别记录下来。

痛苦有时是另一种娱乐。

我手上沈从文的书不少,都是别人送的。前后也试着读了两次,但读不下去,总觉得有什么地方出了问题,想了又想,还是不说,以免得罪了天真可爱的读者,即那些纯洁无比的沈从文迷们。也多说一句:《从文自传》终究还是可以随手翻两下的。

不懂诗的人最爱洋洋得意地说一句:"你在重复自己,你应该变了。"须知:博尔赫斯一生都在重复一首诗《布宜诺斯艾利斯的热情》。继续须知:人的基因是不能改变的(江山都可改变),因此,每个人写的诗或文只能是他的老调,最多也就是我们古人说的"常与变",即"常"是一个人的基因,永恒不变(你想变也不可能,除非你能修改基因),而"变"则是为了使"常"更"常",求得一些表面的改变(或丰富)而已。

"沛县留三日之饮,平乐有十千之杯。"(萧纲《金錞赋并序》)

那功成名就的人是无事人,开始写诗。辞河泻润,高论忘疲的人,早已写诗。青青子衿,悠悠我心的人,本要写诗。工人写诗,农民写诗,护士也写诗……想一想,在吾国,谁还不是诗人?
连那当街吞剑人吞下的剑,都是一首诗。

飞虹桥并非只在仪征,各地都有。"桃之夭夭"有时也写成"逃之夭夭"。

行走是一种形上学,从古至今,延绵不绝……那跑步呢,跑步是一种诗学。

"王言如丝,其出如纶。"(《礼记·缁衣》)

文鱼,胆甘可食,有舌,鳞细有花纹。

轻若鸟,而非轻若毛。

空叹长冬久,愿得及阳春。

有一种灰,叫"淮阳灰"。

你送我筒中布,我赠你流黄素(一种褐黄色织物)。

洛阳有剑气,成都多怪客。

今朝读《诗经·邶风·静女》:"自牧归荑,洵美且异。"知两文人名字的出处,一是南宋吴自牧,二是民国邵洵美。

离别使人忧,歧路令人哭。

佛教用语:寿终之时,体内有风刀;忍辱铠,即袈裟。五欲(耳目口鼻心)。

谢灵运写"星星白发垂"(《游南亭》);萧纲在《南城门老》亦写此句;左思《白发赋》:"星星白发,生于鬓垂。"

柏树宜于道观,而不适于佛寺。

逸人笔记:嵇康养生,阮籍途穷,君平卖卜,王绩看书。

鸟无事而啼。——那倒不一定。

扬州扬子津,蜀道蜀桥人。(卢照邻《悲昔游》)

日本的文部省令我想起唐朝的中书省。

胖人提鸡,瘦子捉梨,但偶尔也反过来。

很难说穷人就有良心,良心并非穷人的专利。

陈子昂上书,结尾时爱说的一句套话:"西蜀野人……诚惶诚恐……死罪死罪。"
陈子昂的大话:"白羽一指,可扫九都。"

"龙蛇云露之流,龟鹤花英之类……通会之际,人书俱老。"(孙虔礼论读书,见《书谱》)

武库,但不说武房。文房,但不说文库,若说文库,仅指丛书。

狗在吾国多叫来福。如下一条是王维所说,我倒觉得不对:"深巷寒犬,吠声如豹。"(王维《山中与裴迪秀才书》)何来狗吠如豹?

那冰岛天文学家的优雅来自如下两点:她穿的运动鞋很干净,她的丈夫是一位诗人。

冬泳使他有了一个肥皂盒的双下巴,白里透红的脖子上多了几道褶皱。

生时需要一个菜板,死时需要一副棺材。

一个人越写作,就越逸出他的生活,甚至会变得认不出生活中的自己。写作其实是与我脱节的。写作即虚构,即另一个人(他者)在写,或更精确地说:还有一个"我"在我与他者中穿梭编织,往来不绝……

为何土耳其人在德国开蔬菜水果铺?为何越南人在德国贩卖(走私)香烟?为何中国人在德国开中餐馆?

"生不用封万户侯,但愿一识韩荆州。"这是中国诗人何等强烈的知音观念,每次看到这两句,都会沉吟良久……

"景虽常存,人不常暇。暇不计其事简,计其善决;乐不计其得时,计其善适。能处是而览者,岂不暇不适者哉?吾不信也。"(梅尧臣《览翠亭记》)

"《诗》所谓'恺悌君子'者矣。"(欧阳修《峡州至喜亭记》)显然,这是错的!

欧阳修作《非非堂记》说是是非非:"是是近乎谄,非非近乎讪",二者相较,欧阳修宁讪无谄。

"有远见,只是察觉天外有天。"(R. S. 托马斯)

契诃夫死时,面朝着墙;一个威尔士农民戴维斯死了,也面朝着墙。真是一种谦逊的死相呀。谁死了不是面朝着墙呢?大多数人是寝如尸呢(化用孔子一个观点《论语·乡党》:"寝不尸,居不容")。

宽恕是时间的事情。

物理学是一门古老的学问,化学更为古老。

花园——人类古老文明中我的最爱。

仍然是罗马尼亚，男人劳动，女人烧饭，儿童玩耍，老人抱怨，母亲伤心。(赫塔·米勒：《我的心飞越脸颊》，《一颗热土豆是一张温馨的床》，江苏人民出版社，二〇一〇年，第一八〇页)

只有诗人的世界是最慢的，此点很少有人懂得，他们总以为诗人是很快的。

既然有儿童诗、爱情诗……那也就一定有老人诗（适合于老人读的诗）。

我从未看到过羊羔惊慌，羊羔总是平静的、信任的，哪怕人用鞭子打了它。

"我写作是为了被爱；被某个人，某个遥远的人所爱。"（罗兰·巴特）

未必日出时出生的人更有价值，可中国人都喜欢出生在龙年。

宗教的骇人之处来自一颗严寒黑心，这心"在骨头钟楼里噤声而悬"（R. S. 托马斯《钟楼》）。

既然飞鸟不动，那人的一生在快速运动中也是静止的。

我曾在一首诗中说过，胡兰成的左肩是妩媚的，张爱玲冲着他的左肩眯眼微笑。

心脏若钟锤，这样的比喻还是不说为好。

我多想在你的头发里闻我年轻时的气味。

冬天鼻孔干燥，每天需要滴两三滴鱼肝油，浸润鼻腔。

清明时节，阳光灿烂，我想到某个人一生的三个地方：学堂——酒馆——墓地。

"……疼痛消失了，但受苦的细皮嫩肉仍是我的。儿子……你在忙于写真——让人心痛。"（R. S. 托马斯《事业》）

"……要到数百万年之后，才有第一位思想者观看它们。"（R. S. 托马斯《雨燕》）

"……在骨头的索具中记忆发痛。如果故事夸大了，风浪就更大。"（R. S. 托马斯《纵帆船水手》）

"水库是一个民族的潜意识……"（R. S. 托马斯《水库》）
以前，我们大修水库，"摔脱了大衣抓扁担，人海里洗一个风沙澡"（卞之琳《向水库工程献礼》）。如今我们就不修水库了吗？如今我们修更大的水库。

一个人年轻时甚至中年时的偶像，到最后都会令他彻底失望的。

对于那些美丽年轻的胸脯来说，医生看到的却是里面的血、肉、脂肪、骨头、神经。

"不是我活着，而是生命活着我。"（R. S. 托马斯《情境》）

在水边看自己，与在潭边看自己，是不同的；前者明丽，后者幽凉。

不修辞，吾国古有陶渊明（可陶诗"然其诗质而实绮"，见苏辙《子瞻〈和陶渊明诗集〉引》），今有杨黎（杨诗亦作如是观，"然其诗质而实绮"）。

智慧树、科学树、情人树、摇钱树……如此分类，还有什么树？

一时多少云：（云储存之外）云课堂、云阅读、云笔记、云音乐……姜海舟期待云诗歌。

苍蝇在风中被风干。

即便是将就的风景——聊胜于无——也可安慰人心。

在吾诗《猛回头》中，开篇我就说"一个人切莫走进暗凉森林"，是的，与此同时，我心里立刻想起了另一个应答声：只有一个人敢，他就是但丁！此处当然是暗指但丁那家喻户晓的名句："当人生的中途，我迷失在一个黑暗的森林之中。"

何为人间最萌之物？"竹之始生，一寸之萌耳，而节叶具焉"（苏轼《文与可画筼筜谷偃竹记》）。

朝雨雪，夕风月，能饮一杯无，白香山；一边"卖炭翁"，一边温泉水滑洗凝脂，白香山；那野火烧不尽，且又专门写些诗给老妪看的人——白香山。

"没有晚清，何来'五四'。"接一句：没有绚烂，何来平淡。再改一句成语如下：年少不绚烂，老大徒伤悲。

媚于左，华其右。风刺上，风化下。

平地三月花，山中四月花，美利坚（欧洲）五月花。

那鸡爪像人手。

一遇黄庭坚（小杜甫）就令人紧张，老杜甫反倒让人放松。

有宋一代，温州乐清文人王十朋（一一一二——一一七一）活了五十九岁，在古代也算高寿了，难怪他字龟龄，似乎也合拍。王十朋，绍兴二十七年进士第一，授绍兴府签判。

云以风聚，也以风散。

"山静似太古，日长如小年。"（唐庚）

说话声音颤抖的人，或轻微颤抖的人，都令我不安。

"人为什么一天要吃三顿饭呢？"太宰治一想这个问题，就立刻变成了一个作家。他又说："女人是为了入眠才活着的。"（为了美容吗？）"有个男人，据说用女人给他写的情书烧开水洗澡。"以上所说都出自他写的小说《人间失格》。

这是一个常识，虽人人都懂，也记一笔：初出茅庐而又深具潜力的艺术家总是羞涩的。

有时那飘下的树叶像迅捷的刀片，似乎会割伤人的……

与其说女人不知道适可而止，不如说弱者才不知道适可而止。

大雁（组队）飞起来像"人"字，海鸥飞起来像"女"字（太宰治的观点），其实所有的鸟儿（无论亚洲的或欧洲的）飞起来都像一个汉字。

吃饭需要力气，自杀需要力气，做什么不需要力气呢？

皱褶都是先从喉部开始叠起的。

在太宰治的小说《女生徒》里,我看见了一条欢喜吃茱萸果的狗儿。

"听说喜欢夏花的人死在夏天,是真的吗?"(太宰治:《斜阳》,重庆出版社,二〇一三年,第四一页)

成功是水到渠成的事,自杀同理,世间万物皆出于一理。

"一直活到秋天的蚊子被称作哀蚊,那是因为有的人大发慈悲不点蚊香的缘故。"(太宰治:《晚年》,重庆出版社,二〇一三年,第七页)

有强烈死亡冲动的人就径直跑去"传染病房外用手捧起脏水沟的水大口喝下去"(《晚年》,第九页)。

上世纪(二十世纪)初至四十年代,中国人、朝鲜人、日本人只要一见到落魄的洋人就一定认为是俄罗斯白人。

不见异人,必得异书。

雁荡山——我心目中具有中国最隐秘之美的第一名山!我的幻觉之山……

一时多少养:养生、养气、养性、养心、养情、养体、养本、养节、养度、养智、养习、养行,亦有:养小、养大……

每每看到"微茫"二字,我就会想到一九八四年的北京诗人大仙。这几年读古书,遭遇"微茫"已不下三百次了,简直没想到古人这么喜欢用这个词。

只要想到世上最颓废最无聊的事就是不抽烟,也就戒掉烟了。

山不在高,高则寂寥;水不在广,广则浩瀚。

悲感,总在欢会之际。

《易》备阴阳,《书》言政事,《诗》写性情,《春秋》拨乱。

年轻的怪人皆是动辄抒情的人,即见人辄吐肺肝的人。

何谓洱海?滇人颇有些意思,只要是水所汇,无论大小,皆称"海"。

哀蚊一点,悲鸦一只,苦犬一条,莫求其多。

"甲第纷纷厌粱肉,广文先生饭不足。"(杜甫《醉时歌》)

在吾国,哪来"痛饮真吾师",皆是翻脸不认人。

蕃薯从吕宋(菲律宾)来,清代周亮工《闽小纪》里说:"万历中,闽人得之外国。"(此节我曾在《一点墨》里说过)明代何乔远作《蕃薯颂》,而粱肉人家却对之不屑。

湖南风景唯有长沙岳麓山、南岳衡山,或可观;张家界、湘西,不可观。

中国门何其多,连山前都要修一个门,叫"山门"。

文人薄幸,文人薄行,一概难免。

有个英国指挥官杀了六千印度人。

伊万·蒲宁是世上最懂艳遇的人,他写了世上最好的艳遇小说

《在巴黎》。

曾几何时，神偏偏选中了英国，这个小岛国，来统治全球四分之一的面积。

王夫之人生漫游三境界：一、"江天风起，高阁秋新"；二、"萧萧筇吹，酒夕惊寒"；三、"览镜虽霜，为欢亦夜"（王夫之《种竹亭稿序》）。

嘉庆二十三年（一八一八），北京大兴出了一个文采轻盈的举人方履篯。但需对此人作占籍考，因又有人说他是出自江苏常州。

为了延年益寿，吾国一代又一代，不知多少人作华佗"五禽戏"。

酒中仙人不仅"逸气溢坐，高谈接云"，更是"自以为七尺之身，金石比之而不及；百岁之远，更仆数之而难终"（洪亮吉《城东酒垆记》）。

录杨芳灿《忆江南早春赋》末二句："彭泽之闲情不少，兰成之怨句偏多。"

林则徐认为剿夷有八字要言："器良、技熟、胆壮、心齐。"（林则徐《致姚春木王冬寿书》）

那就蹲着吧，别坐了（大唐的席地而坐已被日本继承）。

人发明的东西数以亿计，各有精确用途，譬如有时需要手表报时，有时需要乘车去办事，有时需要饭后一支烟，等等，不可枚数。

美是一种销魂，也是一种恐惧。

瑞典人的皮肤白得发亮。他们喜欢保存家谱、洗礼证、结婚证、死亡证……

诗人有点农民气。(华莱士·史蒂文森的一个观点)嘉宝也有点农民气。柬埔寨森林里石佛的面容像极了嘉宝。

穷人寡言。富人话多？也有说君王寡言，文人话多的。

删除即杀死，即一种快感。

他的黑眼珠、黑眉毛、黑胡子很亮，甚至亮得马上要滴下油来。

她喜欢露出她过于宽大的手臂。

考试的激动使他几乎病倒，录取通知又令他高兴得要死。

神经质与美丽，与雄心总有关系吗？"不，这不可能，我是从北碚新村出来的。"

注定要通过一个瑞典人——嘉宝——电影才能发现自己的美。

大个子的人给人一种无忧无虑之感。可我昨天却见识了一位唉声叹气的大个子。

唯有济慈的诗可与嘉宝的形象媲美。

"好莱坞是由浪迹天涯的人组成的。"

斯拉夫人的脸都很宽。

巨大的恐惧往往是一些不起眼的小东西，譬如被风吹着走的一片树叶、一根盘在地上的绳子、一条树上的裂口、一团摇曳的小树荫、一个灯光下的瘦影……

在不知不觉中,她(嘉宝)变老了,有时她会神魂颠倒地说:"当我是个小伙子的时候……"

顾城在《英儿》里说:"为了消磨时间,我做了木匠,养了猪,写了诗。"接着,他又在书中说:"北京是些尘土,外国是些积木。"

自顾城在新西兰率先养鸡以来,华人在新西兰养鸡已成为一个不小的传统;此节正是:土耳其人在德国开蔬菜水果店也早已形成了一个传统。前者我是第一次说,后者我已在别处多次说过。

一九八七年秋冬,歌乐山下,傅显舟处,我们(每晚必有戴小羚)长夜泥饮。

"熟醉为身谋。"(杜甫《晦日寻崔戢李封》)

一九八一年十月的一天晚上,我在广州写下了"你无法知道它的头发有多少"(见我的诗《表达》),现在我才懂得此句诗含了另一层意思,而这层意思我当年毫无所知,在此补写来如下:"如果一个人不知道另一个人的头发有多少,那他完全可以去数一数的。"

为了诗的延续,你更应该成为一个不写的象征,譬如去成为又一个停止写作的兰波。

在人间,结世外交莫如结酒肉交;而有意思的是,常言道:"君子之交淡如水。"

趋捷而有膂力者适合当跟班?

唐友耕（晚清四川提督）让我想到唐友爱（我重庆第十五中学同学）。另，与其说唐友耕"晚岁以咯血吸烟，然行尤及奔马"（费行简如是论及唐友耕），不如说这也是今人蒋强大之状貌行止也。

王闿运在《湘绮楼日记》里这样说廖平："况氏送来一婢，神似井研廖生，年十五矣，高仅三尺，即挥之去。"

俄罗斯思想与英国思想有何不同？前者激情而混乱，后者冷漠而逻辑。

当他兴奋的时候，忘乎所以地跳跳蹦蹦的时候，我才突然发觉，他上半身的长度大大长过了他的双腿。

"南极的星星在云间密集得像小钻石一样。"（顾城：《英儿》，华艺出版社，一九九三年，第五九页）

山中一日，世上百年；不如说，医院一日，世上百年。

感慨人生最好的地方是医院而不是殡仪馆。

生是给予，死是还回。

丝绸（绣衣）无论冬夏都是凉的，温泉一年四季皆是热的。

《吕氏春秋·有始览》："山云草莽，水云鱼鳞，旱云烟火，雨云水波，无不皆类其所生以示人。"

何谓二十四桥？李斗在《扬州画舫录》卷十五《冈西录》中说："二十四桥即吴家砖桥。一名红药桥。"

白居易《咏怀》："先务身安闲，次要心欢适。"

"卷帘飞燕还拂水,门户(开户)暗虫犹打窗。"(李商隐《水斋》)

王闿运在《湘绮楼评词·附录》里说到周邦彦《少年游·并刀如水》时,认为:"破橙以'指','手'字不及'指'字妍细。"可我却以为"手"字读来口感更好。

唐人施肩吾《送裴秀才归淮南》:"怪来频起咏刀头,枫叶枝边一夕秋。又向江南别才子,却将风景过扬州。"

不能百分之百肯定的事:诗无拗怒之风,顿死。

由诗可见,他是一个既小气又贪婪的人。世上又有哪个诗人不是这样的呢?

燕子春社前北归,秋社后南飞。为此,才有"长向春秋社前后,为谁归去为谁来"(欧阳澥《燕诗》)。

天门除了蒸菜,什么都没有。

王,屠肉;妃,沽酒。

倦游怀乡,寻找美景,乃人之常情。

重庆求精中学门外,夜游共谁秉烛?

我本渝州人,今作南京客。

"人如风后入江云。"(周邦彦《玉楼春·桃溪不作从容住》)

庾信《山斋诗》:"遥想山中店,悬知春酒浓。"

"名士不必须奇才,但使常得无事,痛饮酒,熟读《离骚》,便可称名士。"(《世说新语·任诞》)

抄郑谷《池上》一句:"风竹冷相敲。"

我们说红红白白、朱朱白白,但不说赤赤白白。

"不为酒困,何有于我哉!"(《论语·子罕》)

时间无尽头:吃是一种缠绵,也可以反过来说,缠绵其实就是吃。

抄苏轼《浣溪沙·簌簌衣巾落枣花》一句:"牛衣古柳卖黄瓜。"

想到徐州,我会想到一个妩媚的男体育老师;当然也会想到苏东坡的一句诗——我是那样的喜欢——"城下清淮古汴"(苏轼《如梦令·题淮山楼》)。

背飞双燕即劳燕分飞。

多年前在成都席永君处识得四海为家的河南诗人南北,今晨突然想起他,只因读到两句诗"江潮容易得,只是人南北"(舒亶《菩萨蛮》)。

没有弟兄华发,何来远山修水。黄大临于水村山馆,夜阑无寐,边听空阶雨边写下《青玉案》,送别兄弟黄庭坚(因事贬宜州)。

偶有名酒,便可待月;吹笛人临风一曲,更是锦上添花的事。

一时多少闲:闲谈、闲吟、闲饮、闲唱、闲着、闲走、闲游、闲猎、闲梦、闲愁、闲适、闲情、闲美、闲暇……

《念奴娇》（黄庭坚）："老子平生，江南江北。"
戎州，黄庭坚；梁州，黄庭坚；无处没有黄庭坚。

哭与笑从形式论上看，很难说有一个分别，有些人哭起来像笑，另一些人笑起来又像哭。

仲殊《望江南》开篇便是："成都好，蚕市趁邀游。"

重庆解放碑有个小洞天，倒让我吟出一句"犹喜洞天自乐"（周邦彦《瑞鹤仙》）。

春初暖，岂料"轻阴抵死须遮"（周邦彦《西平乐》）。

有烟容、病容者欢喜说"搞"字？譬如说，把生产搞上去，把某人搞臭……

桃李无言，难道柑橘有言？

再说一次：无事人，用冷水洗鸡蛋，等于用冷水洗煤球。

片儿川与裤带面，一对双子星，也是一对难兄难弟。

吃重庆火锅，就是吃：黄喉——牛和猪的主动脉；毛肚——牛的第三只胃；鸭肠、胗花、耗儿鱼、火腿肠、猪脑花……

顺手抄李清照几句："旧时天气旧时衣"，之后：东方，"浓睡不消残酒"；西方，"乱山又遭急雨"（此句不是李清照的）；北方，"试灯无意思，踏雪没心情"；南方，"庭院深深深几许？"
想到洛阳，就想到陈与义的一句诗："杏花疏影里，吹笛到天明。"（《临江仙·夜登小阁，忆洛中旧游》）

席浪仙,仙浪远。

钱塘朱淑真,嫁为市民妻,专写断肠诗,抑郁愁病死。

很快,我将为这一句诗——橘里渔村半烟草(林外《洞仙歌》)——写来一首诗。

翻寻半天,终于找出了一个婺源诗人王炎(一一三八——一二一八),抄一首他写的《南柯子》:

> 山冥云阴重,
> 天寒雨意浓。
> 数枝幽艳湿啼红。
> 莫为惜花惆怅、对东风。
>
> 蓑笠朝朝出,
> 沟塍处处通。
> 人间辛苦是三农。
> 要得一犁水足、望年丰。

辛弃疾《水龙吟》:"渡江天马南来,几人真是经纶手(作诗手)?"

"不念英雄江左老,用之可以尊中国。"(辛弃疾《满江红》)

辛弃疾《汉宫春》:"新凉灯火,一编太史公书";"雄深雅健,如对文章太史公"(辛弃疾《沁园春》)。

"阅人多矣,谁得似、长亭树。树若有情时,不会得、青青如此。"(姜夔《长亭怨慢》)

销魂先销骨。

你一日走千回,硬语盘空谁来听?吴文英《点绛唇·有怀苏州》:"可惜人生,不向吴城住。"

人的一生就是相遇的一生。该怎样去读我的诗《一种相遇》?三更天色,莫读;天亮了,读……基督的午后,在从 Houston 到 Austin 的路上,对于梁朴牧师来说,最宜读《一种相遇》。

福建诗人陈人杰(一二一八——一二四三)虽诗风激烈慷慨,直逼辛弃疾,但命短,仅活了二十五岁。

刘辰翁《柳梢青·春感》:"山中岁月,海上心情。"

写诗说白了,就是学习熟练掌握词法、句法、文法,三法之中,句法最重要。回到我们古人的作诗法典:炼字兼炼句。回到瓦雷里的口头禅:"我写诗只思考句子,句子,句子。"

刘兼《春昼醉眠》:"处处落花春寂寂,时时中酒病厌厌。"

再抄韩偓《幽窗》两句:"手香江橘嫩,齿软越梅酸。"

崔橹《句》:"强半瘦因前夜雪,数枝愁向晚天来。"

张祜好玩也,"舞停歌罢鼓连催,软骨仙娥暂起来"。

黄庭坚《睡鸭》:"天下真成长会合,两凫相倚睡秋江。"

杜甫:"野客茅茨小,田家树木低。"

"一瞬青春速如电,等闲宽尽缕金衣。"

陈后主《长相思二首》（之一）："羞将别后面，还似初相识。"

庾信《拟咏怀诗二十七首》（之二十四）："无闷无不闷，有待何可待。"

赫塔·米勒在二〇〇九年诺贝尔文学奖获奖演说第一段中说："直接的表示会让人难为情，不是农民的作为。"为什么？因为每个农民都是敏感害羞的诗人？因为华莱士·史蒂文森（Wallace Stevens）说了："每个诗人都有些农民气。"

追踪赫塔·米勒的描述问一句："在罗马尼亚，厂猫的耳朵都是残缺的吗？"

敏感性来自遗传，与后天训练毫无关系。

达玛是张枣的导师、母亲、情人。

王者是无言的。"一个人沉默的能力越强，他在场的影响力就越大。"（赫塔·米勒：《国王鞠躬，国王杀人》，江苏人民出版社，二〇一〇年，第五九页）

"兵"在德语中是"农民"？

春心轻漏，"一春须有忆人时"。

波兰诗人切·米沃什（Czeslaw Milosz）有一首诗《礼物》，特别获得中国读者的热爱，尤其是其中一句更是为敏感纤细的中国读者所津津乐道："To think that once I was the same man did not embarrass me."真的再不让人难为情了吗？我认识一位八十三岁的老人，他就一直为他少年时代做的一件尴尬事（此事保密，为尊者讳）耿耿于怀。为此，我要说，对尴尬的事或难为情的事一直耿耿于怀

（即一直感到难为情，feel embarrassed），何尝不是一种境界！

对于每一个我认识的死者（无论是我爱的人、恨的人或仅点头之交的人），我首先将忆起并怀念的是他们的声音！而非容颜。

《北大未名诗风专题——诗人臧棣：远方就是这样，就是我站立的地方》开篇即小清新也，接着"神也是扁的"！

马克·斯特兰德（Mark Strand）的《新诗歌手册》一口气写了二十一节，句型一律为：如果……他会……我也一口气看完，仅对其中两节（第一九节和第二〇节）稍有兴趣，顺手抄写如下：

> 如果一个男人害怕死亡，
> 他会被他的诗歌救下。

> 如果一个男人不怕死亡，
> 他或许会或许不会被他的诗歌救下。

接着，我读到他的《我的人生别人写》末节，作者从自身内部分离出另一个我，即作者以他者之姿写来：

> 你为何始终不来？我非得是别人
> 才能拥有你？我非得由别人来写我的人生？
> 由别人来写我的死亡？你在听吗？
> 别人已经来到。别人正在书写。

到底什么东西在腾空而上？我的回答是：目光在腾空而上，其寓意为目击道存；如是，且立即读舒丹丹翻译的西蒙·阿米蒂奇的诗歌《腾空而上！》：

> 它始于一座房子，这里是说联排房屋中最尽头一座，

但它不会在那儿停止。接着是一条林荫道，
它的拱形傲慢地穿过力学研究所，在主干道
甚至看也没看一眼便向左拐，很快便是
一个城镇，有着四家大清算银行，一家日报
和一支带着晋级雄心的足球队。

它继续前进，无视规划法案，绿化带，
在我们意识到之前它已远在掌控之外：城市，国家，
半球，宇宙，从四面八方涌来，直到突然，
它被仁慈地拖到一边，穿过一个黑洞的眼睛，
射进邻近的星系，看起来比台球
更小更平滑，但比土星更重。

人们在街上拦住我，在等待结账的队伍里缠住我问，
"这是什么，这么小又这么光滑，
但它的质量却比那环状星球更重？"这正是
我向他们断言的话。但他们不会明白。

一溜烟就发现了填词人的喜感：不是"朝中措"，便是"摸鱼儿"。

一个当代传奇：罗马尼亚布加勒斯特的下水道生活。

特朗斯特罗姆是真正少有的天才诗人，但不是伟大诗人。

昨夜，连续几小时沉浸在艾米莉·狄金森（Emily Dickinson，一八三〇——一八八六）的一句诗里："恐惧无以调查，唯有在黑暗中环绕。"该怎么说呢，唯有如哈罗德·布鲁姆（Harold Bloom，一九三〇——　）所说："除莎士比亚之外，狄金森所表现出的认知的原创性超过了自但丁以来的所有西方诗人。"

天才诗人都写得少，也写得短、精致；伟大诗人一是写作量大，二是滔滔写来，若泥沙俱下的江河，没那么精致。或者这样说更简洁：天才诗人无缺点，伟大诗人有缺点。

有一门学问最难，要用一生去学习，那就是里尔克说的"告别的学问"；而死是向人间作最后的告别。

说好听一点，人生是修炼；说不好听一点，人生是磨难。

"老年人比年轻人擅长的一件事就是死亡。""酒的残留物是，原谅我用的字眼，尿……""死亡比思想更具有影响力。"（库切短篇小说《日暮》，见《译林》二〇〇五年第六期）

汽车有一项功用，就是开车人可以一边开车一边对身边的人说出平时不好意思说出来的话。

最善变的是人的情绪。

"爱尔兰的曙光，陀思妥耶夫斯基的故事。"我对前者稍有兴趣，对后者只感到无聊。

旧鞋合脚倒使我想起一句诗："And this worn shoe just fits the track…"（Emily Dickinson）

那来自美国新英格兰的加尔文教派牧师极会煽情，比较有意思。

他甩开步子就往前走，因为他太热情了而非急躁，他已等不及坐车了。

他是一个怪人，但又让你一时说不出他怪在哪里。有一天，我突然想通了，他的怪是：他如此乐意帮助人其实是为了自己活下去，如对别人无助,他就会感到自己是个废人,简直无法活了。

轻率的慷慨不是令人遗憾,是令人难堪。

他——五十岁——白肿着脸做酒生意,儿子已送去美国读书。一个黄昏,他边吃火锅边说:"现在不像年轻时,一天到晚背着个包,到处找客户。现在一年就签一个合同,生意便完成了。"

马头呢?那是知识分子喜欢的动物;我现在只画熊猫。

那黑白照片的女人,一眼看上去,像个死人。

"儿时,我总是跑回家,并感到敬畏,好像有什么事要降临到我身上。"(《我的战争都埋在书里:艾米莉·狄金森传》,北京大学出版社,二〇一三年,第九〇页)不单艾米莉如此,据我所知,大多数儿童都如此。

不仅要学习告别的知识,也要学习悲伤的知识、幸福的知识。

人人都会写自己的名字(文盲除外),但并非人人都会写文章。

"崇拜英雄成为狄金森重新发现自己的一种方式。"(《我的战争都埋在书里:艾米莉·狄金森传》,第一七五页)

受冻的人需要暖和,暖和的人需要平静。

读《鹤林玉露》之《读易亭》,"魏鹤山诗云:远钟入枕报新晴,衾铁衣稜梦不成"。

《论语》为儿童之书也,杜少陵诗云:"小儿学问止论语,大儿结束随商旅。"

李白:"忽忆范野人,闲园养幽姿。"

应世法:无可无不可;守己法:有为有不为。

范文正公云:"常调官好做,家常饭好吃。"

黄巢战败,脱身为僧,自行题诗云:"铁衣着尽着僧衣。"

吾国至今仍以农圃家风、渔樵乐事来对抗西方现代性的冲击。

杜子美《杜鹃》:"西川有杜鹃,东川无杜鹃。涪万无杜鹃,云安有杜鹃。"

杜陵诗云:"色难臭腐食风香。"

屠儿礼佛,娼家读礼。

《鹤林玉露》云:"大凡举事轻捷则易成,繁重则难济。"

《鹤林玉露》云:"……绘花者不能绘其馨,绘泉者不能绘其声,绘人者不能绘其情,然则语言文字,固不足以尽道也。"

请立即注意艾米莉·狄金森一首诗的两行草稿:

　　Philip questioned eager(菲利普被急切问)
　　I,my riddle bring(我,携带我的谜语)

再提请注意她的定稿:

　　Philip when bewildered(菲利普困惑时)
　　Bore his riddle in(心怀他的谜语)

观苏州"鳝糊"这道菜,不是叹为观止,是古文观止!联想到川菜造型的麻渣和焉啪皮臭(因我常在微博里领教某些人不堪入目的川菜),我无言。但只有一人可与类似江南的菜型对垒,那就是川菜百年来最伟大的家庭厨师(她只为家人做菜,我有幸品尝)——诗人兼翻译家董继平的母亲,可惜,她老人家已作古。川菜从此失传!

两汉——午后;民国——黑夜;宋朝——凌晨。

他是一位研究青苔的植物学家。

有个威尔士人亨利·沃恩(Henry Vaughan,一六二一——一六九五),既是内科医生,又是玄学派诗人,我记住了他的一行诗,"我最好的时光已暗淡而久远"。

触电!勃朗特——十字架上的拿破仑。

夏天一幕:他是一个中国人,不能吃冷东西,肚子容易着凉,他就用大毛巾捂着肚子喝啤酒。

一个女生,二十二岁,母亲去世,信佛。
一个男人,二十五岁,哥哥去世,信佛。
一个男生,十七岁,父亲去世,什么都不信。

爱弥儿·齐奥兰(Emil Cioran)说过"无来由的恐惧……"我认为恐惧从来都是有来由的。

为什么在罗马尼亚,死者的脚要被高高垫起?

不仅要分清直立的风和躺下的风,更要分清一个人进来与出去的不同气味。

与其说孩子在好奇中长大,不如说孩子在张望中长大。

那男诗人(名字只好保密)老了,乍一眼看去,颇像个细眉细眼的老太太。

吾爱水边渔,不爱陇头耕。

读方之《在泉边》,知:"枣子吃肚下,核子在心里。"

(从南食召知)瑞安话:凤鱼!

卷五

二〇一四年五月—二〇一四年十月

人的永恒主题——风景与记忆。

行路难,有多难?倘若儿孙满眼,夫妻白首,那就并不难!

南芳菲,北芳菲,东芳菲,西芳菲,江山真妩媚,"报道点茶来也"!

北碚,西南师大,不是人,是杏园,空气沉沦,青苔晕倒。
杭州,二〇〇四,不是主人是客人,爱上了拉布拉多犬。

鸡鸣风雨,秋水闲鸥,又是古人一贯景致。

下午无事人,坐对小鱼缸,费时两小时零八分钟。

化妆,露华浓;对景,露华凉。

黄昏燕子,总在夏末初中(重庆第十五中学)操场。

南京让我想起:倒头神、床头酒。

我在日本完成了关于郭沫若的博士论文,我的儿子在日本决定将来要做一个植物学家。

半城风烟,山中人间。苦修人中,有几个生年满百?

在日本九州一间大学,春红灯熟,绿槐深深,一个夜长人静的晚上,我怀念重庆:热天、大坪小学、饺子、爸爸和姐姐、妈妈和妹妹……

在中国,所有拜佛的人都希望菩萨赐予自己好运(譬如健康),唯有一个诗人唐不遇的小女儿说过:"菩萨,祝你身体健康!"

读陈子龙《山花子·春恨》："景阳宫外……无情双燕子,舞东风",立刻联想到多年前初次看见成都连锁小超市"舞东风"这个招牌时我的困惑——商家是怎样想到"舞东风"这三个字的呢?

"北望音书迷故国,一江春水无消息。"(陈子龙《天仙子·春恨》)又让我想起一个三十年前活跃在成都科技大学的第三代诗人,他的名字叫北望。

王微,明末扬州名妓,自号草衣道人,写《忆秦娥》,录开头二句:"多情月,偷云出照无情别。"

徐籀,明崇祯六年(一六三三)举人,入清,官至湖北黄冈知县,写《浣溪沙·闺情》:"怯雨惊寒花自知。无端侵入小眉儿,起收残瓣下阶迟。……"

巴树云深处——重庆上清寺特园之一九六〇—一九七〇年代。

十年江湖,交游嚼蜡。

白伤心,红杀伐,黑主贵;颓废蓝、儿童绿、东亚黄。

人生的一对张力:好了伤疤忘了痛,不见棺材不掉泪。

缩项鳊鱼肥肥,长腰大米白白。

是元瘦,不是元诗。

实在忍不住要抄一首毛奇龄的《相见欢》:

  花前顾影粼粼,水中人,水面残花片片绕人身。
  私自整,红斜领,茜儿巾。却讶领间巾里刺花新。

陈维崧《夏初临·本意》："贩茶船重，挑笋人忙，山市成围。"

陈维崧《庆春泽·春阴》："谢桥边，冻了梅魂，结了春阴。"

衡水不仅有老白干、衡水二中、索尔·贝娄研究专家，还有诗人，譬如市林业局正高级工程师宋爱红女士就欢喜写诗。

卷帘难卷春深，素手才摘新雨。

夏蛇！晴丝卷燕。野马难寻。土桥？不，土伦。

一日两餐。读书。写作。散步。睡觉。

收到《走火》创刊号，立刻发现一个让我吃惊的诗歌天才蒋在，顺手录蒋在一句："殴打就能生出掌纹。"同时收到《奔腾诗歌年鉴》，这个年鉴我每册必认真读，每次读都令我陷入沉思一小会儿，这是一本很有方向感的年鉴。

旁观者清理自家门前雪。
出局者观看别人瓦上霜。
吸烟客坐等工资两小时。

我们这里不说清洁工，说保洁员。

卑贱的人是危险的人、恨的人、残忍的人，也是小气的人。

最绝望的事是被迫改变自己。但人的习惯并不是（幼时）养成的，是基因决定的。人如何可以改变呢，修改基因吗？悲剧！

常常而非有时，我们不知道怎样去生活。

小心，吵架会使你迷失。

与其说人生短暂，不如说人生难熬。

仇恨出大师，爱只能使人软弱。为何？这个问题我以前说过。再说一遍：一个人真正的力量是出自恨，或者这样说，力量即恨；爱，怎么可能有力呢？

林麟焻《水调歌头·钓龙台怀古》："庾信最萧瑟，词赋只悲哀。"冯文炳（废名）："此地是妆台，不可有悲哀。"

柳原白莲脸型。再从其眉毛见其黑发之丰腴……身体！这种脸型是"月如钩，寂寞梧桐深院锁清秋"。到柳如是几近绝迹，后来，秋瑾模仿了柳原脸型，犹如柳原模仿了宋朝脸型。

唉，脸肿即老，况且她连鼻毛都白了。

只是荷兰人飞翔吗？苏格兰人也飞翔。

古有柔肠寸断，亦有刚肠百炼；古有绿肥红瘦，亦有雨肥烟瘦。

在清朝，吴文英（约一二〇〇—一二六〇）有个学生叫李良年（一六三五—一六九四），浙江嘉兴人，为浙西派大家。有《秋锦山房集》存世。下面特别录来他写的一首《柳梢青·怀友人在白下》：

　　春事闲探，日斜风细，叶叶轻帆。燕子来时，梅花落尽，人在江南。
　　晚来何处停骖。携手地、王孙旧谙。白下残钟，青溪远笛，今夜难堪。

徐釚（一六三六—一七〇八）《山花子·秦邮道中》："且买高邮

红玉酒，好停船。"

进士姜如农（一六〇七—一六七三），号宣州老兵。成都有家搬家公司，叫"老兵搬家"。

"春云遮却春归迹。"（叶奕苞《蝶恋花·夜泊桐庐鹭鹚村》）

生小江南，草绿山油。

民国相士彭涵锋观冯玉祥后说："貌似刘备，才如孙权，而志比董卓，诈如吕布，运只袁绍耳。"

"南浦绿波人别后，小楼红雨燕来初。"

洪亮吉《水调歌头·自吴江常熟回舟欲至娄上作》："我欲花开地下，更使水流天上，耳目一番新。……万事等闲耳，无鬼亦无神。"

注意：惠山祇陀寺锦树林有卞玉京墓。

王翰青，忆少年："无端残雨，无根残梦，无情残夜。"

天爱上鸟儿，懒管愁人。

朱声希也叫朱秀水，他在《清平乐》中有一问："风前谁触帘钩？"

白雨忽吹散，凉到白鸡边。

醒来知酒渴，病去觉衣轻。

一时多少瘦：鹤瘦、燕瘦、月瘦、人瘦……甚至钱亦瘦（一分钱)。

一时多少嫩：嫩寒、嫩晴、嫩云、嫩模……甚至荒亦嫩（杨键画）。

清朝女诗人庄盘珠（一七九六——一八二〇）《踏莎行·春柳》："……桃花作伴过清明，谁家池馆藏烟雨。……"《踏莎行·病起》："最怕残春，落红堆径。今年人比花先病。不教细雨几番催，留春一日花应肯。风定帘闲，燕眠梁静。清明近也寒还剩。……"

她的妈妈说："我要死了，不要和我计较。"

牙医，在小诊所，工作平静，年复一年，幸福。

写诗的状态：需要身体极端闲逸，又要精神高度集中；二者缺一不可。

那写《希罗普郡少年》的 A. E. 豪斯曼（一八五九——一九三六）竟说："我很少写诗，除非是生了重病。"

"专注才能带来快乐。"（奥登）

不同职业的人有不同的规定的脸型。

她的诗只适合小学老师来研读。她也是所有小学老师心中的大诗人。

任何一门艺术都是依附于某个阶级的寄生物（奥登的一个观点），诗歌当然也不例外。

鸽子直走，螃蟹横爬。

你想哭，但神命令你写。

下午三点，那蚊子很胖，飞不动了，我一下子将它打死，结果拇指和食指及手掌上皆沾有浓血。

我常常直接就抄几行或一首诗过来，此举并没有什么用意；只是将诗句提出来，为了自己更好地玩味、欣赏而已。

在马鸣谦翻译的《奥登诗选·短句集束（二）》中，我读到：

可"知识分子"这个词，常会让人
马上联想到背叛妻子的不忠者。

对于臧棣来说，人生就是左手"协会"，右手"丛书"，执此两端，足矣。

人如尘土，还好，有森林来救。罗素说国人贪婪、懦弱、无同情心，拿什么来救？

黎明即起（二〇一四年七月二日），只为寻找水天同（一九〇九——一九八八）发表于一九三〇年代的诗歌及诗论（是否都刊登在柳无忌主办的《人生与文学》及吴奔星主编的《小雅》诗刊上呢？我在想……）。

"从最严苛的角度来看，定居（而非游牧）社会的整部历史——从疯狂农耕的中国人到同样疯狂农耕的苏美尔人——都难逃恣意掠夺自然的罪责。"（西蒙·沙玛：《风景与记忆》，译林出版社，二〇一三年，第一三页）

成人怕死犹如小孩怕黑。人有一种从文艺或自然中寻求安慰的本能，那是因为人知道自己必死。

基督的生命树在哪里呀？在挪威的森林里？只有立陶宛人才崇拜树么？日本人也崇拜？

在德国，古森林是抵抗屏障。
在英国，古森林是皇家猎场。
在法国，古森林是浪漫源头。
在美国，古森林是民主新风。
在吾国，古森林是河山之美。

在马德里有一株古白蜡树，每个月第一个星期六，圣母玛利亚都会在树下向一个退休清洁女工现身。（《风景与记忆》，第一六页）

中国肚子吹不得风，易受凉；中国肩膀也吹不得风，要得肩周炎。所以，我们从小就穿很厚的衣服，中国妈妈最怕孩子冷到了（用四川话念"冷到了"，意思是因冷而患感冒）。

做个记号：欧洲最古老的森林在哪里？西蒙·沙玛认为在波兰的东北边疆——该地区现属乌克兰、白俄罗斯和立陶宛。再做个记号：波兰作家康维茨基（Tadeusz Konwicki）的《新线路》（黄贤俊译，作家出版社，一九五四年）。

一头被猎杀的立陶宛野牛，很重，要六十人才能把它抬到猎车上。（《风景与记忆》，第五五页）有关此点，我不太相信。

说什么下沉式罗马浴缸，哪一个浴缸又不是下沉的呢？

塔西佗从他的朋友普林尼的《博物志》那里得知，日耳曼的海西森林是这个地球最古老的森林，"它与这个世界同生，以其几乎不朽的命运令所有的奇迹都黯然失色"。那森林里还有一种怪鸟，"它的羽毛发出暗夜火光一样的颜色"（此鸟详情见普林尼的《博物志》）。

到底是什么东西使德国成为德国？森林！唯德国人能保持森林美德。森林，尤其是古橡树林是德意志文化想象的无尽源泉。德国——林中路（马丁·海德格尔）。

抄下并记住："一想到明天我还没死，就得继续老下去。"（宇向《每一天都为它所改变》）

风景四用：行于风景，坐于风景，观于风景，葬于风景。

日耳曼人与罗马人之战，即"木头对抗大理石，铁器对抗金子，皮毛对抗丝绸……"（《风景与记忆》，第九七页）再说白了，即森林对抗平原。

四个世纪前，古典学的重镇在莱顿大学。

连续两天（二〇一四年七月三日）在散步的草坪上发现一张淡蓝纸条，无聊拾起来，读如下：雨衣，两件；充电器；充电宝；驮包；牙刷，一；风油精，一；签字笔，二；护舒宝。

英国森林晴朗如夏日，夜莺欢喜歌唱。注意它的橡树之心。

那如画美景的热爱者，其实是一个古树热爱者；他享受树，即享受了他的生活，直至耄耋之年，卧于床榻，平静地死去。

从西蒙·沙玛所著《风景与记忆》第二〇四页，知道了法国森林里，树的等级制：橡树、山毛榉——贵族；针叶林木——中产阶级；白蜡树、酸橙树、角树、栗树——工匠阶层；柳树、沼泽桤木、白桦树——下等人。

在美国内华达森林里，有一株红杉高三百英尺，周长一百英尺。

八月里的一天突然有初冬的风景。

宙斯有橡树,阿波罗有月桂,雅典娜有橄榄,阿芙洛狄忒有桃金娘。徽州有户人家有金桂。

耶稣的一生是木命,生在木马厩,爸爸是木匠,最后死于木十字架。

我们对黑暗森林感到多么恐惧,森林——迷失——中年但丁。"一片森林是否可能成为基督教的属地?"(《风景与记忆》,第二六二页)

在森林里,"麻风病人和瘸子会因某种树根或者树枝而痊愈"(《风景与记忆》,第二六二页)。

人适得其反,愈隐愈有名,愈木讷愈具圣贤魅力。

有一款中国酒可媲美杜松子酒(金酒)——二锅头。

油腻和烤焙的食物会引起疝气?

在英国风景中建赵州石桥,犹如在杭州西湖边建巴黎圣母院。

当一名装卸工也是好的,凌晨,他从车上不停地卸下半片肥猪肉,喜滋滋地扛入市场。

这有什么好说的呢,在中国,古往今来,农妇都是勤劳的、贫穷的。

三十六岁,是人生最为丰盈、最为平衡的年龄,是人从生到死这升降曲线的最高峰。(图尔尼埃:《桤木王》,上海译文出版社,二

〇一三年，第九一页）

圆头太多了，东亚！不幸的圆头。德国，长头——智慧、力量、灵感的长头。（Michel Tournier 的一个观点）

思考"渔业和锯木业是不分家的"？继续思考：如何得益于鱼？得益于木材？

德国是一个黑与白的国家。（Michel Tournier）

人活在年月之中，也活在分秒之中。她活在日本之中。

乙走起路来的样子与甲完全相同，我差点认错，定睛看，肤色深浅略微不同，得以区分。

爱面子的日本人用了至少一百年的时间，总算在清洁上略略胜过了荷兰人。

一遍遍经历冬日，就是一遍遍经历道德的磨砺。一遍遍经历春日呢，难道就是要一遍遍感叹时光的流逝么？

纹章学，即植物学和动物学。

"自行车是种有高度、长度但没有厚度的物品。人一骑到车上，人体立即变成了一个侧影，突出了人体的各种线条。……双肩支起，几乎挨到了耳朵，上身一动不动，表现出一种蔑视一切或恐惧的姿势。"（《桤木王》，第三二四—三二五页）人无论美丑，在自行车上都是好看的，"一下了自行车，便马上落到平庸无奇的地步"（《桤木王》）。

他带着风暴行走。他带着伟大的怀旧气氛行走。

人变老是从脸变大开始的。

轻轻地，轻轻地，我走了，那是徐志摩。
轻轻地，轻轻地，飞翔在四周，那是费特。
勃洛克，不可能之中的可能，道路轻轻飘向远方。
温庭筠，早在晚唐，也总是轻轻地，轻轻地一手。

黎明的蚊子，黎明的耕马，黎明鸟儿惊惧的叫声……

白城黑水，并非一定是关东往事，也可以是俄罗斯往事。

读了半天，读到第五十首，才读到费特一首好诗《给少年》。这首诗是一个意外，因为费特其实是一个政治正确的抒情诗人。

在旧俄罗斯，醋栗树或浓密的菩提树荫、傍晚的草原、长脚秧鸡或白嘴鸦、小地主的女儿、总有一个叫伊万的人、海军酸菜汤……正是这些，给我留下了中学时代——关于幻想远方——的印象。

费特也写出了惊人的一句："隐忍着重病，我的白杨。"（费特《白杨》）

"喜欢南方的诗人，我们为你备好了肥美的小牛。"（费特《致屠格涅夫》）

"他要吃羊奶，他很生气。"（费特《宙斯》）

"不，我没有背弃。直到衰迈的暮年。"这说的是费特式的爱情吗？不，说的是诗艺。

一本《费特诗集》，近三百页，两小时翻完。

"死只不过是科学的毁灭和学术的分解。"(《狄金森全集》卷四,蒲隆译,上海译文出版社,二〇一四年,第五六页)

茨维塔耶娃,你说大雁营、鸽子营、天鹅营;而我却想到了吾国的细柳营(王维《观猎》:"忽过新丰市,还归细柳营")。

她喜欢戒指,喜欢说话,喜欢电线。

他不太尊重的那位纸商,曾经也爱过一位女诗人。

孤独,用世事填塞了空虚,而空虚是有益的,犹如什么都不做的星期天。

为生活而奋斗,有意义但无美感。

对于今人来说,古树其实是一种古典时尚。

抄几句艾米莉·狄金森的话:"一封信总给我一种永生似的感觉。因为它是没有有形朋友时的孤独的心。……对一无所有的人来说,感激只是一种羞涩的财富。……对于一个移民来说,国家是闲的,除非那是他自己的。……我们对自己最伟大的行动一无所知。"(《狄金森全集》卷四,第二三七—二三八页)

今天,日记不写。我在想三百六十行,为何唯有裁缝这一行多神秘主义者?

再抄一遍:"感激是唯一能自我暴露的秘密。"(艾米莉·狄金森)

"啊,无与伦比的大地——我们低估了在你那里居住的机会。……我们遇到的生人无非是我们自己。"(《狄金森全集》卷四,

第二五六页）

世间小事相近，大事不同。

有了成功的素质，那成功就变得多余了。

杰出以平安为代价。

有点土气的人更适合当诗人。

生活——走来走去、睡来睡去、吃来吃去，也忙来忙去（此点只对有些人来说是这样）。

四季之中，夏天最为敏感纤细，因为有一种深夜的花……

蛋有自己的家。

谈永恒不如谈记忆。

飞镖既不投出去，也不贮存，那作何用呢？请告诉我，艾米莉·狄金森。

对钢琴来说，所有的颜色都是浓黑的。

但愿在李白身上也有一个杜甫，反之亦然。

死亡的唯一好处是：可以刺激和增强一个人的理解力。

金科玉律要放在心里，不要放在门外。

最神秘的事是一个人并不知道他死后埋在何地，譬如某人——

被家人选择——埋骨于攀枝花盐边；但也有人知道自己埋在哪里，又譬如郭沫若，他死前就自行指定自己要埋在山西人寨的虎头山；陈永贵亦埋在那里。

我认得的一个早年害了肺结核病，后来发了一点辛苦财的重庆文艺青年，他开了一间赌馆，叫大卫营。

商业继续，灵魂安恬。此节唯有艾米莉·狄金森懂得。

她逝世前半年，吃过温州纱面。

太原——清晨——槐树——大槐树香烟盒——潞潞——续小强。

敏感性加戏剧化，（我的）诗的唯一！

归去来兮！
一个人一生得触碰一下尸体。

勃艮艮的"艮"，也是邓艮的"艮"。

钟的故事，我们该从何谈起？这么说吧：
我只喜欢那来自日内瓦的不锈钢小圆脸。
钟的秘密心脏呢？书法中最终的抽搐呢？
当然要由卡内蒂来说，由王家新来翻译：

>……
>问题的敏感，本身已是回答的羞愧。
>当他年近八十，他招认了他的性。
>成为一个陌生人比迎接陌生人更值得。
>当一颗葡萄看见另一颗葡萄，它成熟了。
>她在河边生活了六十年但从未弯腰去看它。

他写作,当别人死去。他害怕讲一个新故事。
一个寻找奥林匹斯神山的孩子发现了科威特。
老年更多依赖于它的法则。老年活得不够偶然。
父亲作为狼,我的第一个上帝。他的哀鸣的知识。
所有命运中最吓人的:在你死之前却变得很时髦。
在他开始于七十五岁的新生命里,他忘记了他父亲的死。
我没有变,只是有时在念出敌人的名字时我有些犹豫。
……

他是一个穷人,也是一个病人(疯),他只有一千块钱,他随手在幻觉中送给了一个他知道的坏人,为此他又后悔了九年。

大自然的秘密,对于纳博科夫来说,就是蝴蝶的秘密;对于艾米莉·狄金森来说,就是蜜蜂的秘密。

有一个阿尔巴尼亚人,很白,很痛苦……

夏天,桃子和书房都漂亮,说的是邹汉明在浙江嘉兴的家。

除了静静的顿河,你喜欢挪威还是锡兰?

他过于正直,令人厌倦,不过宜于成为一个热带国家安静的工程师。

"两个头戴宽边帽的工人正在吃奶酪和大蒜的午餐。……""她对肉体欢爱的了解之深是无人可及的。……""他身穿一件滴水不漏的外衣。他的招呼打得精力充沛。……" (纳博科夫《菲亚塔之春》)

场景之重要:有时,火车站,普通人彼此的话别,竟也会令人产生一种人生的惜别之情。

脸色黄如教堂的蜡油,这种脸色也说得过去。

那徐州的油头人会在老年找到:点滴乐趣。

她喜欢张罗,原来是因为手窄小。或这样说,她手愈窄小愈张罗。

没有失去,得到的也是不完整的。没有昨日楼上见过的,那一小点光线里的尘埃,夏天也是不完美的。

时光能平复一切吗?时光从来没有(甚至连一秒钟都没有)平复过他对一个人至死不灭的恨。

由于怄气失去了力气,他听到他自己的撒尿声也带着一丝呆痴、软弱的气息。

虚实相间的事:抓一把土,又抓一把光。

爱比生提前,比死晚。(艾米莉·狄金森的一个观点)

"悔恨是觉醒的记忆。"(艾米莉·狄金森)

他死了一天,而非一生。

以寻找代替思念。

睡去为了醒来,活着为了死去。

东方黄人,西方紫人,那白人在哪里?"十七号你会收到我的信",信里有一只晾干了的家蝇。

死亡(指尸体)是蚂蚁的一抔财富。

"中午有太古之感";"对于清晨代表夜晚的人而言,午夜必须是——何物!"(艾米莉·狄金森)

是里海,不是红海,更不是死海。

剧痛引起四海之内的友谊?

她才死了一天,好像百年未见。

人命关天,痛苦涉地。

如果红必须成为一种黑,那就黑到底!

"风多么徐缓——海多么慢——它们的羽毛多么晚!"(艾米莉·狄金森)

工作本身就是休息。

那个应该出国的女人,嫁给了一个亚美尼亚男人。

人一生最令人羡慕的命运是:愉快地度过一生。因此,有一个父亲给他的儿子取名为:恺与。

一个问题:家庭女教师往往是一些伤风败俗的女人。(亨利·詹姆斯的一个观点)

写诗人闲,便喜欢张罗。

他成长于这样一个家庭:父亲(诗人)女性化,母亲(书记)

男性化。

银行家既不需要想象力,也不需要历史意识。

他绝不相信自己得了这种病,他认为他已不是自己,他成了另一个人,他在得另一个人的病。

一个人尊重的东西也是他缺乏的东西。

梨子,年复一年地成熟;国家呢,也会年复一年地成熟吗?

积极者比消极者更适合感受丧亲之痛。

英国人在沉默时,才显得自然。

一个人知道得越多越不愉快?

女人只选择住在她最受欢迎的地方。男人则相反。

并非一定要在意大利才把生活献给风景,在遂宁也可以。

想想意大利有什么传统呢?生活中愉快的事都写成了诗。

意大利的太阳有意思,还是微风有意思?微风!

一句老生常谈的话,还可以再说:人生最大的冒险是婚姻。

那喜欢夜生活的伊莎贝尔已作古一百二十年了,一个二十一世纪的伊莎贝尔继续喜欢新时代的夜生活。

不幸的婚姻使她嫉妒前男友即将死去。

高大的栗树好看，还是高大的栎树好看？

有一本所谓非常著名的书（作者和书名就不说了，为尊者讳），七一六页，整整七一六页呀，我仅勉强费时五小时读完。其余不说。

开读谷羽教授翻译的《无所归依——别列列申诗选》（敦煌文艺出版社，二〇一四年）。如下抄来我喜欢的诗句：

在别列列申眼里，北平是："温驯的毛驴拴在榆树中间。"（《游山海关》）他记忆中的俄罗斯是："笑容，松树，拱门……罗斯！"（《乡愁》）

"北方幸福，决心不变。"（《家》）

"你从炎热富裕的暹罗，被人带到了风雪之国。随后被喇嘛卖给了游人……"（《猫》）

"俄罗斯呀，你只不过是一种想象生活的名称。"

"秋天疲倦，别叫她生活！"（《霜红》）

"我的祖父是饱学之士，说'月笛'二字适宜命名，或叫'龙岩'意在庄重，或叫'静光'取其轻灵。……'伏尔加'这自由词汇，天外飞来掀起了波浪。"（《迷途的勇士》）

"稍远小溪拐弯处，你在那里捉过乌龟……"（《南风》）

"我陪我的一个东方朋友。在台阶上迎着春风抽烟……"（《香烟》）

"我们流泪——就这样生活……那一夜闪光，三秋一夜。"（《离别中》）

《在二〇四〇年》、《北京》两首皆好。

"衣食无忧，仍然厌烦，将忍冬花楸这些草木，一一贴上拉丁文的标签！"（《无所归依》）

《北京的威尼斯》有三个亮点我已做了记号，如下："库兹明、布宁、勃洛克的诗作使我对威尼斯有所了解……那世俗的澡堂……早晨的弥撒让我有些疲倦，听一会儿，我就躲进书斋。"

我突然想，如果我在我的知青岁月读到了谷羽教授翻译的如下四行诗（别列列申《巴西之春》），该多好：

> 我怀着心愿干杯，
> 为志向难遂的年代，
> 为古老的正字法，
> 为雪莲，为流冰涌向大海。

夏清云（别列列申的中文名字）爱上了中国书生刘添生。

在吾国，我曾参观过多少名人的故居，每到一处，我都会不禁默念出蒲宁的诗句：

> 度过青春岁月的那个村庄，
> 我在那里写诗的老宅旧房，
> 少年时曾期待幸福与欢乐，
> 如今再不能返回那个地方。
> （《幽暗水面上摇晃的那颗星……》，谷羽译）

多好的诗句，我已在多处抄过，忍不住再抄一遍："呼吸，靠近有风的瓶口"（蓝蓝诗句）；原因是今晨读到谷羽教授翻译的蒲宁诗歌《看不见飞鸟》最后二句："听清风吹拂猎枪的枪口，发出阵阵单调的嗡嗡声。"（此节我以前也写过，再写！）

"我的全部青春——是漂泊/还有孤独思索的喜悦"，典型的蒲宁！典型的（女性）东方的青春！

寒冷的空气总是新鲜的、清凉的，无论东西。

屋里越闷，苍蝇越多。乌鸦率先吃掉的是尸体的眼睛。

锡兰，我曾多次在诗中写到你；在蒲宁的眼里，你是：

> 云雾中绿色棕榈树呆板如金属。
> 远处地平线像石墨一样阴沉。
> 光裸的阿拉卡拉山从林中观望，
> 恰似乳齿巨象那样高大粗笨。
>
> （《锡兰——阿拉卡拉山》，谷羽译）

整首诗都喜欢，其中这几句尤其喜欢，必须抄下来："水井挖得越深水就越凉/……往井里挂吊桶的人是好人。/……记住回到阁楼的时候/那颗宝石已握在他手心。"（见谷羽教授所译蒲宁《诗人》，《永不泯灭的光——蒲宁诗选》，敦煌文艺出版社，二〇一四年，第一二六页）

刚读罢蒲宁的"青春何物！狂热愚蠢的猎犬！"（《永不泯灭的光——蒲宁诗选》，第九八页）又遇："我的猎犬在倾听什么？/置身生活与时光之外。/原野的幽梦如中魔法，/梦境恍惚，倾听天籁。"（《永不泯灭的光——蒲宁诗选》，第一三七页）

真好！谷羽教授翻译的《午夜时我走进她的房间……》、《总有一天……》、《老苹果树》、《随驼队远行》；蒲宁这四首诗除了不停地默诵，还是不停地默诵！

继续《在涅瓦大街》，尤其是结尾！

> ……
> 面对雪片纷飞的世界……
> 在嘈杂陌生的大都会，
> 年轻、孤独、无名的我，
> 面对无家可归的傍晚，
> 这一辈子都难以忘却。

惊喜！又读到谷羽教授翻译的蒲宁四首诗，简直令我爱不释手！必须抄下诗名：《你旅行，你恋爱……》、《好外婆，请给我迷人的花朵……》、《什么在前方？……》、《你在平静之中生活……》。

痛苦在哪里，神仙就在哪里。

深夜的波涛声一定来自太古！

我们像蒲宁那样，"我们常常只能回忆幸福"……

弗·纳博科夫的名文《论契诃夫》中如下一段，可说是给陀思妥耶夫斯基或高尔基迷们当头一棒（这一段我曾多次在多处谈及，现在不厌其烦，再抄来）：

> 爱陀思妥耶夫斯基或高尔基甚于爱契诃夫的人永远也不能掌握俄罗斯文学和俄罗斯生活的本质，而且，远为重要的是，他们永远不能掌握普遍的文学艺术的本质。在俄国人中间，常把自己的熟人按其是否喜爱契诃夫而分成两类，这几乎已成为一种有趣的游戏了。那些不喜爱契诃夫的人们绝不属于公正的一类。
>
> ——《世界文学》一九八二年第一期

他早已不年轻了，但他还是更关心拉普兰人的痛苦，对他老婆或身边同事的痛苦从不关心并反倒认为是一件遥远的事。

破坏的人是彻夜长谈的人，建设者只做不说。

读弱者的书，是因为怜悯弱者的高尚道德？

俄罗斯的浪漫像黑铁一样重，而巴黎的浪漫又像鸟儿一样轻。

那有着浓黑眉毛的宽肩女人笑起来，声音也如音乐般琅琅的。

大海单调的声响不仅适于睡眠，也适于长眠。

不是故意耸人听闻，是事实：研究索尔·贝娄（Saul Bellow，一九一五—二〇〇五）的头号学者——中国范围内——来自河北衡水。他也毕业于著名的衡水二中？此事待查。

阴沉的目光、阴沉的心与阴沉的森林相匹配；金发与夕辉相匹配；那么黑人难道就只和黑夜相匹配？

华服少年，司空见惯；华服老人，少见多怪。

在斯宾塞（Edmund Spenser，一五五二——一五九九）看来，人生最大的快乐是：

> 劳累后的睡眠，暴风后的港口，
> 战乱后的和平，生命后的死亡，
> 这是最大的快乐。

原始森林有一种不可侵犯的威严，切不可贸然进去。

东方人皮肤白，易懒散。

康拉德在《阴影线》开篇便说："年纪太轻的人谈不上有什么时刻。"那他们就属于每时每刻么？老人才是每时每刻！

神喜欢单数，人喜欢双数。

一株老苹果树⋯⋯但我更喜欢有两株老苹果树的画面。在老苹果树下，我读蒲宁的《一棵老苹果树》，我怀恋他的一九一六年。

天堂，有时也就是，做菜时，盐放得精确；反之，则是地狱。

摩洛哥来信：太阳古老而生命常新。

"离别，是我们对天堂体验的全部，对地狱短缺的一切。"（艾米莉·狄金森）

在南国厦门，黎明是一滴一滴渗开的；在四川，则是"砰"地一下，全打开了。

真理在白日显现，在黑夜沉沦。

观风景起恻隐之心，是好的；见穷人就流泪，不好。

"对隐藏的诗人要厚道一些。"这句话并非一定要让培根（Francis Bacon）来说，你也可以说。

南普陀寺诚实坦荡：一切皆新，饼卖得火，素餐馆巨大。

他名字很锤子，但并不想改一个名字，任其锤子。

他体力衰退，说谎如故。

谶语皆妄语。

橘子使你平静；柚子使脸年轻。苹果——减肥！

无事才认前身，呼吸是一种滋味。

东方橘红，西方钢蓝，南方墨绿，北方厚黑。

俄国公鸡叫声粗大，锡兰公鸡叫声尖细。

因为有了谷羽教授，蒲宁诗歌终于得救了！
以前我看过许多译本（译者的名字我就不点了），都完全没有译出蒲宁对生活和情感的倾心和敏感性，或这样说，那些译者让蒲宁在汉语里成为一个三流诗人。

吃素食者也是清新空气热爱者。

自学成才者，无一例外，都有一个不幸的童年。

傲慢的人也是腼腆的人。

高尔基好做长演讲，爱用华丽词；他是个话包子，可以从早说到晚，而且说哭就哭。

马雅可夫斯基最爱穿黄色的女式短上衣。烫了头发的勃洛克爱穿天鹅绒上衣。

俄罗斯产怪人，阿尔巴尼亚出酒鬼。

错觉：在德国东部的夜色里，你感觉你在俄国；在斯德哥尔摩，你又感觉你身处彼得堡。

开罗，吸烟人、热树、骆驼、狗、寺庙、百叶窗、嘈杂人声、亮晃晃商铺、发烫窄巷、桌椅板凳、难看的棕榈！

那是蒲宁吗？清晨才过贝鲁特，一小时后又入哈杰特。巴尔贝克，大马士革，"瞧，杰别尔——谢赫！"（戴骢主编：《蒲宁文集》第一卷，安徽文艺出版社，二〇〇五年，第四六四页末行及注释二）

美男子适合做听差。

灯光和夜风，易让人顿生幸福之感。

我认识许多好奇心重、爱旅游的抒情（女性化）男人，今天我要专门送给他们一段蒲宁的祈愿。如下：

> 我一生好动，关注为我爱的世界，关注过去与现实的、恒久与瞬间的、远方与身畔的、所有世纪所有地区的生活。主啊，延长我的生命期限吧！（《蒲宁文集》第一卷，第四七三页）

越热的地方，越原始，苍蝇亦越多。

南十字星——天堂的大门。（但丁的观点）

人——每一秒钟都命悬一线。

凉快的贸易风，他的最爱。

只要有百年古木环绕的庄园存在，农奴制就不会消失。

有什么东西一去不复返了？我那青年时代才有的愉悦的睡眠。

三月，北方的乡村，我只喜欢帕斯捷尔纳克描写出来的气息，这气息又由翻译家谷羽教授精确地传递给了我：

> 马厩和牛圈敞开大门，
> 鸽群在雪地啄食燕麦。
> 粪肥散发出新鲜气味，
> 既能提神味道又古怪。

（《齐瓦哥医生》，台北远流出版社，二〇一四年版，蓝英年译文，谷羽译诗。参见本书第十七章，日瓦戈医生诗歌第二首《三月》）

酱黄比蜡黄更多古风也更沉郁一些。张爱玲笔下的上海女人多为蜡黄脸色，少有酱黄的。

厨房的气味好闻，唯独泡菜气味难闻。

"上帝让人活一天，就让人吃一天……"

厦门之热与锡兰有一拼。厦门拌面也可以在锡兰吃。中山路——厦门的商业——盛夏的午后——有点荒凉。

枸酱！印度人与斯里兰卡人的最爱。

我们学习旅行，顺便也见识了美国老人的喜好——美国老人都是旅游迷。

蒲宁，与其说是诗人和作家，不如说是爱情学家和艳遇专家。

她年轻时，活力真是无处不在呀，连她穿的鞋看上去都有一股青春强力。

蒲宁认为变态者、聪明人、流浪汉、杀人犯都长有一副圆耳朵。（《蒲宁文集》第三卷，第八九页）

圆宝盒——包罗万象的瑰宝——青春的华宴。此节，当然卞之琳最懂。

亚洲女人，皮肤黑一些好，白皮肤必失去弹性与芳香。

在俄国，纡尊降贵的家庭教师研究法国革命史；在吾国，一九二〇年代的文学青年则崇拜无政府主义。

我认为人的命运很偶然，一个人在决定性的年龄遇到一个决定性的人，他的命运将被改变。法国诗人瓦雷里则说，一个人在决定性的年龄读了一本决定性的书，他的命运将被改变。

读高山流水、晓日玲珑，倒让我立刻想起一位老一代摄影大汉，他叫吕玲珑，他很唯美。

骚客乐道于枯腴，茶客乐道于云腴，酒客乐道于琳腴。蜀人呢，当然乐道于蜀腴。

渔是吾家事，樵是吾家事，耕是吾家事，读是吾家事。唯杜甫可说："诗是吾家事。"

鸡鸣寺，月落听鸡；玄武湖，风起玻璃。

三生杜牧，十年江湖，扬州俊游……

我已写成一部书《双城》（即出），内容二分：一为《成都笔记》，二为《重庆笔记》。今晨读清道光二十五年（一八四五）进士王宪成《扬州慢》"尽绿杨红药，年年艳发双城"，不觉惊走几丝缠绵腌睡：此处绿杨红药之"双城"——也是我梦中的成渝两地也！

在苏州，你说一枚新月，我说一眉黄月。

身外有何事业？只为山山水水。

来自清朝的满洲诗人承龄（一八一四——一八六五）也写过两句好诗："一霎春寒催酒醒，春来料理伤春病。"（承龄《蝶恋花》结

二句）

夏天,"燕子不曾来,小院阴阴雨",晚清"乳虎"蒋春霖(一八一八——一八六八)所作也,见其《卜算子》。

注意：是架上鹦哥而非架上绘画。

"淮南几树留人桂"(郑文焯),"唯有承平与少年"(朱祖谋)。

谁人直逼南宋,婺源知县王允皙(一八六七——一九二九)。

江南风入松,富顺宋育仁(一八五七——一九三一)；东洋有风暴,常德宋教仁(一八八二年四月五日——一九一三年三月二十二日)。

"诗思在,乌尤山下。"(赵熙《三姝媚》)

人民如故城郭非。凄凉犯何为？哀吟亦行乐。

诗句云山里,酒杯天地间。

在古希腊,有这么一个谜语：一个男人,其实又不算男人,看准了,其实又不算看准,一只鸟,其实又不算鸟,躲在一棵树上,其实又不算树,他捡起一块石头,其实又不算石头,扔了过去,其实又不算扔了过去。(谜底为：某个斜眼阉人向一只依附在芦苇上的蝙蝠投去一块浮石,但没投中)

读到"莺老羞寻伴"(乔吉),不觉想到另一件让人害羞的事……

一只蛋,被风信子覆盖着……

野猪捅死了英俊少年——阿多尼斯。

神不听哀歌,也不喜欢滑稽剧。

满头黑发的风神多么难看。

你说海神的一夜,我说波塞冬(海神)还没有翻搅过的大海。

有何风情可怨,"眉上锁新教配钥匙"(乔吉)。

我躲着他,宛如一条衰老胆小的蛇。

宙斯下令:无风期持续两周。

人生最好的东西:健康、漂亮、有钱、年轻、友情。

"一个凡人,除了爱和吃,其实不需要很多东西。"

鹤背扬州,海上神仙。

社日停针线,寒食戏秋千。

明朝有个嘉兴诗人,卜世臣,说过一句怪话:"不思想,除非铁冶锻刚肠!"(见其《中吕·颜子乐》之《拟元帝饯明妃》)

钱塘江——罗刹江。

《清真集校注》(全二册)遗失?《古诗源》遗失?找了一晚上没找到,直到第二日破晓四点四十分终于找到,在当面书架的角落里,外面被一摞碟片挡住了。

既然济慈的名字可以写在水上,她的名字也可以写在云上、风上、鸟上……

苍蝇飞起来很激动,结果一下撞死在玻璃窗上。

柔软的纸像布。

老肉都是松弛的。"老了的野猪肉却是硬的。"

模特的爱好都是统一的:旅游、美食。

冰冷手铐真有一种酸金属味道吗?请"微物之神"回答。

一个食量巨大的大汉笑起来的声音却有一种装模作样的尖细。

"一样米养百样人。"

他吃着鱼唇在想:难道锡兰红茶比斯里兰卡红茶好听?

鱼在水面吮吸着,小嘴像婴儿也像太婆。

油炸箭鱼的眼鼓起,嘴张开。

涪江属于遂宁而不属于涪陵。

(一个全球化的)诗歌项目——苏州护照。

吾无害虎心,虎有伤人意。

"愁人莫向愁人说,说与愁人辗转愁。"

他是个秀才,他说话蹊跷。

公公,你出个猪头祭土地;公公,你泻酒时又没人吃。

"我见他姿姿媚媚容仪,我几曾安安稳稳坐地?"

"思量起这人,有韩文柳文;他是个俏人,读齐论鲁论。"

沈约病多般,宋玉愁无二。

鸽子信杳,黄狗音乖,年夜闷对。

今夜和谐,风静闲阶,我怀念亲切、仁爱的蓝仁哲教授,想读他译的《我弥留之际》(福克纳)。

黑旋风抖擞黑精神。

宋朝已有胡萝卜。宋朝的小官好吃酒煮的团鱼螃蟹。

古人的愿望不外是,岁岁年年,人在花下,常饮春酒。

一日看完九百页《宋元戏曲》。

渔人读书,小人烧香。危弦已断,新弦不惯。

桃花岁岁相似,人面年年不同。两年不见,你老了十岁。

洛阳花似锦,来时不遇春。

小神不识酒肉,更不识那锦被堆。

门会说话，窗会说话，楼梯会说话。

阴空里有一个乡霸？

黄金用尽有时来，时来铁也生光彩。

吃药！别打胰岛素，一身刮骨头。

邮亭有鲫鱼，太安有鲢鱼。

子弟家风，半生白酒，帮闲走空。

有的人（很可能是一半人）的样子我不忍看，我更怕看；为何？因为我知道我看到的其实是一具具尸体。

《浣纱记》（梁辰鱼著）全剧太长了，不过也有一个亮点，它第一次让昆山腔之水磨调出现在了戏曲中。晨读该剧，在第三十出《采莲》里，我记下几句：

  （净）美人，你方才梳洗？（旦）大王爷，晚来乘凉困倦，不觉起来迟了。（净）美人，你记得夜来乘凉的景象么？（旦）记得。〔洞仙歌〕冰肌玉骨，自清凉无汗。水殿风来暗香满，一点明月窥人。人未寝，倚枕钗横鬓乱。

野人羞见客，故友懒谈心。

牡丹亭里"大便处似'园荽抽条'，小便处也'渠荷滴沥'"。

草树生光辉，鸟兽才肥润。老人醉颜酡，后生鼓腹歌。

"生死长安道，邯郸正午炊。早知灯是火，饭熟几多时。"（汤显

祖《邯郸记》）

汪廷讷种玉到狮吼；又逢高秋明月夜，你可同谁啸江楼？

赤脚人牧猪，穿靴者吃肉。

有明一代，张玉华樱桃园报恩（参见王澹戏曲《樱桃园》）。此樱桃园不是契诃夫的《樱桃园》。

羊不但吃草也吃棉花。

锦堂客至三杯酒，茅舍人来一盏茶。

有唐一代，博陵书生崔护过都城南庄，吟桃花人面。今又读孟称舜杂剧《桃花人面》，不免想到伊佩霞（Patricia Buckley Ebrey）之著作《早期中华帝国的贵族家庭：博陵崔氏个案研究》。

夜静水寒鱼不食？

桃园结义，徐州分离，古城团圆。

尤侗《钧天乐》这出戏，其中一出就叫《哭庙》，说的是沈白哭于项王之庙也。

艳云亭里，一个清朝人一大早吃了一碗泡锅巴。

渴饮六安茶，愁沽三白酒。

两个意象：金鱼、白马。

清人张彝宣的戏曲可看。他在《快活三》第二十八出，写来一件万古传羞事。

寻常事：钓鱼人去，射虎人遥，屠狗人无。

两个人的形象："黑爷爷霜花板斧排头劈，把馒头来裹着人肉吃"——李逵；"腹垂过膝力千钧"——安禄山（此形象我在另处已说过）。

秀才会课，点灯告坐。

运去黄金减价，时来顽铁生光。

"新书远寄桃花扇，旧院常关燕子楼。"（孔尚任《桃花扇》第二十三出《寄扇》）

"旧吴宫重开馆娃，新扬州初教瘦马。"（孔尚任《桃花扇》第二十五出《选优》）

"歌舞丛中征战里，渔翁都是过来人。"（孔尚任《桃花扇》续四十出《余韵》）

"江山江山，一忙一闲，谁赢谁输，两鬓皆斑。"（孔尚任《桃花扇》续四十出《余韵》）

南朝事——逃难：风吹蜡泪，天街人静，马蹄轻快，天老地荒。残年还避乱，落日更思家。（孔尚任《桃花扇》第三十六出《逃难》）

正午！阑珊残局，恨压金陵。

"上学来，供午课，牧猪儿，纵横坐。"（杨恩寿《再来人》第十

出《雨梦》)"文人福,隔生修。福人文,前生做。"(杨恩寿《再来人》第十五出《悼往》)

不去福建,不懂飞鹤。

饱看灯前人,饿吃白兰地。可钟祖芬(一八四五——一八九四?)在《招隐居》第十六出戏《封馆》里说:"若能饿了不吃,便可白头厮守……"

"这做官乃是朝廷的官,不是东瓯的柑。"(洪炳文《悬岙猿》之《岛别第三》)

"背起刀儿打起包",吴梅写《刺焦》(吴梅《风洞山》)。

生活要继续,所以忘记也是需要的。

我喜欢"说谎的"诗人。注意:这是说给懂的人听的。

踵事增华,变本加厉,自然如此,人文亦然。

绘事后素,锦上添花。

最正统的儒家必是政治家。

不同地区的人对待批评,持不同的态度,且看"江南文制,欲人弹射……山东风俗,不通击难"(颜之推《颜氏家训·文章篇》)。

有才无学孟浩然。时有美丽张公子(张祜)。

古人说,学诗如学仙。

魏诗门户，汉诗堂奥。先入户后升堂。

小河水急，大河水慢。静水流深，人老多愁。

严沧浪谓："作诗譬诸刽子手杀人，直取心肝。"（谢榛《四溟诗话》）

风出谣口，诗在民间？

杨炼写《艳诗》，倒让我想起袁枚所说："阴阳夫妇，艳诗之祖也。"（袁枚《再与沈大宗伯书》）

清人赵翼论诗有趣，抄几句："不老笔不洁，不闲意不新。天予老且闲，使之作诗人。"（参见《瓯北集》卷二十六）为此，我们可以改变一个固有的观念，即诗是青春的。一个人要成为诗人，按赵翼的说法，首先应满足的条件，就是成为一个老人和闲人。

古今一场戏，绵阳李调元。

史记体本来苍质，司马迁写来轻灵。（章学诚的一个观点，见其《文史通义·文理》）

不可思议的事，阮元也写诗。章学诚本来就不该写诗。

蒙古人原来食量大，哈斯宝翻译《红楼梦》。

"初学词，求空，空则灵气往来。既成格调，求实，实则精力弥漫。"（周济《介存斋论词杂著》）

人生下来，自己哭；人死后，别人哭。总之，人的一生是一场哭。为此，刘鹗发奋写老残（在《老残游记·自叙》中，老残从头到尾大谈哭）。

蚕头似马头，鱼头似人头。

说什么清绮江左、贞刚河朔，这也是一个俗套。

棋声才使花园闲？人闲未必头白迟！

青羊引双羔，两猪拱一槽。

在梁朝，花如药，膏如饴，鼻如铁，人间风日，亦坚如石。

很难说写《玄怪录》的牛僧孺是个闲逸的人。

"洞庭之阴，有大橘树焉，乡人谓之社橘。"（李朝威《柳毅传》）

从薛用弱《集异记》知：年轻的王维皮肤洁白，美风姿。

沙千里（早年"七君子"之一，后任中华人民共和国部长，如粮食部长等）、杨千里（江苏南京羽毛球运动员）、房千里（唐代诗人，与诗人许浑善）……

落魄文人最爱用捭阖之词进行游说，企图打动有权势的人。刘禹锡也说过类似的话："大凡布衣之士，皆须捭阖，以动尊贵之心。"（见韦绚《刘宾客嘉话录》之《杜佑》）

一鱼吃了终无恨？吃酒人尽管吃，即便他并不理解吃鱼之事。

口蜜腹剑的坏人李林甫有六个女儿，各有姿色，也算一件怪事。

"买得典仓缘利智,厅堂夸向往来宾"出自《捉季布传文》(见《敦煌变文集》,王重民等编,人民文学出版社,一九五七年)。抄这二句,也有个私心,即顺便为读者发现一下李连杰娇妻(现在当然是老妻了)利智的出处。

读《茅亭客话》卷五,知五代前后至宋真宗时,有一蜀中怪人黎海阳(名字倒像一普通今人),二十多年不吃饭,只饮酒。

对于《天南》杂志来说,如今我只想起一句古诗"三月天南无燕飞"。

太原,双桃并蒂,老妪生花。

读王明清《投辖录》知宣和初,西京有一道人,以其喙长,号曰猪嘴道人。

有时我们可以说《论语》美如冬至,而《孟子》大如年。

已多次说,不厌其烦地再说,中国人的三怕:怕雨、怕感冒、怕手脏。最近再加一怕:怕鸡蛋(因为禽流感)。

中国古代妇女之一般形象:"莲步半折小弓弓,莺唓一声娇滴滴。"

有一个诗人几年前对我说:他不写诗,他知道有几个人会高兴死;他一写诗,他知道有几个人要被气死,恕不点名。

今日(二〇一四年九月五日)读书,又逢我十岁时读过的明朝小说《刘东山夸技顺城门》、《沈小霞相会出师表》。

明正德年间,金陵瓜子,一分钱一桶;高邮鸭蛋,半分钱一个。

"山东宰相山西将。"

错过的事：我只在夏日，你总在春天。

你越想保留的，死亡越要拿走；你越不想要的，死亡越要你留着。（化用叶芝的一个观点）

古语云"夏不登楼……夜不露坐"，即夏不登楼宜着地气，夜不露坐宜暖背腹。

古人安身立命三法：骨头上磨人品，心肝上呕文章，胼胝上出财帛。

苏小小时代，有个钱塘上江观察使叫孟浪；八百年后，他又成了《白蛇后传》中的一个坏人。

读五色石主人《反芦花》知：世上怕老婆的有几种怕法——势怕、理怕、情怕。势怕有三：一是畏妻之贵，二是畏妻之富，三是畏妻之悍。理怕有三：一是敬妻之贤，二是服妻之才，三是量妻之苦。情怕有三：一是爱妻之美，二是怜妻之少，三是惜妻之娇。

元朝轻儒。

总有一个"如"：先识林九如，后识林六如，再识林心如。

裁缝，各省都有，唯宁波最多。

渠第峨峨，春深兽锁。

吴趼人于一九〇六年十二月在《月月小说》第三号上发表了小说《大改革》。

年届七十,他才发现"万寿无疆"出自《诗经·小雅·甫田》。

普通汉人的幸福生活不外"水流灶下,鱼跃入釜"。

史诗的写作即不动感情的写作。

"人生如寄,多忧何为?今我不乐,岁月如驰。"(曹丕《善哉行》)

"来日苦短,去日苦长。"(陆机《短歌行》)

"幼童轻岁月,谓言可久长。"(伍缉之《劳歌二首》)

睡觉需要力气,所以睡觉属于青春。

作诗法一条:句绮丽而气高古。

陶渊明之子皆不肖,其中一个十三岁了,竟然不识数字六与七(陶渊明《责子》)。

法密机圆——谢灵运。

美人有客观性,丑人没有。

周大福与暖字电台无关。

恐怖的事:某婴儿的哭声像一个沙哑的老人的声音。

凶残暴戾的宋孝武帝刘骏竟然是一个不错的诗人。

常常,我们很早起床,只是为了急急等待黎明的来到。

"悲夫！川阅水以成川，水滔滔而日度。世阅人而为世，人冉冉而行暮。人何世而弗新，世何人之能故。"（陆机《叹逝赋》）

小是好的，但要小得像 Emily Dickinson 一样……

宣城太守王僧达（四二三—四五八）少年时好驰侠。

没有"凉风起坐隅"（颜延之），何来"凉风起天末"（杜甫）。

耶利内克的确是一个"燃烧着的卡桑德拉"。

一九八六年，那来自重庆师范学院财务科瘦硬如棍的男会计穿着棉毛裤跳芭蕾，也算是一个奇迹了。

在这儿，在云南，全都是老实人。青年人希望下雪，算是白费了想头。

有一个英国人琼斯这样说明朝："'明'这个字会让人联想到珍贵、脆弱而美丽的东西。"

何谓（诗的）命名？即是无中生有，这如同并没有大海，直到大海的能指被发明了出来。

坐着识物，不如睡着读书。

何谓无为而治？即古时坐啸卧治之说也。

浪白风起，江暗雨来。庭中奇树，承担汉运。

在扬州，我想起何逊"少壮轻年月，迟暮惜光辉"（何逊《赠诸游旧》）。

镜要空，水才动。枝要疏，光才透。

读吴均《大垂手》和《小垂手》，知大垂手在长沙，小垂手在长安，并在《小垂手》里，又欣逢了萧纲式的"蛾眉与慢脸"。

爱书者三等级：书虫、书痴、书淫。

读《南史》本传，见梁元帝——一个博览群书、精通佛典的优美诗人——杀王伟事，"使以钉钉其舌于柱，剜其肠"。大惊骇。

山中宰相陶弘景，并无含羞献图谶。他有两行诗被我一下记住："我有数行泪，不落十余年。"（《和约法师临友人》）

"追寻平生，颇好辞藻。"（萧子显《自序》）

神童刘孝绰（四八一——五三九），写小诗不愁且轻艳。

写边城征战之诗，就得写《雁门太守行》、《饮马长城窟行》。

学阴铿，就是学武威姑臧（今甘肃武威人）的气场。

才观入户树，便念下山风。寒田对野日，信美拒伤心。

取名张正见的人很可能就无正见。可梁陈诗人张正见倒是个"声骨雄整"的人（张溥语）。

长城（今浙江长兴）——陈叔宝（五五三——六〇四）——潘维？艳诗——江总（五一九——五九四）——杨炼——什么飞飞远？什么去去愁？

五更寒：一更刁斗鸣，二更愁未央，三更夜警新，四更星汉低，

五更催送筹。(伏知道《从军五更转五首》)

谁人"能使如皋路,相逢巧笑归"?——毛处约而非张小波。

是路学长(一九六四—二〇一四)而非路别长。是郑公超而非叶公超。是阳子烈而非杨子烈。

五六〇年,有一个叫魏收的诗人写了一首诗,我记住了两行:"桃发武陵岸,柳拂武昌楼。"(《棹歌行》)

声调永远高于意象。意象永远高于意义。因此,排出一个严格的诗法等级:声音、意象、意义。

恨心不歇庾子山,红颜无多李后主。

"南风多死声"(庾信),愁兵不宜奋战。"马有风尘气"(庾信),人又何以堪?

抄庾子山:
庾子山"天汉看珠蚌,星桥视桂花"。
庾子山"可怜数行雁,点点远空排"。
秋天,"马有风尘气",还是庾子山?
秋天,我和你,只偏爱山西的落槐。

岁寒橘胜腊梅花。

在吾国,开创了以诗赋取士制度的杨广(隋炀帝),于六〇四年杀死了他的父亲杨坚(隋文帝)并称王。

诗格清远的人亦可以是武人和奸雄。(化脱自沈德潜的一个观点,参见其《古诗源》,中华书局,二〇一二年,第三〇七页,评杨素诗）类推：杀人犯——弑父者杨广——写出了"日落沧江静，云散远山空"（《夏日临江》）这样"从华得素，譬诸红艳丛中，清标自出"（陆时雍语，见《诗镜总论》）的诗。说这些，不外一句话：以人格论诗可以休矣，恶人可以写好诗，善人未必！

从姜海舟处得知宁波舟山俗谚："带鱼吃肚皮，说话讲道理。"在宁波乡下，他儿时住的村子叫孝寺桥，该村村民经常和叫后洋桨的邻村村民为灌溉事大打出手，为此，孝寺桥村民经常唱道："孝寺桥人大气，金子银子铺地；后洋桨人馋痨，污屎浸草咬咬。"

蜀冈中峰平山堂，云山况是客中过。

"白岁老翁不种田，惟知曝背乐残年。"（李颀《野老曝背》）

"世无洗耳翁"（李白），但有洗脑人。

两个桃子可杀人。（见典故"二桃杀三士"）

"赤鸡白狗赌梨栗。"（李白）

一个困惑（留存）：每每朗读李白《长干行》，就会着迷于"早晚下三巴"这五个音节，并笑出声来。

唱杨叛儿，吃新丰酒（李白《杨叛儿》），太白真活得不亦乐乎也。

汉水鸭头绿，丽水龟头乌。（化用李白《襄阳歌》）

黄鹤属仙人，白鸥归海客。我辈写诗非得凌沧洲吗？（当然又出自李白《江上吟》）

玉壶是拿给烈士来敲打的,暮年是拿给壮心来惋惜的。(出自李白《玉壶吟》劈头两句"烈士击玉壶,壮心惜暮年")

五月翻作清秋看。为何?儒道兼济的李白已说了:"五月不热疑清秋。"(李白《梁园吟》)

没有开心,何来写意。没有孟尝,何来食客。

太白运笔最为大气:"四海南奔似永嘉。"

一观便知,这是太白写来的他酒后自画像:愁来饮酒二千石,我醉横眠枕其股。谁之"股",太白当然是睡在谯郡元参军的大腿上。

"雁没青天时"(李白),正是思君时。"青天骑白龙"(李白),"江晚正愁余"(辛弃疾)。

我在多处说过,中国文人最瞧不起自己的写作。李白也不例外,他在《答王十二寒夜独酌有怀》中有句:"吟诗作赋北窗里,万言不直一杯水。"

蟋蟀的鸣叫除了让人心寒,还有什么呢?

金陵劳劳亭,在新亭之南。金陵南有新亭,北有白下。

抄一首李白《哭宣城善酿纪叟》:"纪叟黄泉里,还应酿老春。夜台无李白,沽酒与何人?"

卖药有钱,服药有年。白云劝酒,明月催眠。

并非只在彼得堡才能看见冷漠的过客,在伦敦桥上也可以看见。

"严格说来,俄罗斯文学是在这里——涅瓦河边上——诞生的……"(布罗茨基《一座被更名的城市的指南》)

适度贫穷的人宜于写出最佳文学,过度贫穷的人只能产生仇恨或道德文学。请注意,说这些,并不是品评高下,仅是指出某种可能性而已。

想想树木之间的距离,再想想人与人之间的距离。

没有俄国革命就没有陀思妥耶夫斯基,再说一句:是俄国革命成就了陀思妥耶夫斯基,使其成为一个伟大作家,他的意义也仅在于此。

山因水隔而深邃。云因光随而好看。

朝食草,午食花,暮食木。

鱼儿才知鱼木声。停杯更晓酒杯深。

空城月并无不同。迎风事却有两分:晾在阳台上的衣服飘动,你吹不动。

绿荫并非只有安静,亦有热闹。

秋雨是淮南的好,春阳是长沙的美,夏风是杭州的恶,冬云是贵州的凶。

白昼戚戚,夜来悠悠。为何安危托妇人?(出自戎昱《咏史》)

两片云中万里身。("席上印病文"、"横空盘硬语"的孟郊也有别样诗意,见《下第东归留别长安知己》)

对秋日的感知，白居易这两句最好："秋霜欲下手先知，灯底裁缝剪刀冷。"

唐朝有何事？"新丰折臂翁"（白居易），"衢州人食人"（白居易）。

刘禹锡："淮南桂树小山词。"

临水读信，满脸含愁。

一个二十岁不得意的人可作生钢吼，一个三十岁不得意的人可作生铁吼，一个四十岁不得意的人可作生铜吼。五十岁的人就没得吼了。六十岁的人呢，我在想，有没有必要像 Dylan Thomas 那样吼："Rage, rage against the dying of the light."

古今中外，我认为以诗画马的最佳句是："向前敲瘦骨，犹自带铜声。"（李贺《马诗二十三首》其四）

在诗歌中，我们说豹胎，却不说虎胎，更不说狮胎；但说龙眼，也说虎睛；对了，还说铜雀。

风夹着树声，无论何处，都是好听亦好看的。无树生风的广场，却令人茫然无趣。

不知"牛山落泪"，就不知人生短暂。

杜荀鹤说得好："有园多种橘。"

令人向往的宋人青春生活，我在多处读到，也顺手抄下："忆得少年多乐事，夜深灯火上樊楼。"（刘子翚《汴京纪事二十首》之十七）

一件趣事（也可看作一种中国或东亚俗套）：古人总说留侯（张良）似妇人，即是说男人女相堪当大任。

不去徐州，何以知"白杨猎猎起悲风，满目黄埃涨太空"（江南倦客汪元量）。

并州剪刀快，重庆青春森。"世界真庄严，造物极不俗。"（范成大《回黄坦》）

叶绍翁给谢灵运画了一个像："平生费却几两屐……五字句法谁人追？"

"新诗不落语言间。"（朱熹《奉酬九日东峰道人溥公见赠之作》）

"万里云霄送君去，不妨风雨破吾庐。"（辛弃疾《送别湖南部曲》）

带小书去旅行好，在小灯下读书亦好。

因人而异的事：对有些人来说，风景越多愁越多；对另一些人来说，风景越多乐越多。

想起张枣一九八三年至一九八六年，在重庆歌乐山下写诗的情形："箭在的中非尔力，风行水上自成文"（姜夔），裁诗勿需剪刀快，人生难得歌乐山。

谁人"平生最识江湖味"，人间唯有姜白石。

那些离开城市、归隐田园的知识分子，可诵读王柏《野兴》头四行："文字饥难煮，为农策最良。兴来锄晓月，倦后卧斜阳。"

马牛风在草寒时，鸟乌乐在春空中。

"新诗淡似鹅黄酒，归思浓如鸭绿江。"（完颜璹《思归》）

今有诗人如麦芒，古有流民如麦芒。

有个金朝诗人叫麻革。

戴笠身板若钢筋，一双手却像少女般纤细柔滑。

常人在黑夜山中一般之观感：挂树湿雾如鬼魅。

卖鱼得食少，悬鱼忧患多。（丁复的一个诗意）

"大鱼虽肥且勿食，明朝卖与城中人。"（刘诜）

"人间万事谁得知，沧江夜变为春酒。"（陈泰）

并州少年不整戈，翻作邯郸青春游。东风不与我身隔，慢忆巴山六十秋。

"六朝"的发音之美大过史迹之美。

又是河南！读元朝诗人迺贤诗《新乡媪》，真苦不堪言也。

春夜玄武湖畔，银灯正经过石阑，刚照亮了小叶丛，随即又沦入了黑暗。

四川天气阴晦，一年四季都宜于告别。

旧燕衔春思人，玉泉观鱼纳福。

除夕刚喝柏叶酒,翻书又忆袁白燕。

赤城霞气可通雁荡,巫峡雨色可达潇湘。

铁冠、铁面用来说樵夫别开生趣,说武将并非总是相宜。

醉酒人在天地初,"世上闲人地上仙"的唐伯虎活了五十三岁。

遥想古时阊门夜市,"灯火旗亭喧夜市,月明歌吹满江楼"(文征明《阊门夜泊》)。

那松树身上有鱼鳞,这可是要发出声音的。

赌、杀、饮,也是古人的一种豪纵生活,并非今人专有。

记下:何时也得写一首《枯鱼过河泣》。再写一首《小伊州》。

写出了"平生突兀看人意"、"惊心岂独久离群"的李攀龙,大可观!

爱恋光景的人不爱寂寞,袁宏道正是这样说三弟袁中道的。不过,袁中道《病中漫兴》亦可读,录来其中两行:"小劳亦是调身法,雨后园蔬手自锄。"

曹学佺诗二首:

  《过木渎》:指点十三桥,迎船半柳条。夕阳潮正满,春草岸俱遥。琢研开山市,为园灌药苗。卖饧时节近,处处有吹箫。
  《板桥》:夹岸人家映柳条,玄晖遗迹草萧萧。曾为一夜青山客,未得无情过板桥。

"二十年前事，茫如丁令归。"（张岱《富阳》）

"帐下紫貂多上客，楼前白马度名倡。"（陈子龙《辽事杂诗八首》）

陈子龙《西湖漫兴十首》之四：

虫怨秋山万木空，渔灯明灭小亭红。焚香永夜愁难梦，人在西陵风雨中。

"客来古寺谈秋雨，天为幽人驻夕阳。"（黄周星《秋日与杜子过高座寺登雨花台》）

我所读到的最疯狂的饮酒歌是黄周星的《楚州酒人歌》。我最喜欢其中一句"桃花如雨八骏叫"。他在诗中称尧舜为酒帝，羲农为酒皇，淳于为酒霸，仲尼为酒王，而陶潜、李白只能两边叨陪末座，亦颇有意思。

在今日成都，我也认识一位"十载伤心老画师"（夏完淳《宴送盛伯含之金陵》）。

听明朝挽歌，当听：度曲魏良辅，填词梁伯龙。

琵琶宜于抱向人前弹，琵琶也宜于倾诉遗事。

楼头柳赠与思妇，宝剑当然赠与英雄。思妇的任务很单纯，就是哭；英雄的任务复杂，并非总是霸业，也可以去种菜（即今人说的去"打酱油"）。

蛾眉与马总是相关的，也是有意思的。火光与战场呢？也总相宜吗？我看是的。"燕子衔泥湿不妨"，"浣纱女伴忆同行"。而成都金牛大道如今无牛,只有车流,不相宜!

油壁车、西陵墓,茱萸节让茱萸过。"桃根桃叶向谁攀?""一去紫台连朔漠。"

渔父传统今已死,我们用雷管炸鱼。

"风雨声声唤渡河。"(陈瑚)

我写诗是为了寻找一个人。

一月临城,决战在即。

有个张武官弃家为僧,取名智朴。

星星白发,点点离泪,我说的是个写歪诗的三十八岁的男诗人。

二〇一三年夏天某日上午,一个五十多岁的男职工(他即将从长江航运退休,儿子已去加拿大学医),在去重庆外科医院割阑尾前,独自吃下一碗浓猪蹄。

"南北二曹":南有曹尔堪,北有曹贞吉。

"综贯百家,目中无两"的周龙藻,其实是个一般诗人。

满人博尔都,偶有亦说得过去的诗句,如"凉云日夕生,寒风逗秋雨"。

擦去宝刀的露水,以免生锈。

"昆明夜半又飞灰。"(胡天游《层城》)

有清一代，浙江嘉兴有一"秀水派"，这派诗人善饮好吟，声音大得很。出此又想到，中国人声音大，自古使然，并非今日独具。先秦人声音更大。

写诗不认人，认人不写诗。

"人生非一身。"（王汝璧）

用诗歌杀人，自古有之，并无新鲜。但某人一天一首杀某人，恨。

"一生自是悠悠者，肥肉大酒便结社。"（郭麐《两生相逢行赠彭甘亭》）

"临风还忆董江都。"（陈沆《扬州城楼》）董江都指董仲舒。

江龙门（江开，一七九五—？）广州买刀，桐城作诗（江开《红毛刀歌》）。

晚清，我们叫美利坚为弥利坚。

"日本类儿戏，变化如风狂。"（郑孝胥《冬日杂诗七首》）

"斜阳忽动当年感，垂死才通出世文。"（夏曾佑《登某县城楼》）

山中橘，唯有徽州的好看。

苏州狂人黄人（一八六六—一九一三）死于狂疾。

"深沉好读书，少小励奇节。"（高旭《侠士行》）

岂止晚清雨琅琅,雨养诗心,雨生佛意。

春风——少女风,马头风……

那株一九八四年的幼树呢,在你死后还继续活着。

"心药心灵总心病。"(龚自珍《又忏心一首》)

那人的胡须被雪天冻住了,硬如铁戟。

北宋有天下九福,其中之一:洛阳花福。

看相二幅。《后汉书》卷四十七说:"班超……燕颔虎颈……此万里侯相也。"《南齐书》卷二十七说:六朝名将李安民"面方如田,封侯状也"。

卷六

二〇一四年十月—二〇一四年十二月

泪水宜于享乐，不宜于轻弹，应倍加珍惜。

鸟啄尸体的眼睛，狐狸吃骨头，狗衔胡须。

号野谷的诗人，都是写不好诗的人。

黄宗羲认为余姚人的千年诗祖是高九万（高翥）。

李广射虎，周处杀虎，刘昆"仁化大行，虎皆负子渡河"。

应诏（与天子文字交），应令（与太子文字交），应教（与诸王文字交）。

钱锺书说：李贺主要是词家"炼字"的典范。

世间万物皆有别名，连松也有，唤作"五大夫"。

头插茱萸，躲避恶气。

富贵在青春是好的，若在老年便没有什么意思了。

国庆前，在成都与王寅兄聊天，他对我说起一个日本的细节：日本的创口贴有一百多种（根据人体各个部位设计出大小规格不同的创口贴），而我们只有一种。我在想，我国如能生产出两百种根据不同部位设计的创口贴，我国就彻底胜过日本了。

青天白日，为何室内暗淡，是窗前浓绿遮掩。

割酒人吞声；分风人望天；养空人呢，万事不关心。

她与他结婚十五年，她感觉过了两个世纪；很快，她与另一个人结婚,过了九年,又感觉过了一个世纪。

马为龙之媒。

何谓诗之粗派,王维之"白眼看他世上人",张谓之"世人结交须黄金",曹松之"一将功成万骨枯",章碣之"刘项原来不读书"(沈德潜《说诗晬语》卷上)。

隐囊即靠枕,花径对药栏。

蟋蟀也称伏天儿。

斩达奚珣选独柳树下,难道是独柳树下好杀人吗?

找了几十年,总算在重庆枣子岚垭正街一三四号,找到了一家普天之下最难吃的馆子——"一品香酒楼"。

温暖的事:下午,成都秋天房间里有区政府的味道。

王维最好看的样子:"闭户著书多岁月。"(王维《春日与裴迪过新昌里访吕逸人不遇》)

读《楞严经》,知世界:世为迁流,界为方位。空病空,空破空,空舍空,空对空……

西南三省(四川贵州云南)菜,皆油腻,无法吃!

胡应麟的确内行,他认为柳宗元"千山鸟飞绝……"二十字,虽骨力豪上,与王维《辋川》一比,便觉太闹(胡应麟《诗薮》内编卷六)。柳子厚独钓寒江,愈发力写寂寞,愈倒落得个激烈,热闹。可悲矣。

在世外想世间事等于白费心思。

何谓自由？不外花开花落，鸟飞鱼沉。

劣马多肉，好马多骨。但切忌说坏人多肉，好人多骨。

何时是最后一页？每天！人人如此，无一幸免。

擦花还是插花？插画还是插话？茶花。

篮子里有一块乌红猪肝，两棵粗大青葱。

水边夜色里的民国房子、大树、拱桥、拱梁……只有颜文梁（一八九三——一九八八）画得最好。

有人已从南德之夜的春空离去……

与其说临水人在看水漫过石阶，不如说他在看水漫过生活。

心生法生，心灭法灭——唯识论？

说来既别扭又难受：日本总是令我暗自羡慕，不！是暗自嫉妒。

在柏林自由大学附近，有一株老核桃树，我一想到它就想到一九九七年的张奇开和Kumiko。

不懂禅寂，不解情语。"右丞禅寂人，往往妙于情语。"（钟惺《唐诗归》卷八）

老来勿遽游。

各有去处的事：你提玉壶，我提茶壶，他提夜壶。

成都古时不仅称益州，也叫刀州（益州的代称）。

人生最怕九件事，因此有了九把刀。

"我喜欢戏剧才子，同行旅伴，儿子式的男人。"这句话是谁说的？一读即知：只有威猛火急的茨维塔耶娃才这样说。

突然性、猛烈性、公开性，中国人吵架的三特点。

生若浮，死若休，她有一种阿尔巴尼亚的宁静。

铁树生花，枯杨生花，仪仗生花……

那愠怒人——朱亥——袖藏铁锤四十斤。

亿佛刹，在微尘中。

净土何必西方，无处不在，人人悟空便是。

难道唯有《法华经》开方便门，示真实相？

慈悲心——女儿心。法性——大海。

至人亦空亦有、非空非有。

何谓兽炭？制成兽形用来温酒的炭。可参见《晋书·羊琇传》中，豪奢的羊琇如何使用兽炭的。

长沙之痛，唯有二人：贾谊、张枣。

色荒人翕肩，禽荒人缩背。

左道——邪道；左边——邪边？

《孟子·离娄下》："养生者不足以当大事，惟送死可以当大事。"

《淮南子·原道》："出于无有，入于无间。"（无间，至微处也。王维有"思入无间"，见王维《魏郡太守河北采访处置使上党苗公德政碑》）

几年前，我曾在一首诗中写过一位树下断案人——召伯（周武王之臣）。

华阴狗熊当道，河南老虎吃人。

美与礼不通，因此美人可以不合礼。今读《史记·伏生传》："（徐）襄，其天姿善为容，不能通《礼经》。"（徐襄天生懂仪容、礼仪，可是并不通《礼经》）虽说的是另事，有趣，记一笔。

一件趣事：本是病痛缠身，他非要说恫瘝（sufferings）乃身。

孔子面貌特点：河目、海口、隆颡。

读马非长诗《青海湖》："一群绵羊经过我/我们相安无事……"倒使我突然想到阮籍《咏怀》一句："赵李相经过。"

人动辄讲百年交情、生命中的朋友，其实，人善变得很，一秒钟内就可以和所谓几十年的朋友反目成仇。人天生恨力极大，爱力很弱。所有动物中，人最容易翻脸不认人——由于人是多么的易脆——也正是因为这一点，我喜欢人！

青春革天,中年守成,老来创元。

金归深山,珠沉大海。

一个中国短篇小说作家不要梦想写出《在巴黎》、《醋栗》……只要略略写出《错斩崔宁》或《交叉小径的花园》这样的小说——前者,儿童热爱;后者,年轻文艺人喜闻乐见——就可以了。

三花树即贝多树,贝多树即思惟——昔有人坐在贝多树下思惟也(《齐民要术》之《嵩山记》)。

重庆学田湾,风日似旺角(香港)。

古有"四海南奔似永嘉"(李白《永王东巡歌十一首·其二》),今有四海西奔云贵川(抗日战争期间)。

切莫一读"南京还有散花楼"(李白《上皇西巡南京歌》,此组诗皆说蜀地风物,蜀郡即南京),就以为是说南京事,此处散花楼是指位于成都的散花楼。

洛阳书生,发音重浊,诵诗若老婢声。

酒之春无限,荥阳之土窟春,富平之石冻春,剑南之烧春……

"时光速流电"(李白《赠王汉阳》),懒做阳台神。

如下两句,我是一定要写入诗里去的,在此专门慎重抄下备忘:

  鱼盐满市井,布帛如云烟。(李白《赠宣城宇文太守兼呈崔侍御》)
  崔生何傲岸,纵酒复谈玄。(李白《赠宣城宇文太守兼呈崔

侍御》）

"云骑乱汉南。"（谢灵运）

谢安爱出游，张良多闭户。

无盐——丑妇。

写项羽形象，李白最好："呼吸八千人，横行起江东。"（李白《登广武古战场怀古》）

地坚、水润、火暖、风动。

读《楞严经》知：寂是体，照是用；体用不离，寂照双运，定慧交修，止观互用。

《淮南子》："轻天下，细万物，齐死生，同变化。"

李白："处世若大梦"，"功成谢人间"。

张爱玲名言："出名要趁早。"读李白《效古·其一》，又欣逢此意："早达胜晚遇。"

越燕，紫胸、轻小、多声。

蛇吞象，三年后吐其骨。

歌乐山中多杜鹃，现在还这样吗？我们何时才能再回去，在川外（四川外语学院的缩略词），"三春三月忆三巴"（李白）。

吕祥兄，你还记得你的家乡宝应县有个白田渡么？

汉光武帝刘秀年轻时的一句名言："仕宦当作执金吾，娶妻当得阴丽华。"以前多次引过，再引！

庐山有一女道士，名叫李腾空。

《淮南子》："珠树、玉树、璇树、不死树在其西，沙棠、琅玕在其东，绛树在其南，碧树、瑶树在其北。""绛树彤云户半开，守花童子怪人来。"（曹唐《小游仙诗》之八二）

举逸人而天下归心。

为什么"白犬离村吠"？"无因夜犬惊"？

"神仙多古貌，双耳下垂肩。"（李白）

"东风日本至，白雉越裳来。"（李白）

千春谁与乐，萧纲？"天地反覆，未可知也。"

"板，墙上下板。筑，杵头铁沓。"

两个童子前天两次献上双梨，今又献上双鲤。

早春古雪过后，一匹细马，一头水牛。

灰天莫斯科，蓝天雅尔塔。

记住布拉格瑞典街一三七三号，极小的房子，茨维塔耶娃一家一九二三年曾住在那里。

爱一个人单枪匹马，恨一个人亦如此，四大皆空的人就更如此了。

一九三九年五月十三日,茨维塔耶娃在日记中写到:"……八角钱!两个鸡蛋,一块排骨(肉剁碎做丸子),一把大米。"(《永远的叛逆者:茨维塔耶娃的一生》,花城出版社,二〇一四年,第二三九页)

"据说,爱蔚蓝海岸,就等于爱上一个二十岁的王位继承人。"(《永远的叛逆者:茨维塔耶娃的一生》,第二一六页)

最颓废的事:吾国晚间,家家户户吊着一个灰白或灰黄的灯泡。在彼得堡"发辫般纠结的电线下,垂挂着一颗一百瓦的黄色泪珠"(布罗茨基:《小于一》,浙江文艺出版社,二〇一四年,第三九三页)。

写鱼,需要一种解剖术,留心你的手术刀,首先得从鱼名开始说起。

只有不读书的人才购买大型《辞海》、成套的百科全书。

从乡土建筑专家季富政教授处得知,吃完五粮液酒之后,要吃木耳肉片、黄瓜、包子。尤其是木耳肉片,因木耳是扫把,可洗嘴。

秋风来自夏日。冬风来自夏日。说穿了,风都来自夏日,包括春风。夏日——源头之风。

饱,俗气;饿,高贵。

在中国,哪个地区的人最喜欢走路,重庆人;春夏秋冬,无论老幼男女,他们就这么一天到晚走着。他们走,不是因为流连光景,而是性急,急什么?鬼知道。在俄国呢?还用说吗,当然是彼得堡人最爱走路（有关此节，可参见《小于一》，第七二—七三页）。

一个奇迹：我发现有两个上海诗人非常热爱走路：王寅、陈东东。

补充一句：性急的人爱走路，这是一个铁律。

诗，其实并不以肉体悲伤（或幸福）的强度而杰出，但一定是以虚构（说谎）的悲伤（或幸福）强度而耀眼。艺术的本质——它的最高技术——就是要把假的说成真的。再次引述一遍纳博科夫的一个司空见惯的观点：艺术即骗术。或说得更通俗一点：艺术即魔术。

"认为受苦能创造伟大艺术，这乃是一种可恶的谬误。"（《小于一》，第一二八页）但杜甫却说了"文章憎命达"。欧阳修也说了"诗穷而后工"。

尊重终极追求者，但人是要变的，我更尊重变的人，因为他时刻怀疑。

很可恶，那与我同名的死人又露面了。

刚起床时，房间里会有一股小小的热气，这热气并非全是起床者身体的——想想那沉睡了一夜的身体刚掀被而出的一刻多么清醒，站姿又多么精神！——也混合着床铺的和被子的、香皂的、宿酒的、烟草的……甚至蛋黄饼干的（没错！我再次提到饼干——孤独者的食品）。

习惯皆痛苦，无论好坏。

就诗歌而言，并非所有名词前，都适合置放形容词。

确定性不是使人放松、坚定，而是使人懒惰、无所事事。

缺了韵律，如何与现实相处？

鱼和熊掌不能兼得，顺此而来的是：耐心和想象力水火不容。

"超现代的东西有一种奇怪的能力，比其他东西更容易过时。"（纳博科夫：《塞巴斯蒂安·奈特的真实生活》，上海译文出版社，二〇一三年，第二五页）完全同意。

"七月派诗人"鲁藜原名许图地。

我一直在找一本我初中时读过的书，想在书中重逢一个人，年轻的圣鞠斯特（Louis Antoine LéonFlorellede Saint-Just，一七六七——一七九四）吗？我忘了名字。只记得那个人迎着寒风，不停地抽着烟，迈开大步走向刑场。

一个男人的脸大得像母牛的乳房。纳博科夫就是这样写某人的。

一个来自芬兰的女诗人在北京向他要一杯水喝。

丘园（Kew Gardens，位于伦敦的公园）发音，无论英汉，都好听。

说破晓消失，不如说杯酒新停。

他观看的瞳仁里有两粒金子。

明天晚间，你又会看到什么？依旧是潮湿的草地发出不变的草药气味……可总有点什么不同了？什么不同！

纳博科夫说："夜总是一个巨人。"（纳博科夫：《透明》，上海译文出版社，二〇一三年，第一三页）那白天呢，白天只是一个人吗？

美像希腊一样古老。"下流,也像希腊一样古老?"(《透明》,第八二页)

一个好编辑的工作样子:"他的眼睛和脊柱(真正的审稿人的主要器官)互相合作,而不是互相妨碍。"(《透明》,第一一五页)

鱼鳞云,由马铃薯兄弟发来。

可以直接理解的东西勿须表达,也不好表达。不可理解的东西,不要去理解,当然,更不可能去表达。

湖泊受限于陆地,人受限于地理。受限事可以没完没了:鸟受限于天空,鱼受限于江河,树受限于泥土……

酱油,我们只有生抽、老抽两种;日本有近百种。西方人从不吃酱油。

真没想到她简直不会写诗(可她还写了这么多的"诗"),可惜,她那张敏感的诗人脸被诗无情地浪费了。

偷渡客是因为贫穷吗,很可能是因为无聊。

那穿着白背心晨跑的中年男人岂止下巴肉在颤动,胸脯肉也在颤动。

我一想到间谍,就自然想到爱沙利亚的塔林。

百叶窗适合夏日,不宜于冬天。

多么精确的描写,科学与诗性的结合:"那旧的钢笔尖裂开来,弯了,瞧上去就像猛禽的喙似的。"(纳博科夫:《绝望》,上海译文出版社，二〇一三年，第三页）紧接着，他又说"太阳躲过了云片重又像魔术师手中的硬币一样出现了"（第三页）。硬币，如说成是太阳闪闪的碎光像硬币，那就对了。

他长得像农民，当然写诗一流。这正应了华莱士·史蒂文森（Wallace Stevens）的一句名言："在每个诗人身上都有一点农民气。"（见张枣所译其《徐缓篇》）干脆把话说穿：没有农民气的诗人不是诗人。

纸张、衣服、毛巾，甚至帘子……只要风吹动它们，它们（这些物）就动荡起来，仿佛有了生命。

美景无处不在，就连那阴凉院子里马桶圆圆的暗红木盖也给人宁静心安的岁月之感。

仇恨心重的人都是小气的人，好幻想的人。

如果鞍山出书法家，那大庆就出诗人。

每一个日期都是一个幻想，所以诗人每写一首诗，都乐意在结尾写下精确日期。

这世上还有什么比尘土珍贵，除了河流，树！

在纳博科夫《绝望》第一六〇页，我又读到我曾写到过的内容："……我希望写出一部杰作来……可以骗骗世人——每一件艺术作品都是欺骗——而获得成功……"

怎么可能是芝加哥？神智学期刊选择在里加出版更为合适。

象棋（指国际象棋）和吸烟都带有东方色彩。（纳博科夫的一个

观点,见纳博科夫:《防守》,上海译文出版社,二○一三年,第六八页)

我看见的但丁画像,总是千篇一律:他头戴一顶游泳帽。

有一种混合烈酒叫绿龙(Green Dragon)。

他乐意展现的就是他满脸时髦的皱纹。

老人比年轻人吃得多,也更爱吃肉。

"拾遗句中有眼,彭泽意在无弦。顾我今六十老,付公以二百年。"(黄庭坚《赠高子勉》)
"付公以二百年"语出《南史·谢朓传》:"朓善草隶,长五言诗,沈约常云:'二百年来无此诗也。'"(欧阳修《赠王介甫》诗:"翰林风月三千首,吏部文章二百年")任渊注引《晋书·陈寿传》:张华谓曰,当以《晋书》相付。并云:此借用,谓以一代之诗付之也。详见《山谷诗集注》卷十六,上海古籍版,第三九六页。(此注释由西南交通大学艺术与传播学院副教授沈如泉博士提供)

三宋人作诗三法:一、"活法"(习古但翻出新意,点铁成金)吕本中;二、"死法"(因袭古人陈迹,毫无创新模仿)俞成;三、"无法"(打破所有规矩,无拘无束写作)杨万里。

今晨读《旧唐书·文苑本传》之杜甫,知:"甫性褊躁,无器度,恃恩放恣……"文如其人吗?从杜甫诗查看,他并非如此。法律严谨老杜,变化莫测亦老杜。这正是褊躁人不写褊躁诗。

几乎读完所有纳博科夫的书,唯有《斩首之邀》(我甚至读了两遍)很不喜欢。

安详的人未必合度，合度的人并不安详。后发现某小诗人（暂不说名字）亭亭整整，喁喁吁吁，既安详又合度。

古人爱说某某的壮游时期，因此有李白的壮游时期、杜甫的壮游时期……今天的诗人中，有多少欢喜壮游？据我观察，近几年来，唯孙文波欢喜。

七言下字粗实，五言下字细嫩。（杨士弘的一个写诗观点）

他说他写书是为了某人在百年后能从书中找到他的样子和脾气。

四海为家的人，其实无家。这一点，德国画家张奇开最懂。

没有堤坝，钱塘潮就显不出它的威力。

剧痛短，轻痛长。

人世无常，死后享福。这么简单的道理，很少人懂得。

下午近五点（二〇一四年十一月十八日），正好读到这一段："我生于一千五百三十三年二月末日，根据我们现在的历数，每年从正月起，恰好十五天前我度过我的三十九岁；我至少还要活上这样一个岁数，预先为这么遥远的事（按：事即死）操心，岂不是大愚？"（《蒙田随笔·论哲学即是学死》，梁宗岱、黄建华译，湖南人民出版社，一九八七年，第七〇页）蒙田后来没有"活上这样一个岁数"，即七十八岁。他生于一五三三年二月二十八日，死于一五九二年九月十三日。他只活了五十九岁。

"从没有什么东西比死更常常占据我的想象的，即使在我年龄最放荡的时候。"（《蒙田随笔·论哲学即是学死》，第七五页）

在西方,"眼睛看见眼病便生病";在东方,亦如是。

那死去的鲜猪肉又死了一次:一些变成了咸肉,一些变成了酱肉,一些变成了腊肉,一些变成了肴肉,一些变成了熏肉,还有些变成了香肠。

内心的宁静与自由非得观大海才能获得吗?

得当地使用金钱比摈弃它更可贵。

埃及人在欢宴的高峰,会突然推进来一具尸体,此举并非扫兴,而是时时刻刻提醒生之欢乐者,死是分分秒秒的事。有关此节,我在《一点墨》(北方文艺出版社,二〇一三年)开篇第二条《筵席与尸体》已经写过了。

一九四〇至一九五〇年代出生的人,他们读书不是为了自己的内心需要,而是为了和别人辩论。

"女子无才便是德"并非中国独有,西方亦有,晨读《蒙田随笔·论教育》,知悉如下:"……这就是为什么我们和神学都不要求妇女有很大的学问……"

姜海舟,往下写,一边义理端庄,一边流动不居。

亚里士多德说好法官把友谊比正义看得更重。(《蒙田随笔·论友谊》,第一七〇页)亚里士多德一天到晚挂在嘴边的一句话:"啊,我的朋友们,世上并没有朋友。"(第一七九页)

"为什么我们不爱一个难看的少年或一个漂亮的老人?"(西塞罗)

"法国的智慧自古便被公认为一种很早就栽植却不能生根的智慧。"(《蒙田随笔·论儿童教育》,第二三一页)

想到重庆,那个年轻的闲人就想到舒丹丹翻译的拉金《我记得,我记得》末尾几行:

"你好像巴不得这地方去下地狱,"
朋友说,"从你的脸来看。""噢,
我想不是这地方的错。"我说。

"无事,正如某事,总会在任何地方发生。"

西南交通大学艺术与传播学院中文系研究生王治田读书得来一条如下,我欣喜转来:检阅清人诗话,见《此木轩诗话》:"王右丞是正赤色,杜子美是正黄色,李太白是帝青色,李义山是紫色,黄鲁直是沉香色。"(《红蕉诗话》卷一引)

济南有许多名人。这一句是诗吗?无论单句或在上下文中都很难叫诗。但"济南名士多"(杜甫《陪李北海宴历下亭》)就是诗;若承接上句"海右此亭古",那就更是诗了。

哀伤人才能立廉。立廉人才能立志。

今日苏州神秀,非紫金庵莫属。

蜀人最爱:冬虫夏草,语含春容。

说见贤思齐,莫如说见清客思主人。

"客入门而左","能使高兴尽"。

蜂腰、鹤膝、猫眼、蛇信。
鸟喙、象鼻、猪手、羊蹄。

严沧浪说得有趣："少陵诗法如孙吴，太白诗法如李广。"有人问如何理解。简说如下：前者为王，后者是帅。

太白史记，少陵汉书（杨升庵的一个观点）；太白饥鹰，少陵骏马（徐仲车的一个观点）；太白淮安鸡犬，少陵周公制作（孙器之的一个观点）。

太白疏旷，少陵剀切；太白率露，少陵险拗；太白孤星，少陵海涵；太白不变，少陵百变。

孔巢父，张巢父，李巢父，程巢父；亘古至今，一时多少巢父。
陈延年，李延年，王延年，赵延年；首尾相顾，一时多少延年。

静人之心多微妙，唯贫人才懂静人心性。

那还是从灿然说起吧，然后铿然，然后森然，然后充然，然后超然……淡然呢，漠然呢……

如何来做神州袖手人：观山袖手，观水袖手，观人袖手，观世袖手，观棋更是袖手也。

炫才者必写歌行。乞讨者非执短棒。

遁世可延年，日月何姗姗。路途入虚无，仙骨才婀娜。

无事写诗，有事喝水。无关赶场，无关积肥。

想来想去柳树下可做之事太多，唯打铁，颇有意思，嵇康正是这样。

有什么办法呢？那穿着陆离的牢落人（体育家）又是徐州人。

鸡在吾国叫朱朱。《风俗通》："呼鸡朱朱。俗说鸡本朱公化为之，至今呼鸡皆朱朱也。"

卯时酒（破晓酒），是白居易的挚爱；也是罗马尼亚农民的酷爱。二者都是喝完卯时酒才去上班。

疏懒致贫，却立品。

健妇把门，健妇把锄，健妇把酒……

我们常常把吐蕃读成土番。

活有时，时时可活也；死无时，时时可死也。

取雪烹茶，未必延年益寿；销金帐下，无疑祸起肥肠。

痛苦在关系中，幸福也在关系中。

人一直处在两种冲动中：首先是出走冲动，然后才是归家冲动。

读《括异志》知：有个道士叫张酒酒。说的是他得钱即沽酒。

肉如丘，酒如泉，人如尘。玛瑙云、玻璃水、柏林寺。

青冥契阔，云泥之别。春夜灯前，饮如之何。文章老成，波澜天真。

古人的口气，今人莫法比："志大宇宙，勇迈终古。"（阮裕语，见《世说新语》）

畜豪是豪猪。

谁说今人"终宴不知疲"(曹植),古人更甚也。

不游永嘉不懂谢公。

只要你写汉字,就总有一个出处,连"困于酒食"也有一个出处——《易》。

富贵醉不醒,穷愁亦醉不醒。

"涕泗滂沱"很有意思,虽出自《诗》,但早已是日常用语了,无事读《说文》:自鼻曰涕,自目曰泗。

牛,年轻时劳动,老了被人杀了吃。人如此待牛,是仁者所为吗?

"虑澹物自轻,意惬理无违",谢灵运的养生之道。

疾风属风,风疾属病。

乡村生活:黄花散金,白花散银……风冷了衣袖,也冷了餐饭,同样是乡村生活。

一报还一报:黑业黑报,白业白报。

慧解,有方便;慧缚,无方便。

无应璩何来陶潜,无曹子建又何来谢灵运。

不要说命名,说制名。后者岂止古意,更是时尚。

支遁好养马,支宇好写书。

不要以为只要是"慢",就只有一个所谓快慢的意思,目前据我观察,"慢"分两种(当然会有很多种):唯美的慢和安详的慢。B唯美,X安详。

温泉也,硫磺!水中有火,喷薄沸腾。火井——龙湫!

读《长安志》:骊山有观风楼、羯鼓楼。

出旸谷,浴咸池,山海经。

冷水——零水——百丈水,水水如一。

小人用壮,猛龙亦用壮。

文采愈委曲愈好,直露不好。可诗到真处,不嫌其直,不妨于尽也。

这是说一个叫陈康平的人(与钟鸣有关):亲戚翻墙入,矮子带笑看。

买马东市,买鞍西市,买辔南市,买鞭北市。

身毒国——天竺国——印度国。

一达为路,四达为衢。(《尔雅》)

急酒提胆,急酒压惊,急酒平愁。

沈约诗,多好;谢朓诗,少亦好。

将如云,臣如雨;云无心,雨无疑。

读书人操心,寄食人敛眉。

由于深信成都咽喉在汉中,他就决定和一个汉中女人结婚。

"谁谓古今殊,异代可同调。"(谢灵运)

三十一岁,可谓妙年。

月中事:吴刚砍树,白兔捣药。

口号诗,始于梁简文帝《仰和卫尉新渝侯巡城口号》。

风盛怒于垭口。

衰从白起,死以黑终。嵇康《养生论》:"积损成衰,从衰得白,从白得老。"杜甫:"生意甘衰白,天涯正寂寥。"

"妖星照玉除。"(杜甫《收京三首》)南方多妖星。妖星——彗星——扫帚星。

诗语并非矫健振劲就好,铮铮细响就不好。

读庾信"翡翠本微物",知翡翠——吾国微物之神也。

寻春玩物,正好典衣沽酒,不仅仅是杜甫;幽愤才行乐,物理须细推,又不仅仅是杜甫。

"春隔鸡人昼,秋期燕子凉。"(杜甫)

棋局巧，博弈贤，袈裟为福田之服。

同为辛夷花，北人呼木笔，南人叫迎春。（《韩诗辨证》）

辛勤养育——无益？《抱朴子》里有一句"怀损命之辛勤"。人间有何事会令人怀损命之辛勤呢？当然是养儿育女。否则何来可怜天下父母心了。

看着女儿入睡的样子，老年得子的林教授不禁脱口说出两句诗："女儿烂漫睡，父心怀感激。"

古人出行称行役，旅游——操劳事也。

常见中国老人食量比年轻人还大，不觉想起老杜《病后遇过王倚饮赠歌》两句："但使残年饱吃饭，只愿无事常相见。"

老杜形象（也是他的自画像）一种："楼头吃酒楼下卧"，见其《狂歌行赠四兄》。

潘岳在其《寡妇赋》中这样说寡妇夜晚的样子："目炯炯而不寝。"

甲：你为何说那守门人是个神。
乙：因为每个人都有一个隐身。

有一个人逝世了，得养老金三万八千零四十七元八角八分。

"世上五百年，吾家一千里。"（高适）

读杜甫"漫道春来好，狂风大放颠"化出两句：春来狂风大放颠，每日思酒心拳拳。

诗歌要么新奇，要么诚实，但这诚实是虚构的诚实，它比诚实还诚实。其余无路。

一个有道德人不会对他人（恋人并非除外）谈自己痛苦的事和喜悦的事。

生命对于下午光景总是迟到者。而文章无风，便无光景的徘徊。

百余年后，他再来人世，翻作卖茶人。

他无论穿什么衣服都有一种南京清晨的气息。

冬日阴风中读杜甫《除架》，却突然首先想到一边去了：相思是清狂、惆怅是清狂、吴语是清狂（"惆怅是清狂"，出自李商隐的《无题》："直道相思了无益，未妨惆怅是清狂。""吴语是清狂"，出自杜甫《遣兴五首·其四》："贺公雅吴语，在位常清狂"）；想到：雄风，风之父；想到：鱼小，群分命（而非"白小群分命"）；想到：上控藤蔓，下接江湖；最后才想回到杜甫《除架》末两行："寒事今牢落，人生亦有初。"

"孔安国少而孤贫，能善树节，以儒素见称。"（《续晋阳秋》）何谓"树节"？树立节操也。

杜甫《两当县吴十侍御江上宅》："借问持斧翁，几年长沙客。""持斧翁"，御史也，"长沙客"，洛阳人贾谊也。"兵家忌间谍，此辈常接迹。"

"吾道其南矣。""予死于道路乎？"（孔子）"无食问乐土，无衣思南州。""常恐死道路。"（杜甫）

漂泊人不是凄凉是烦热。

写愁苦之声,多用仄韵。

《诗》:"出车彭彭","执讯连连","行迈靡靡","忧心悄悄"。

何谓霾?"风而雨土为霾。"(《尔雅》)

不尽然的事:"才尽身危。"(东方朔)

饿人无糖吃水,饱人有茶抽烟。

杜诗初年精细刻骨,老年更甚。

山峰多奋怒,少清秀。庐山窈窕冲深。富士山美丽得体。

保性养命,莫如全性保真。

陶潜相知何必旧,杜甫交情无旧深。多说一句:朋友其实无新旧。

读《木皮岭》,知老杜祁寒赴蜀,为之汗流,真劳苦也。

不骑马何来澄清天下之志。

入水,星湿;出水,星干。

"远游令人瘦"(杜甫《水会渡》)?亦未可知。

南巢北穴。

《三坟》:"太古之人皆寿。"

杜甫《乾元中寓居同谷县作歌七首》:"有客有客字子美,白头乱发垂过耳。"

空人空睡,空海空动。这也就是一个平常禅机,空空如也。

过险境,入成都府,老杜始发和平之音。

蜀为膏腴之地,豪侠竞交游也。

水流圆月夜,歌吹是成都。

开花帽只适合小丑戴吗?很可能也适合留髭须的教授戴。

徐志摩为何急着回家?是为了去亲他唯一的她。

读完整整一本诗集(为名人讳,这名诗人的名字大家喻户晓了,不能说),我只对其中一个动词感兴趣:"笑受"。当然,我还顺便想到了"哭受"。

恒河沙数——共有多少粒——你也可以数。

有双树无双风,而双峰平常见。

寒食总与秋千伴。济楚人是天真人。

细雪,正合日本景色。

"她老爱向瘦小里耗。"(徐志摩《两个月亮》)

"无人到,寂寥浑似,何逊在扬州。"(李清照《满庭芳·小阁藏春》)

娇羞是一种好看的美术。艳丽是一种无言的权威。

有何可吃惊的呢？绳索商的女儿（Louise Labe，一五二四——一五六六）也可以成为一个诗人。

慈善是死亡的姊妹。（法国诗人兰波的一个观点）

我的南京岁月，最能让我忆起什么呢？一次，在电影院门口，你对我说你喜欢白色的家具。那时，你多么年轻。后来，我看到你的家具没有一件是白色的，那时，你已经老了。

夏天不宜在脖子上戴银饰，汗水会浸黑细绳，亦浸黑银饰。

读《法兰西诗选》（胡品清译，上海三联书店，二〇一四年），在第二三〇页，我读到克洛代尔在中国时期写的《猪》。他说猪的天性"使它眷爱两种基本的东西：土地、废物"。在紧接下来的一页（第二三一页）的末句，他突然逸出一笔："我也不忘记说，猪血可用于镀金。"这两句有什么意思？一般读者可能会问。其实，意思可有亦可无，勿须过于操心。我挑选出来这两句，其目的主要是为了更集中地把玩欣赏作者意识的敏感性。

他是一个农村保姆的儿子，他喜欢写作，他的文学偶像是纳博科夫。而另一个大地主兼大资本家的儿子，也写作，他崇拜杰克·伦敦。

肤要润，银要干。

说那树影好看，不如说是光影好看。

人有时需要一个瓦雷里式的迅速折磨，以此来终结剧痛："终结了的剧痛，胜于昏睡的苦刑。"（《法兰西诗选》，第二五八页）

对于海伦来说,她更愿意呼唤昔日的君王,他们带咸汁的胡须曾使她纯白的手指悦乐。(《法兰西诗选》,第二六〇页)

互助的原始动机:每个人都是另一个人,即每个人都活在别人的身体中。

"幽欢令风膨胀。"

沉甸甸,也可以说:重甸甸。痛楚,也可以说:楚痛。胡品清在翻译《法兰西诗选》时,就是这样说的。

树可预言,云可预言,风可预言。世间万物,何物不可预言。

晨光亲爱,晚霞亲爱,想不出大自然还有什么不亲爱,连灰尘也是亲爱的。

棕榈和才华和沉思有什么关系。还用问吗,因为诗,这一切就有了关系。

文人双手闲着,是为了偶尔握笔;刽子手双手闲着,是为了偶尔杀人。闲人双手闲着,则是为了让眼睛更好地久久观看。

是的,《飞刀华》,总算想起来了,这是我一九六三年看过的第一部难忘的电影。而最令我难忘的电影则是《羊城暗哨》,随之而来一个问题:特务为什么都穿白皮鞋?

饮酒的士兵浪漫,当然就不能当士兵。

动物中走起路来最威武的(注意:不是最威风的)是鹅。

众酒之中,哪一款最忧戚——茴香酒!它流着大地的泪呀。

盐不宜于儿童（儿童爱甜），却适合于青少年。所以，有诗人爱说什么"青春之盐"。

一百年前，就有一个法国诗人把格陵兰和中国，作为两个意象，并置写入诗中。

他说的前半句我没听清楚，只听到后半句：寻找一滴落下的雨，真是徒劳呀。

女人不喜欢柔和的男人，但表面同情他；男人不喜欢坚强的女人，也表面同情她。

他一直在找一位来自北国浓雾里的立陶宛神秘诗人，他曾于一九一六年在巴黎诗坛爆得大名。

如下只是把前人说过的老话再说一遍：小时候的那个我其实不是我，那是另一个人。同理，去年的那个我也不是我，也是另一个人。那我到底是谁？我只是此刻的我。

何谓三官：铜官、盐官、锦官。

三月迎梅，四月送梅，旋即，陆忆敏出梅入夏。

有一种贫血叫"地中海贫血"。有一种杀手叫"不太冷杀手"。

别说什么云作赋，月听琴；那人每天写一首诗，为了每天杀一个人。

这世上有没有一个伟大的属于咱们穷人自己的作家？有一个：契诃夫。

姑射山有神人（庄子语），难道他山就没有？譬如昆仑，譬如峨眉……

山水压住了洪涛风色。

咫尺画幅当有万里江山，万里江山才有一只蚂蚁。

树的风姿，上盘空，下临水。

介胄之士不拜？

张文潜《大旱诗》："天边赵盾益可畏，水底武侯方醉眠。"

欢喜写诗的人，也欢喜思维。

"吐佳言如锯木屑"，这是好的。

叽叽喳喳赵俪生，骂来骂去范文澜。

寻找南宋末年内廷供奉汪元量的南宋亡国史诗（二四〇首）。

难道患癫痫，就非得做开颅手术吗？

盐亭有鹅溪，鹅溪出丝绢。

汉唐以来，钱色为青。因此，老杜《漫兴》诗曰："点溪荷叶叠青钱。"

何谓何水曹？尚书水部郎——诗人——何逊也。

无法理，无发理，无法离，无发拟。

"佛,日也;道,月也;儒,五星也。"(《隋书·李士谦传》)

古时,我们说"苍生未苏息"(杜甫);今天,同样的意思(当然也是同样的口语),我们说:人民没休息。

古人评诗多虚言空话,我就常遇如下这样对杜甫的评说:"……笔力横绝千古。"

梁宗岱于一九一九年七月,十六岁时,在他当时读书的培正中学《培正学报》第四期上发表了一篇颇有意思的文章,此文用文言写成,文章题目为《字义随世风为转移今所谓智古所谓谲今所谓愚古所谓忠试述社会人心之变态并筹补救之方论》。同期还发了他另一篇用文言写的文章《左氏浮夸辨》(刘志侠、卢岚:《青年梁宗岱》,华东师范大学出版社,二〇一四年,第六三页)。

日本神秘主义诗人野口米次郎(Yonejirō Noguchi,一八七五—一九四七)的诗神秘吗?我心存疑。据我所知,倒是有个日本诗人草野心平(梁宗岱青年时代在岭南大学读书时的朋友,也是诗人黄瀛教授的朋友)很崇拜他。有关此事,我将询问我的中学同学,现居日本的武继平教授。

今晚听一个老诗人朗诵,突然想起三十年前王寅写的一句诗:"谢谢大家冬天仍然爱一个诗人。"(《朗诵》)

值得同情的事:一个老了的女诗人在夜灯下露出了一张浮世绘的胖白脸。

隆冬之夜,不要给他人打电话,也不要接他人电话。

一八九二年十月,瓦雷里的热那亚之夜。

梁宗岱认为"法国都兰区最能令人想起我的国家的思想"(《青年梁宗岱》,第二三〇页)。

有意思的谐音:都兰区——肚腩去。

为救中国穷人,英国作家(Robert Payne,一九一一—一九八三)一九四二年在重庆发起一顿饭运动,即办书画展为穷人募捐运动。(《青年梁宗岱》,第二六一页)

一九二九年,巴黎有一本杂志取名为《鼓》,该名出自一行诗"我的眼睛是两只鼓"(Blaise Cendras,一八八七—一九六一)。(《青年梁宗岱》,第二六六页)

直到十七世纪初,法语仍然是一种年轻的文字。

在一位一九七七级四川大学经济系的大学生心中,幸福是啤酒波尔卡,痛苦是邓丽君歌曲。

罗曼·罗兰说:"和日本人相比,我和认识的中国人更谈得来。日本人是酸味和半甜半淡的混合物,感觉得出缺少古老的文化,缺少沉着与和谐。"(《青年梁宗岱》,第三一一页)

而盛成在罗曼·罗兰眼里"是一个显而易见的江湖郎中"(《青年梁宗岱》,第三一三页)。

年轻时,他不是得意洋洋而是幸灾乐祸地看着老作家"死去"(指已不写作了)。我认识一个自杀的作家,自杀原因仅仅是其他人不像他那样写作;还认识一个杀人犯作家,杀人原因也仅仅是其他人不像他那样写作。

古人多患消渴病(即今日之糖尿病),如相如,如老杜。

花鸟有何愁,诗人可袖手。夜雨朝晴,燕轻风斜,又过一日。

"步野风清散酒醒?"晚唐郑鹧鸪如是说的,而我不信。

很可能是他肩膀的圆滑导致了他说话的圆滑。

在西班牙读德国哲学有何用?除非你想当总统。

从她的诗能看出什么呢?癌症气息。

他老了后,常常想起少年时的一个画面:舅舅总是在下午舒舒服服地躺在冬天的床上读一本书,这真是一件无与伦比的快乐事呀。

山大松树小,我说的是古巴。

一幅画——宁静的树木——在某种光线的映照下,会让人感到恐怖。

钢厂看上去令人难过,煤矿倒未必。

由于写作过于勤奋,他的胡子停止了生长,而她长出了胡子。

他除了手老是动来动去,似乎就没有缺点。

中国人多用形象思考,是因为象形文字吗?

树皮上有青苔。人走来走去。

一九八二年的夏天的一个黄昏,我们(蓝仁哲老师、武继平和我)在歌乐山下一个校园的石头上坐着说话。

生活在别处,其实就是人不喜欢自己的生活,喜欢别样的生活。

伦敦抽象，巴黎更抽象。南京美学，北京更美学？

无论他如何叉腰，样子都是女性的。

西班牙，除了黑杨树，就没有什么是孤独的了。

那是一只来自比利时的金丝雀。

人的器官何其微妙精密，一刻不停地叩问着生命。

一年四季的绿，或会让人视而不见；深秋，来一点金黄，让我们重新打量绿。

何谓不协调？小个子活力四射，就不协调。

木气的孤独感胜于铁气。

合力：同向的两个力相加；分力：反向的两个力相减。可用这个力学原理去问问安徽诗人。

希梅内斯认为人类有三张美丽的脸：相爱的脸、祈祷的脸、作诗的脸。（希梅内斯：《三个世界的西班牙人》，漓江出版社，二〇一四年，第五六页）

无论什么东西，愈是渴望，愈应远离。

羊肉汤锅里放几块橘子皮，是必要的。螳螂挺起胸脯，也是必要的。汽车进站是必要的，汽车开走也是必要的……赶快就此打住。警惕！此类造句可无穷无尽写下去。

LJ老师年轻时在沈阳短暂学过钢琴，后来有一年夏天去北碚缙云山找瞎子算过命，后来在成都教钢琴、买铺面、自编自发行幼儿钢琴教材，后来又爱上走路，后来就死了。他死得其所。

黄金有价药无价。这句老生常谈并不引我注意，但由一个特定的人在一个特定的时间和场合说出来，就一下让我听进去了。这个人是我学医的舅舅。

有一首诗我不喜欢，但由你一朗诵，我立刻就喜欢了。

引而不发的事：持琴不弹，张弓不射，只说不做，睡去不醒……

对于埃里蒂斯（Odysseas Elytis，一九一一——一九九六），诗要经得起白天的考验；对于张枣（一九六二——二〇一〇），诗要经得起正午的考验；对于济慈（John Keats，一七九五——一八二一），诗要经得起夜晚的考验。

黄昏的长江有一股傲气，清晨的嘉陵江很性感。正是后者赋予我的小诗别具一格的精神风格。

那个人的笑是蓝色的，逗人兴味。另一个人的笑是三角形的，令人恐怖。还有一个人笑若雨伞，天真极了。

聂鲁达缺乏克制力和完整性，是一个坏诗人。（希梅内斯的观点）

他心怀炸药或马达，但表面平静。

我一直想不明白他（一位重庆人）为什么在一九七〇年看上去如此优雅，有一天，终于豁然开朗：原来他有一副电报的表情。

说光是移动的几何,不如说光是移动的房屋。

她的心让我想到红红的肉桂。

敞开你的口才,如同掀开你的风衣。

我认识三个做伸展运动的人,各怀打算。一个是为了抓鸟,一个是为了美观,一个是为了健身。

洛尔卡(Federico García Lorca,一八九八——一九三六)死了后,格拉纳达的暮色也就死了。

任何笑都是好的,甚至傻笑;唯惨笑不好。但我认识一个人,他一笑就是惨笑。

他在夜里很慢,一到白天就快起来。

人,注意你的嘴唇!

读他的诗,感觉是走着的;读另一个人的诗,感觉是站着的;读第三个人的诗,感觉是躺着的。如果读一个人的诗,感觉是坐着的,最好。

无论你从哪里冒出来,巴黎、纽约、耶路撒冷……我都能认出你是一个来自北碚的美人。

头为首脑,所以祭奠时要贡献畜生的头,如猪头、牛头、羊头等。不贡献狗头、猫头。鸡头、鸭头、鱼头呢?

人有上亿的感觉,而最优秀的作家和诗人最多能说出的也不过百余种。

他的写作有一种铁匠味。她的写作有一种马鞭味。

缺乏热情的孤独不是真的孤独。

小鸟初飞的样子,你可以说笨拙天真,而我却说难看。

取名延年就可延年吗?取名不寿倒可长寿。

我倾向于黑发藏书家,白发药剂师。

年轻人追求清白无辜是一种老人的心态。

政治是劝说的艺术,所以也是修辞的艺术。

最后还算幸运,他暖和的神经总算离开了那冰冷的单人铁床。

在小津安二郎眼里,最具人性的时刻是:放屁和做爱,剔牙和挖鼻孔。在其电影《早安》里,放屁和早安就并行不悖。

"物哀"即仁慈之哀(这"哀"也伴随着一种温和的愉快与满足),它是由细小的东西引起的轻微幽深的感触,它在《源氏物语》中共出现了十四次(还待细查)。

亚洲人,尤其是东亚人的道德感是单线条的。

我的矛盾论:人是人的矛盾,狗是狗的矛盾。

何来恒定不变的本质?你的每一次选择都意味着修改你的本质。

电影技术之一:一个导演如想放弃直接的道德表态,就必须放弃运用推轨镜头。关于此点,戈达尔早就说过,推轨镜头是一种道德表态。

诚实的日本人可以把生意做得像蝴蝶那样轻盈。

新生不是指婴儿,也不是说少年,新生是青春。

画完后的留白是画面的一部分,动作后的静止是动作的一部分,说话后的沉默是说话的一部分。

"除了做豆腐,我什么都不做,因为我是个只卖豆腐的人。"(小津安二郎)

喜欢鲸鱼和青铜器的小津安二郎每写完一个电影剧本,通常要喝掉一百瓶酒(威士忌)。

与生活相处得好的人,与死亡也相处得好。

只有在日本,你才可以看到一位七十三岁的男人变成一个十九岁的女人。(唐纳德·里奇:《日本日记:一九四七—二〇〇四》,上海译文出版社,二〇一一年,第五三页)

一九五〇年代,日本是所有廉价糖果的原产地。如今,恐怕是越南吧。

乡村之美就一个词可概括:静洁。中国乡村有静无洁。日本乡村得静洁双美。

皮肤老若皮革,说话口吃(青少年的特征)的毛姆也就在东亚(其实就是中国和日本)爆得大名。连张爱玲也是他的粉丝。

一个人想成为什么样的人就选择穿什么样的衣服。衣服表达内心,形式展现思想。

老人的嘴常常是张开一小半的。

夏天的日本才是真日本。

唐纳德·里奇,一九四七年在北镰仓圆觉寺内,第一次闻到了日本春天的气味,"奇怪——闻起来就像精液"(《日本日记:一九四七—二〇〇四》,第二七五页)。

想到坂东玉三郎,就想到一句名言(这句名言亦适合大多数日本男人):相逢是男性,道别是女性(《日本日记:一九四七—二〇〇四》,第二八〇页)。

"但见耆旧老,不睹新少年。"(曹植)

每一读到"北望苦销魂"(杜甫《送裴五赴东川》),就会想到一个毕业于成都科技大学的诗人,三十年前,他取了一个笔名,就叫北望。

少微星即处士星。"少微星动照春云。"(杜牧)

飘风自南,树高响细。

读《茅屋为秋风所破歌》,知老杜也是个民胞物与之人。

"今年灌口损户口。"(杜甫《石犀行》)

老杜"穷愁岂有宽",司马迁"非穷愁不能著书"。

耳边风,鼻下火,飞箭声声如饿鹰。

《赠花卿》(杜甫)是赠给成都猛将花惊定的吗?"为君酤酒满眼

酷"（杜甫）却是为了窭侍御呀。

古人云："瓦盆金玉，同博一醉，尚何分别之有。"

"万里清江上，三年落日低。"（杜甫《畏人》）

生成有分别：生为造，成为化；吹嘘有分别：吹为阴，嘘为阳。

"座上客常满，樽中酒不空，吾无忧矣。"此孔融语（出自范晔《后汉书》）用来说黄门宴的主人黄珂，真是精准也。

小鱼如针，垂钓人急。"恩及于毛虫，则走兽大为，麒麟至。"（《春秋繁露》）

想到如今的遂宁，不仅想到那里繁华的人文，尤想到老杜《去秋行》两句："遂州城中汉节在，遂州城外巴人稀。"

老杜说"春城海水边"，说的可不是云南洱海，说的是广州。

读罢"锡飞常近鹤，杯度不惊鸥"（《题玄武禅师屋壁》），顿作长叹息：千古绝技唯杜老也。

"何年顾虎头，满壁画瀛州。"（杜甫《题玄武禅师屋壁》）

为何射洪，水口为洪。射洪寒轻，冬酒乃绿。老杜有诗为证："射洪春酒寒仍绿。"（《野望》）

从《法苑珠林》知：一月有二分，上半月为白月，下半月为黑月。

人（尤其是诗人）为了安慰自己，总爱说贵贱终归一死。殊不知：贵贱之生活终归还是大不同的。

人生不过二谛，昭明太子早就说了：一真谛，二俗谛（《广弘明集》）。

心地初为初发心，初发心便成正觉。（《华严经》）

"草深迷市井，地僻懒衣裳。"（杜甫《田舍》）

古人相知，未必在早。为此，朋友越老越好之说可以休矣。

"三更开门去，始知子夜变。"（乐府《子夜变歌》）

汉武帝下哀痛诏。

梓州兜率寺，杜甫曾作诗《上兜率寺》咏之，结尾二句："白牛车远近，且欲上慈航。"梁昭明太子诗："慧海渡慈航。"恰是这"慈航"二字让我突然想到昌耀的一首诗，也叫《慈航》。

不敬天，何来戒惧慎独。儒者当记。

写妓，总以歌扇对舞衣，古人也有俗套。

那史家穿绣衣，持斧头，怪哉！故人从此别过。

蚂蚁喜爬梨子，不爱苹果。

夏深吃瓜。秋深吃药。冬深吃酒。春深吃花？

鹅身上，哪个部位最有意思？颈子。鹅怒，引颈；鹅眠，宛颈。

虽说过还要说：商鞅变法，多如牛毛。

为何说这是一条左担道？山路险窄，挑夫的担子无法从左肩换到右肩。

竹稀阴薄，树多阴杂，老杜炼字耳。

《汉书·枚乘传》："福生有基，祸生有胎。"

唐广德以来，杜甫诗篇正如他自己所说："老去诗篇浑漫与"，其中好坏参半，也可想而知也。

大河似不流，小河似箭飞。

幽人的哭和烈士的哭是不同的。好人的哭和坏人的哭也是不同的。男人的哭和女人的哭又有什么不同？杜甫爱哭，所以可爱。

巴蜀愁，吴门兴，老杜"厌就成都卜，休为吏部眠"，欲远行东吴。

修竹梁孝王，犬吠淮南王。

葛洪去过阆中？张道陵倒是去过。

《十洲记》说瀛洲事："风俗似吴人，山川如中国。"

诗人张万新说棉衣冷死了，那正是老杜说的布衾（当然也可以是棉衣）"冷似铁"。

鹅发怒，与股票有什么关系。

有一个人因从来不懂做人的局限,写了一篇非专业文章,他以为他出了一个奇招,其实是出了一个洋相。这样的文章除了被专家耻笑外,只有把半文盲的疯子搞得更疯。

敌人有壮丽,水源多黑鱼("水源多黑鱼"从杜甫《南池》"清源多众鱼"化出)。

无错杂,便无缤纷,又何来锦里。

没有"努力加餐饭"(《古诗十九首》之《行行重行行》),何来"努力爱春华"(苏武)。

在德国,白马是神的信使,此点我已在诗《白马》里写过。在中国,白马是结盟的象征,读史记知刘邦有"白马之盟",也知有"刳白马而盟"(《史记·苏秦列传》)。

枭鸟食母,破镜食父。破镜——古代传说中喜欢吃父亲的一种野兽——状若虎豹。

香樟树唯有上海的好看,上海的香樟树唯有淮海中路南鹰饭店门前的那株好看。它已生长了一百五十年。

节日总是与一种食品有关,譬如端午节吃粽子,感恩节吃火鸡……可我们为何不天天选择一种食品?天天宣布一个节日?

钟文先生说中美数学理念相反,中国数学是加法,美国数学是减法。

远东是一个上海概念,中东是一个以色列概念,近东是一个土耳其概念。

耶麦（Francis Jammes）隐士，是写少女和驴子的大师。他说话粗声大气，他很贪吃。

卷七

二〇一四年十二月—二〇一五年三月

身体衰退了，以天真为代价；财富衰退了，以谎言为代价。

悠悠人道，外喜中怒。敏感来自浪荡，大海来自大海，人来自人。

把写作视为职业，实在是一种疯狂。（尼采《人性的，太人性的》）那把什么视为职业，就不是一种疯狂呢？三百六十行，行行都疯狂。

你只要不断冒犯和挑衅他人，人们就会记住你，虽然不会喜欢你。

"将我说成是腐尸王，这让我痛苦不堪。"（波德莱尔）

快意不仅仅是从爱中得，也从恨中得。

肉中刺？真的需要吗？家新兄？

人生就是：确定——判决——扫兴——死亡。

他不断地改变写作计划，不断地说要写小说。他非得将生命倾注给小说中的人物吗？为何不与之隔着一段距离。

黑夜忠诚，白日善变，愚笨给人以安宁。

没有闲暇、金钱、优雅、倦怠和高傲，就不会有浪荡主义。"浪荡主义是英雄主义在那些颓废时期的回光返照。"（波德莱尔）

山中老人是十一世纪盘踞在伊朗北部一带中东地区的著名暗杀教团阿萨辛派的首领。

他是一个年纪轻轻的"老朽才子"。

猫是奢侈品，穷人不宜养。

感动引起脸红，而感激则不会。

小时候诚实过头或过剩的人，长大了宜于写小说，不宜于写诗。

老实其实是一种懒惰。

悲伤里有悔恨，愤怒里没有。

饭后，他走路摇摇晃晃，是为了更好地消化吗？

消遣是一种无赖行为。

"诗歌形式的长度以注意力为基准。"（波德莱尔）

波德莱尔无法为植物而感动。

为什么酒的敌人是唐诗的敌人，玫瑰的敌人是香水的敌人？为什么送奶者都是女的，送快递者则总是男的？

在一间餐馆（名字略去），我看到了什么呢？看到了三样东西：扣肉、花朵与石佛。

当心，来自印度的颠茄。

冷屋、冷肉、冷尘、冷诗，样样都冷。连棉衣都冷死了。（再引一遍张万新的诗）

肉分红白,歌分红黄。

中国燕子穿梭于柳树好看,法国燕子合宜穿梭于白杨。

人生最重要的时刻:某日生,某日死。可我认得一个人的重要时刻:无生亦无死,就是疯。

在法国,云无愁,而人有愁;在别国,又何尝不是如此呢。

如果江户连乘凉都艰难,小林一茶当然应该回家去:

> 回家去吧,
> 江户乘凉也难呀!

喝汤。酷暑如酷吏。"天道惊险,人生惊艳。"(胡兰成书法)

只要与他气场不合的人,他就一律认为是坏人。

思考时,别望山,那只会引起空洞的乡愁。

越南热,那里的人便打起赤脚或靸着凉拖鞋抽烟。

某个凉快的冬夜,他说他见过三百年前某人(名字还是要保密)的脸。

刚一想到黄牛、白猪、黑马,就想到了威尔士……想到王佐良翻译的 R. S. 托马斯《威尔士风光》:

> 黄昏时天空发狂,
> 如有鲜血泼洒

叶芝沉思过一只燕子和一个老妇。契诃夫当然也沉思过一只燕子和一个乞丐。

在乡村，连驴打滚、狗游泳、人吃饭都是重大历史事件。

当然！安慰行为是一种正义行为。

天堂鸟只飞在巴布亚新几内亚的天空。

甲：从水井里打水时，旧桶别碰上井沿。乙：新桶可以碰吗？对于洁癖者来说，新旧桶都不能碰到井沿。

牛终归是要完成最后使命的，即让人吃它的肉。天鹅的形象呢？终归也是慢腾腾的。

湖水有青天的颜色，手镯有青山的颜色。

黎明的青苔比下午的青苔更令人动容，青年时代的彻夜长谈和中年时代相比，亦可作如是观。试将此句子改为诗句，如下：

> 黎明时的青苔美过下午的青苔
> 青年岁月的彻夜长谈美过中年

他是个温和旧派的青年，他活在中国当代，他的生活可想而知，糟透了。

后悔的事：破晓酒醒。胃冷，胸热，怎么回事，是身体分裂了吗？

书法界有姜立纲（一四四四——一四九八）。

除了在森林中,哪里还有简约生活?夏天的葡萄——新疆——内地青年曾经的梦想。

他疯了,因为过度而急迫地想念一个人。

他者如何面对死亡,我在耶麦的组诗《十四篇祈祷》第七首《为我死之日圣洁美丽而祈祷》(耶麦:《春花的葬礼》,刘楠祺译,上海文艺出版社,二〇一四年,第四三二页)中读到:

> 愿我脸上严肃的神情,令他们
> 为一种辽远温馨的神秘而颤栗,
> 我的死为他们展现出某种赐予。

舷为船之唇?

杜甫一句"白屋难久留",亦可用来说江津白屋诗人吴芳吉(一八九六——一九三二)。

"坎坷长苦辛"(古诗),"卧疾丰暇豫"(谢灵运)。

春生意,秋适情,各人感受尽在胸次玲珑也。

如今说古镇,莫如说伪镇、破镇。

唐人眼中的胡人,不外高鼻、凹眼、多须。

世上其实并无传奇,传奇都是作者自己在虚构和非虚构之间(即真真假假之间)写出来的,也是读者运用自己的经验和想象读出来的。

帝王诗皆为"大风歌"语,因此可说刘邦开出了一路诗体——

帝王体或"大风歌"体。

怪事,一读到沈佺期诗"戎幕生光辉",就想到秘鲁的"光辉道路"(西班牙语:Sendero Luminoso)。

风醒酒,风塑形,风毁容,风送老……
风哀江南,奔魑走魅……"乐任主人为"?

为何剑南春,唐时名酒多以春也。再如曲米春、土窟春、石冻春、梨花春……

庾信"五两开船头"。什么意思?

云触石而出,称为云根。那票根呢,调羹呢。

遗憾的事:我校属于"农学"的森林资源保护与游憩专业已无本科生了。

开会无事,偶翻支宇教授带来的一本书《批评家的任务——与特里·伊格尔顿的对话》(北京大学出版社,二〇一四年),随手从此书第二七一——二七二页抄下几句:对于诗歌批评来说,"内容分析本身很好,但我认为它不是文学批评。批评研究的是语言这一介质的层次与复杂性。……诗歌可作为话语或修辞而非语言规则……真实地测试人对语言的反应能力……诗是产生困惑的一个源头"。

短短老气,小小嫩气,矮矮俗气,灼灼文气。

古人呼儿诵《文选》,今人呼儿诵《文选》。

雁有兄弟之礼,羊有母子之礼,人有夫妇之礼。

小糊涂仙酒适合翰墨小神仙喝。

无人虎两存,便无人兽和谐。老杜说:"人虎相半居,相伤终两存。"

吴盐蜀麻。海鹤江鸥。

欲完其生,欲藏其身。

一代人有一代人的生活,一代人有一代人的文学,这是人人明白的简单道理,可还是有许多老文人总是说青年人的文学不是文学。

世乱逢《客居》,久病在《客堂》,这说的又是老杜。

平原一览生悲,山城才含变态。

夏至,麦熟,读《楚辞》:"观南人之变态。"
秋来,马思云,雁忆北,南人望穿了秋水。

老杜"花近高楼"为正,"城尖径仄"为变。

人间何处不杀牛?起檣杀牛,过江杀牛,出征杀牛,祭祖杀牛。

"若道巫山女粗丑,何得此有昭君村。"(杜甫《负薪行》)

从杜甫《负薪行》和陆游《入蜀记》知四川古时妇女劳作之苦,相当于现在的苦力和"棒棒"。(《杜诗详注》,中华书局,二〇一三年,第一二八五页)

诗歌是暴露加掩藏的艺术,之间的分寸(暴露多少,掩藏多少)全由作者精细掌控。坏诗人要么只知掩藏,要么一味暴露。

谁说川东风俗恶薄，老杜有诗《峡中览物》为证："形胜有馀风土恶。"此外，川东苦寒贫穷，又有杜诗《赠李十五丈别》为证："峡人鸟兽居，其室附层颠。"

年轻时见什么都觉得好，普通的房子、水泥路面、随意的树木……为什么？因为身体好，因为一切都新鲜，更重要的是因为年轻本身。

儒家厚葬，墨家薄葬。

他认为最不能忘怀的是家中的痰盂。

庐山，铁船峰。

严耕望不是耦耕人。

龙正直，难道马就不正直？

何物"可坐而致也"（孟子）？典型汉人的守株待兔之思维也。

读《催宗文树鸡栅》，知老杜听鸡已解忧也。

节奏在句子里。坚定地按自己的声音节奏（句子）走！句子与句子之间要大胆留空，不要填满了。诗的妙处就在于：既有逻辑（严密性）又有跳跃（空阔性）。此说正如黄宾虹在《论画》中说过的，大画家作画既要密不透风又要疏可走马。一句话：要相信读者，好读者最怕啰嗦的写者，即一句一句根据逻辑线索交代得清清楚楚的写者。

商人和小公务员的儿子会写诗。

一九四〇年代的上海诞生了一个"鱼诗人"——路易士（纪弦）。

通舟注海去，莫如留客避暑来。登阳台袭快风，老杜翻作画风手。

大雨中岂止不辨牛马，男女亦不辨。

高丽赤鹰——决胜儿！

楚有逸才，晋有实才，蜀有偏才。

云峤、方壶，乃游仙诗语。

热气骄骄，热气蒸蒸，热气亢亢。

从《盐铁论》知，周公时代，岁月静好：风不鸣条，雨不破块。

才大难为用，道大莫容意。

萧子显："朝酤成都酒，暝数河间钱。"杜子美："岂无成都酒，忧国只细倾。"

"公来雪山重，公去雪山轻。"（杜甫《八哀诗·赠左仆射郑国公严公武》）

从傲杨微博知：她在学习非暴力语言沟通课时，她的老师引用了下面一句话："I've learned that people will forget what you said, people will forget what you did, but people will never forget how you made them feel."（我发现，人们会忘记你说过的话，忘记你做过的事，但他们永远不会忘记你带给他们的感受。）

"阳气见于眉宇之间"（《七发》），阴气见于何处？

辛德源："云衔天笑明。"杜子美："天笑不为新。"笑者，今电是也。

"鱼在在藻，有颁其首。王在在镐，岂乐饮酒。"（《诗经·小雅·鱼藻》）

年轻人瞧不起老人，并非今人独有，代代如此。孔融早在《论盛孝章书》里就说过："今之少年，喜谤前辈。"

幽燕非我国，吴门即苏州。

又读杜甫《存殁口号二首》："玉局他年无限笑，白杨今日几人悲？"难免也想到李元胜诗集《无限事》。
白杨树乃墓园树也，又可敬。

灾星——妖星——彗星。武人魍魉。诗人牢落。妖星！

杜甫在夔州的生活如何？且看他自己写来的一幅自画像："乞米烦佳客，钞诗听小胥。"（杜甫《赠李八秘书别三十韵》）

巴蜀别有三江：外水岷江、内水涪江、中水沱江。

"你已学会了开始：从我走向他人。"——博根（Louise Bogan）再抄一句她的《女人》："她们的爱是一种急切的虚无，要么太紧，要么太松。"
并非句句关于博根，奥登在《耐心的回报》一文中谈论博根时，也说了另一番有意思的话（虽然亦可说关涉博根）："只有艺术家知道创作如果不冒着遭受失败的危险，如果不抱着一种自我惩罚的态度，就很难突围出去。"

我还记得我读中学时那些倾斜的课桌，那课桌样式来自哪里？俄罗斯！这是我后来在纳博科夫的诗歌《寄俄罗斯》里读到的："像在中学倾斜的课桌上，/如地图一样你缓缓展开。"

关于毛姆，有人说他浅薄，倒是说对了。但有时我们也喜欢他的浅薄，但这与张爱玲无关，虽然我知道她很喜欢毛姆的书，这又有何不妥呢，恰如她只喜欢鸳鸯蝴蝶派作家的书一样。

李（白）史记，杜（甫）汉书。故即固——字通用。

西方出美人，南方出荡子，今我不乐思北方，今我解闷游东方。

为闲逸喝酒的人酒量小，为任务喝酒的人酒量大。

树才译文：

> 你太美了，没有人意识到你会死。
> 过一会儿，就是夜，你同我一起上路。

张枣建议：

> 你太美了，没有人意识到你会死。
> 然后，就是夜，你同我一起上路。

《述异记》："猿五百岁化为玃，玃千岁化为老人。"

何逊此句诗颇有些情趣意思："猿挂似悬瓜。"

他老说什么天才是挡不住的。难道普通人就挡得住？其实，只要是人，都是挡不住的。

他——江西南赣镇总兵程学启——端起一满杯茶水想喝下去,但其喉咙已无法吞咽,他激动得悲伤地哭了。

请注意,籀园有草鞋虫。此点,我以前说过。

"魔鬼弱小时,魔鬼是天使;魔鬼强大时,魔鬼让别人做天使。"

喜欢边垦田边打仗的左宗棠胖得闲闲悠悠,当然不能对付敏捷的敌人。

满清官员中几乎无人懂得半点地理学和军事地形学知识。

李鸿章虽一生轻蔑日本,冥冥中却"注定了他要在七十二岁这一年向倭人求和,接受他们胜利时索求的条件,让他们洋洋自得"(《李鸿章传》,法律出版社,二〇一四年,第一五四页)。

与鱼无仇仍吃之,与鸡无恨仍杀之。

"欲寄江湖客,提携日月长。"(杜甫《竖子至》)

"穷老真无事,江山已定居。"(杜甫《过客相寻》)

瓜,青黑为美,黄白及斑,虽大而恶。

王朝事,也是家常琐细事。

"白头如新,倾盖如故。"时运易逝,作梁父吟。

白,有时是一种热情,而非魅力。蓝,孩子气,天真无疑!黑,火烫!

"老病忌拘束，应接丧精神。"（杜甫）

"短章诗断处多用突接，长排体则须用钩挑之法。"

"老身古寺风泠泠。"（杜甫）"飞星过水白，落月动沙虚。"（杜甫）

羊怕树林。

中国当代园艺二人：景观园林汪菊渊，梅花状元陈俊愉。

抗日战争时期有"三坝文教中心"：汉中古路坝、重庆沙坪坝、成都华西坝。抗日战争时期有一种粗蓝布，叫罗斯福布。

游寿（一九〇六——一九九四），一个一下就会被人记住的名字，她过了坎坷的一生；当今书法界有"南萧北游"之说，南京萧娴，哈尔滨游寿。

一九三〇——一九四〇年代，中国的大学教育出现了这样一种颇有意思的现象：家境富裕、成绩优异的学生几乎都选择农学专业。一九一〇——一九二〇年代，国学却被胡适搞成了一种时尚，一时间，青年俊才趋之若鹜。

那一九四五年考上齐鲁大学政治经济系的苏进德在接受历史学家岱峻访谈时，说自己"思想单纯，不关心政治"（岱峻：《风过华西坝：战时教会五大学纪》，江苏文艺出版社，二〇一三年，第二三页）。"有的同学穿夹克衫，还在上面故意甩上些墨水点，以示标新立异。"（第二四页）这一情节倒让我想起今天这个时代，新青年最乐意把衣服，尤其是裤子，剪几个洞一样。

一九四一年夏，成都气温达四十一摄氏度。（第六八页）

抄一句四川土话：独眼龙，板起沟子逮臭虫。

"甲骨四堂"：雪堂（罗振玉）、观堂（王国维）、鼎堂（郭沫若）、彦堂（董作宾）。

治历史学，钱穆认为只有两条路可走：一是历史地理，二是行政制度。

西汉长安是动的，东汉洛阳是静的。

读《吴宓日记》见其宴饮之频繁，仅以一九四四年底居于成都日记为例，从十一月三十日至十二月二十九日晚间，一月之内，就达六次。（详情参见吴宓：《吴宓日记》第九册，吴学昭整理，生活·读书·新知三联书店，一九九九年，第三六三—三八〇页）

诈者李劼人，赌徒谢无量。此说亦从《吴宓日记》得知（第三八五、四〇六页）。

奥克兰有公园八百多个，安顺城有烟馆八百余家。

四川四宝：赖汤圆、龙抄手、钟水饺、程神经（神经病学家程玉麟）。

怎么，家政学是伪科学？

杜甫《对雪》："北雪犯长沙。"

"家家养乌鬼，顿顿食黄鱼"，可见老杜对夔州之厌烦也。

"坐深乡党敬。"（杜甫）"坐下渐人多。"（陈师道）

梁简文帝诗："妙舞自巴渝。"

幽燕无人唯鸟去。商洛从此少人行。

"少年早归来，梅花已飞翻。"（杜甫《别李义》）

如何成为一个肉感的诗人？只需像惠特曼那样："我从头到脚歌唱生理学。"或者像马雅可夫斯基那样，给云穿上裤子。突然想到另一个神秘：诗神为了成全老帕，就让死神先灭了马雅。

"天意高难问。"（杜甫）"湖边意绪多。"（杜甫）

老杜右臂偏枯，左臂书空，此节故事可见他晚年在潭州（今大部分湖南地区及部分湖北地区）写的诗《清明二首》。

贾岛诗"长江风送客，孤馆雨留人"，化蜕自杜甫《发潭州》"岸花飞送客，樯燕语留人"。

顺流"背指菊花开"，逆流"水花笑白首"，又是老杜！

吉人话少，小人言多。这说的是中国事，西方则反之。

浮云无意思，飞鸟从来急。

宋代诗人汪炎昶《秋怀二首》："年争飞鸟疾，云共此生浮。"

"丘也东西南北人"，"甫也东西南北人"，谁又不是东西南北人？

"真人革命之秋。"（张衡《南都赋》）"真人"，光武也。

李供奉，杜拾遗。李翰林，杜工部。李谪仙，杜子美。李青莲，杜少陵。

寻找马雅可夫斯基的学生和朋友吉尔沙诺夫的诗。还得找另一本书《智利鸟类概况》。

写情诗的高手——法国诗人保尔·艾吕雅——是在写着情诗时死去的。

与其说俄罗斯出雄辩家,不如说盛产说话狂。

土耳其人的眼睛总是昏昏欲睡的。如果你发现了一个眼睛明亮的土耳其人,那只能是意外。

失眠的钟有意思,还是如星的鹰有意思,去问聂鲁达。
月亮的马有意思,还是矿物的蛇有意思,去问聂鲁达。
绣花定音鼓呢,石头蒸汽呢……还是得去问聂鲁达。

天下多少东西是硬梆梆的。可你到底是说什么东西硬梆梆的?我说:一只死了的麻雀是硬梆梆的。

他的自信,很怪,很夸张,怎么说呢,一看便知,是从西方人那里学来的。

切菜板与胃穿孔有什么联系?但有人在《晶报》上紧急提醒,说切菜板会释放甲醛。

俄勒冈(Oregon)的泥土是红色的吗?依然请聂鲁达回答。乡村之美呢?让我们竖起耳朵听聂鲁达《让那劈木做栅栏的醒来》:

> 我爱农民的小家庭。年轻的母亲在睡觉,
> 象罗望子糖酱,新熨好的衣服那样芳香。

炉火在一千家燃烧，
四周围绕着洋葱。

请别对我说那全身披满毛发的榕树像一头巨兽。

中国文字宜于让人从小养成背诵的习惯。

读与写是最好的打发时间的方法。其实，做学问的道理同理，也是消磨岁月，过完一生。

渴望攀登的人是渴望诞生的人。

歌唱总是与往事联系在一起的，所以音乐的本质是怀旧。

古巴——甘蔗——雪茄——淡金的腿，寡言和邂逅。

墨西哥人的眼睛是孩子气的。另外，与其说墨西哥人孤僻，不如说墨西哥农业孤僻。

一个站在青苔上给你打招呼的人不一定是一个柔软的人。

智利是一个诗国，更是一个煤国。

西班牙在四川话发音的语境里指龅牙。危地马拉呢？奇特！倒不一定非得指危险。瞧，聂鲁达就在其《征服者》里说过："甜蜜的危地马拉……"

接下来，作为一部魔幻现实主义小说的开头，你不妨再次挪用聂鲁达笔下的危地马拉："在尤卡坦，一个主教/跟在白皮肤的老虎后面进来了。"

工农兵累得要死，教师就不累得要死？商人就不累得要死？作家更累得要死。一句话，生而为人，都累得要死。

西班牙人的脸并非都是瘦的。智利人的脸也并非都是胖的。

狗的眼神其实只有一种：无辜。

某年某人（名字不便透露）最爱说攻某岛宜用火攻，后来在一般古代战法中，我读到了"用火和死进攻"。看来"火攻"也还是有一个出处的，又想到《三国演义》里的一节"火烧赤壁"，这不又是火攻吗？趣事，也是闲事，记一笔。

中国的缩略词太有意思了，我多次说起，今又来说。如生日快乐，我们说"生快"；转给需要的人，我们说"转需"。吾国真是无处不缩略呀。犹如有水井处必有柳词，有汉语处必有缩略。

大地被说话的嘴充满。

道德无处不在，甚至从伐木和切肉的姿势和态度也可见出。

"那条无数嘴唇的宽阔大河颤抖了一秒钟。"（聂鲁达《解放者·瓜亚基尔》）

可以说一个人的脸白得像死者或黄得像死者，但很难说黑得像死者。

芝加哥还与屠宰有关吗？我觉得与宗教有关。

有一个人叫阿纳斯塔西奥·索莫查（一八九六——一九五六），他靠暗杀于一九三七年当上了尼加拉瓜总统。这是一个怪人，聂鲁达这样说他："三十块银币在他肚子里生长着，增加着。"（聂鲁达《解放者·桑地诺》）

恒星无须天上找,它埋藏在大地深处发着幽蓝光。

雷卡巴伦,智利的儿子与父亲,一个矛盾;雷卡巴伦,"这位人民的领袖,带着他的小册子来到这里"(聂鲁达《雷卡巴伦》)。注意小册子!我曾多次说到。

有关于热学的理论,也有关于潮湿的理论。

长江在江阴一带很宽阔,在此可以说,江水撞击着游泳者的胸脯。

要看橘红色的黄昏,就去委内瑞拉。

"厄瓜多尔,厄瓜多尔,一颗不再存在的星星的紫色尾巴……"(聂鲁达《背叛的沙子·厄瓜多尔》)

罗马尼亚是个怪国,盛产怪文人。"如果你在罗马尼亚生下来是傻瓜,/那么你一辈子的经历仍然是傻瓜。"(聂鲁达《背叛的沙子·外交官》)

庙会缺了油炸食品和表演简直无法想象。这一点中西一律。

化肥的样子比面粉更像雪。

"坏年头,耗子的年头"是某个西方大诗人写的。不好。

巴拉圭放荡吗?

过去,为什么世界各地的女打字员总是那么漂亮?

矿工罢工,女人就在厨房里哭。

青春是潮湿的，老年是干燥的。青春读受苦的书，总感觉自己与众不同，自以为得意。

农业露珠是好的。工业露珠有点怪。

一个人的肌肉起伏如波浪，好看。一个人有一种边境气质，稳当。

日语"黎明"和汉语"黎明"相同。

古代，荷兰印刷出版家辈出，其中有一个，叫埃尔塞维里诺。

这有什么好说的呢，生活总是与穷人分享。

有阴阳怪气的门，就有阴阳怪气的下午。

在四川，黄葛树总是单独睡觉，单独醒来，单独工作（工作即摇摆枝叶）。

肚子太大的中年人，穿着红短裤、黄T恤，走在夏天寂静的小镇上，真是令人感伤呀。

他是个皮匠，地震使他成了瘸子。为什么警察要用棍子打穷人？他忍不住要问聂鲁达。

绿水环绕着修道院，象牙小楼里住着数学家侦探——爱伦·坡。

不到里加，不能体会什么是古老的夜晚。

聂鲁达，你在《伐木者醒来吧》最后一章，写了几十行这样的句子："给和平予……"其中我只喜欢这一句："给和平予我兄弟的衬衫。"

我留心到了一九二七年缅甸的气味"似乎是宝塔上的苔藓,是香料和粪便,花粉,火药……"(聂鲁达《我是·旅人》)

他参加过首届老子杯爱情诗比赛,获得一等奖。他叫杨然。

"去家千里,勿食枸杞。"

我认识一对夫妇,结婚六十年,每日吵架五场,一直吵到丈夫病死,其妻从此痛失吵架对手,逢人便说其夫一生窝囊,对家庭不负责任,云云。

青眼白头,读书煮茶;好听一笛风,好看一滴雨。

苦骨既指苦力,也说寒士。

"然后将白兰地倒进杯子里,恋爱立刻在旁边摇动起胡子。"(寺山修司《名词》)

那瘦子肉量大,不是饭量大。

山谷"霜林收鸭脚",后山"秋盘堆鸭脚"。

原来宣州(宣城)在汉代时叫宛陵。

道士好养鹅,自古使然。

逐臭人多来自海边,芬芳人全来自都市?

士入世,女从人。看樟树,去乐清。

中国诗若围棋,作空又坐实。

气是东北的温厚,也有人说是东南。

忠厚在人间,英雄在物外。

读王荆公诗"白下长干何可见,风尘愁杀庾兰成",一不留神,却读成了:风尘愁杀胡兰成。

某人头尖若笔头。谁?古弼(北魏,代地人氏)也。

论诗未了近《周南》。

五十年前,由秋入冬,寒渐至而非卒来也。

大音希声(老子)是为了逼出:大味必淡(扬雄)。

风摇叶落,鱼扰水浊。

蟹眼过后是鱼眼。狗眼过后是猫眼。人眼过后是神眼。青眼过了有白眼。红眼过了有绿眼。脐眼过了有鸡眼。湖州姜海舟加了一条妙句(英语俗语):"观点过了有屁眼。"(An opinion is like an asshole. Everyone has one.)

为何写书人要么穷愁,要么残疾?

伯乐相马在于瘦,圣人相士在于疏。

民有三勤:勤力、勤财、勤食。

《史记·天官书》:"中国山川东北流,其维首在陇蜀。"

紧张是没有声音的,但会有点烦躁的样子。

那个介入的人是不合时宜的人。

一个人的宝气有时会是一种吉利。

有钱币雨,也有麻雀雨。可活着的诗意是为了回忆。

树才译的勒内·夏尔这一句诗很有意思:"我将变成什么对我来说是一种几乎无限的热。"(夏尔诗集《群岛上的谈话,一九五二——一九六〇》之《冻得发麻》)接下来在《小蝰蛇》里,我不觉要惊呼:"一滴水给小蝰蛇戴上帽子"!在《危险和钟摆》里:"边地的蜜蜂,它运送动词……一粒灰尘落在忙于写诗的手上。"高潮!屏住气息!所有人——不仅仅是诗人——生机勃勃,然后奔向结局。"云雀,停歇的鸟;乌鸦,铭刻的精神。"

真理就是这样的朴素:虽然人的大方并不与钱的多少有关,但人越无钱就越大方。

诗歌中的第一美德是什么?庞德认为是"心之音调"。

你说床的用途是供人睡觉。他说床的命运是供人睡觉。

这是关键时刻,不要进入意义,回到声音中去!

只要学会撒谎,说话就开始流畅。(阿米亥的一个观点,见其诗《我又壮又肥》)

想变黑还不容易,人到晚上都是黑人。

风无味,但带来味。花无悲,但人有悲。

只有初恋者能够理解你的死亡。

宗教起源于一种人类的寻找意识。

那马头是人头。那羊头是狗头。

东风吹过之后回到东方,等待下一次再成为东风。

卷八

二〇一五年三月—二〇一五年八月

"人间化鹤三千岁,海上看羊十九年。"(黄庭坚《次韵宋楙宗三月十四日到西池都人盛观翰林公出遨》)

势如破竹,迎刃而解:儒者两得(礼与情),墨者两丧(礼与情)。

万古一飞鸟(杜牧的一句诗),万古一游鱼(指明朝永乐年间那条放生的鱼,见本书第一条),万古一诗人(看来看去,还是杜甫)。

心智迟发好,饮食清淡好。

雪,唯有瑞典的幽暗神秘。

从《伊索寓言》知农夫死于冻僵的蛇。从《庄子·秋水》知蛇怜风,风怜目,目怜心。

乐天先敷衍,山谷后剪裁。

"老色日上面,欢惊日去心。"(黄庭坚)

从《易·豫卦》之六二,知蒋介石名字有个出处:"介于石,不终日,贞吉。"

"断送一生惟有酒,寻思百计不如闲。"(韩愈《游城南十六首·遣兴》)

黄庭坚:"朝市山林俱有累,不居京洛不江湖。"

嘉州到处有,马蹄铁只曼德尔施塔姆有?也好,我们从此就省心,不用去写(也不敢写)那马蹄铁了。换句话说,古今中外多少马蹄铁,从此全归曼德尔施塔姆去写。犹如麦子,只归海子来写;

丛书和协会只归臧棣来写。

很快，新的马蹄铁出现了！两分钟后，刘楠祺给出了新译文："我的回忆是一块旧马蹄铁；啊，我的回忆四蹄飞奔而去。我是没有坐骑的骑手，没有浪涛的海洋，没有曙光的天际，在时光继我之后变为缺席时光的时候，我被钉在自己身上，钉在缺席之上。"（埃德蒙·雅贝斯《问题之书》）

还有吗，马蹄铁？若没有，马蹄铁仍归于曼德尔施塔姆名下。别人，莫碰！

也是一种发音好听的命名与名字：中国有个杰出兽医，叫李发志。

榆荚——榆钱；苔藓——苔钱，也叫绿钱。

一条备忘录（今后细论文）：日人春红，旅人秋白；或：日人春红，汉人秋白。比较这两句诗，哪个好？前者（旅人）声音好听，后者（汉人）与日人形成对称，亦好。

寻浪漫，亦可说寻漫浪。

江山风月主是个醉人（不是罪人）。

黄州句法——苏东坡，成都句法——杜子美，伦敦句法——庞德公？

长寿者目光内敛，低眉俯首。

云不穿白衣，何来变苍狗；人无论贫贱，终归于尘土。

衰老之白亦是一种光辉。

老杜布衾冷似铁,山谷风流冷似铁。

说得不好听些,通才就是业余人才,是万金油。

诗歌是女性的,这是一种浪漫主义诗观。

德国是学习印度文化的最好去处?

词语要发出音响,才能招呼听者。

佛语是经,佛意是禅。

虽是老调,还需重弹:说人生如梦不如说人生如戏,即人生是一场游戏。

"杯行到君莫停手,破除万事无过酒。"(韩愈)

古人四休安乐法:饱即休,暖即休,过即休,老即休。

文王忧勤损寿,武王安乐延年。

文章波澜阔,唯有曹子建。

"有物吞食来",可作月食诗。

懒残岩位于南岳福严寺。

有人"云沙真富贵,翰墨小神仙"(黄庭坚);有人"有名闲富贵,无事小神仙"(魏野)。

颜师古注:"有鼻在零陵,今鼻亭是矣。"象祠,供奉鼻亭神

（鼻天子）……

青春堂堂去，白发故故生。

观前街观后，陆稿荐陆后。

"方者中矩，圆者中规。"（《庄子》）

"又随落花飞，去作西江梦。"（梅圣俞）

黄庭坚："遥怜蟹眼汤，已化鹅管玉。"

左武昌，月上柳梢；右汉阳，悲上眉头。

花园各有样子，它是不同房主美学意志的结果。

德国诗人格奥尔格说："相比一个人的诗，从他的脸可以更快地判断他是否称得上诗人。"

一个应该记住的日子：重庆北碚，一九五五年腊月初九，星期六，晚间八点左右。

并非只是德国人最先学习走路和反抗。但"来自德国的大师"（策兰诗句）已成为德国的标志性意象。

夏天的路面，柏油发热发软，行人走在上面。

贫贱或守财，皆是人间的囚徒。

有意思的成语：守口如瓶，即嘴巴闭拢，瓶子盖紧；闭紧的嘴巴如盖紧的瓶子。

欧阳修《答圣俞莫饮酒》:"自古不饮无不死,惟有为善不可迟。"

水德、水道、水勇、水法、水正、水志。(孔子观水后的一个观点)

《左传》:"虽楚有材,晋实用之。"

是这样吗,索尔·贝娄,革命期间你的祖父贝娄在冬宫避难?贝娄这个名字来自俄语 Belyi(白色的)。

犹太人和俄罗斯人总是难分难解。

可以原谅的事:出于对生活感到无聊无趣,他写了装腔作势的文章。

桓玄:"矛头淅米剑头炊。"

"决酸枣,东溃金堤。"(《汉书·沟洫志》)

自古占卜在成都。

"薄酒可与忘忧,丑妇可与白头。"(黄庭坚《薄薄酒二章》其一)

Life can only be understood backwards, but it must be lived forwards. ——Soren Kierkegaard
试译:生活只能以往后看的方式(以追溯的方式)才能被理解,但生活却必须活着朝前。(克尔凯戈尔语)

对于曾经喜爱的事物,我们总是弃之不顾。

读黄庭坚诗《次韵东坡壶中九华》:"有人夜半持山去",也立刻想到某魔术师的真实表演:某人夜半携楼去,黑暗反身有英俊。

"虎豹擅文章,斑斑在儿孙",见黄庭坚诗《送谢公定作竟陵主簿》:"谢公文章如虎豹,至今斑斑在儿孙。"

李白诗:"直木忌先伐,芬兰哀自焚。"

《庄子音义》:朝菌,天阴生粪上,见日则死。

鱼嘴像老太婆,亦好看。寺里的鱼不怕人,见人就迎上来,在水中近乎直立着,眼睛盯住你,嘴不停地大口噏动,想让你喂它东西吃。

昌耀的样子倒让我想起另一个湖南人戴定南。

《楞严经》:"以人食羊,羊死为人,人死为羊。……死死生生,互来相啖。"

黄庭坚《丙申泊东流县》诗:"前日发大雷,真成料虎头。"

一读到"人家橘柚间",就想到徽州一户人家的住房。

"人事好乖,便当语离。"(陶渊明《答庞参军诗序》)

陆龟蒙"文章白发萧条"(黄庭坚《题马当山鲁望亭四首·陆鲁望》)。

不是旷士,才翻百忧。人邂逅相遇,又逢百忧。

香火八百六十年,开山者谁杜子春?

故人归去,满目山川;"俯仰之间已陈迹"(黄庭坚《池口风雨留三日》)。

《左传·昭公十二年》:"有酒如淮,有肉如坻。"有唐一代,广大教化主——白居易——是个乐天的人。

有意思的成语:守口如瓶。有意思的病:剪眼睫毛。有意思的事:他活着是为了给某人写悼词。

阮籍青白眼,达摩青碧眼。

一念低头刚天黑,抬头便破晓好么?

欧阳修和黄庭坚都说过:绿发少年……李贺也说"绿鬓年少金钗客"。

君子三避:避文士笔端,避武士锋端,避辩士舌端。

破晓又读到白居易的《卯饮》:"卯饮一杯眠一觉,世间何事不悠悠。"黄庭坚也说过:"破卯扶头把一杯,灯前风味唤仍回。"(《戏招饮客解酲》)

朝闻道,夕饮水,中间精神费去,无见功名。

读《董仲舒传》知:"家温而食厚禄。"

韩退之,水文浮枕簟;莫如说,汗水浮枕簟。

眉若远山卓文君,鼻若悬胆孙仲谋。

韤,基本意思同"袜"。

"安得携手嬉,烹茶煨鸭脚。"(黄庭坚《寄题安福李令先春阁》)

"我今官闲得婆娑。"(韩愈)

洪迈有《史记法语》,谁有《史记德语》?

隽永谓肥肉。

杜甫祖父杜审言逢人便说:"吾文章当得屈、宋。"

听说社日酒可治耳聋。

从《易》知:大人虎变,文炳;君子豹变,文蔚。四川大学以前有个教授叫谢文炳,原来名字也有个出处。

团结人心的是恨而不是爱。(契诃夫的观点,参见《契诃夫手记》,浙江人民出版社,一九八二年,第一六页)

越穷越慷慨,这倒是全球一律,这一点,我以前说过。

君士坦丁堡三多:野狗多,庙宇多,痰盂多。

梁朝吴均《赠杜容成》:"一燕海上来,一燕高堂息。"

从傅玄《琴赋序》知:齐桓公有琴——号钟,楚庄王有琴——绕梁,司马相如有琴——绿绮,蔡邕有琴——焦尾。而众琴之中,我独爱绿绮。可"匣中绿绮琴,欲抚已绝弦"(黄庭坚《放言十首·其二》)。

巴赫——音乐中的例外——就是平均,用现在时髦的话说就是

"零度写作"；而其他所有音乐家都多多少少将音乐情感化或情绪化了。

"晚食以当肉，安步以当车，无罪以当贵。"（《战国策·齐策四》）

病鸟不唱非厌世，病人不吃因厌食。

避事人不可做官。清心人可以做官。"官闲莫歌舞，教子诵诗书。"（黄庭坚）

马、马、马，无马南渡不开新主。

普通汉人的平静生活：长日一局棋，白菜豆腐汤。

天子爱合围，主帅请偏师。

他用矿泉水瓶装酒，有时还用它来装菜油。

俄国的尴尬是：她的心灵是亚洲的，身体却是欧洲的。

他说话声音慢，带一点鼻音，她爱上了他；那时，她还不知道他是一个殡仪馆的尸体焚烧员。

他是个无忧无虑的人，高大肥壮，爱吃喝，爱音乐，爱收藏林散之的书法。后来他死了，大家才发现他碌碌无为，糊里糊涂过了一生，什么也没留下。

一个从不说谎的人可以当一个好人，但不能成为一个诗人。

他的工作在报社，夜间上班，白天睡觉；如此颠倒的人生——

反日出而作、日入而息——日复一日，直到退休。

有一个教派的人不食牛奶和鸡蛋。是莫罗勘教（Molocan）吗？是的。

压沙寺的梨花好看吗？去问黄庭坚。

人总要为死留下最后一点力量。

斗牛有紫气，屠钓藏贤名。

北人——伧父，南人——吴儿。（《风俗记》）

汉人偏爱童子鸡，"长咏国风三叹息"，"归到宜春问春事"，看来看去黄庭坚。

读书凿井两不误，闲时梳理绿龟毛。

他不是喝茶，是吃茶；他连喝水都给人一种兴味十足的咀嚼感。

一九九五年秋，在重庆图书馆二楼，庞德一百周年诞辰纪念会后，他去上了一趟厕所，他看上去是那么高兴，后来他就去世了。我至今还记得他当时高兴的样子。

杨柳绕指柔，草草绕指柔，炼钢绕指柔。

"夫妇相鱼肉，关中一丈雪。"（黄庭坚）

"鼻孔随人走，日中忽见斗。"（黄庭坚）

文人谈文学，和牙医谈补牙、消防队员谈救火一样，很平常的事。

  我年轻时见过一个人。我一见难忘,却又不知怎么去说她,直到我第九次读《契诃夫手记》,在第一○四页,我才终于找到了准确的说法,"她是个美得会令人害怕的女人,黑眉毛"。

  住在乡下有什么好?只是精神在睡觉而已。当然又是契诃夫的观点。

  斜眼非嫉妒,只是无知。

  严寒有何不好呢?唯有一点不好:严寒使人穿着马虎。

  不要以为他躺着读书是悠闲,其实是急躁。

  莫斯科自卑,彼得堡就狂妄。反之亦然。

  人岂止只想要世界,是整个宇宙。但尸体只要两三尺土地。

  中国人见面问忙不忙,俄国人见面说累坏了。

  看他写的字,就知道他是个瞌睡多的人。

  没有理解何来宽恕,宽恕即理解。

  好多事开头几天都是可怕的。

  茶馆生意好,闲人满街跑。

  道路无穷,死为绝路。人生无常,秒秒勿忘。

顾彬说过一句有意思的话:"德国人从不吃大蒜,所以他们很多人很早就死了。"

人最关心的是自己的身体,因此可以说,所有的诗都是身体写作。

有一门死亡的建筑学——永无休息的工作。

生命的接力棒就这样在人间传来传去。

苦桃老木,蜗牛脱壳。古人嗜睡,无一逃脱。

开宴春夜,联句城南,天工开物,土木工程。

谁迎来千鹤群飞的晚年?川端康成。

食品屈服于人而非神。

感到追赶就感到老了。

热是静止的。

对于时间来说,汗水后的簟席生凉,但转瞬即逝;公社之美转瞬即逝;自学者转瞬即逝;你一次又一次在山垭口等我,转瞬即逝;包括持久的战争也转瞬即逝……因为东西总是迫切的、催促的。

事如军中令,字如关门键。

一九〇八年,北京有了第一家自来水厂。

"依稀人摘雨前茶。"(黄庭坚)

在日本，告别是女性的，难道见面就是男性的吗？

只有高贵才会屈服，一切动物中马最高贵，所以马屈服。

最华美的诗文总集，数来数去还是《昭明文选》。

大耳朵的人多出于印度。

海上等来日暮，舟中赖到天明。

水中岩石如花。

大乘粗，小乘细。

窗户得开着，门得关着。

空太简单了，死如此丰富……

没有欲望，他就去成为一个好人。没有哭声，我总觉得少了点什么。

无事人性急。说穿了，闲人性急。

冬天，珍珠色的北极光。

教育不植入，是比较（即提供尽可能充分的选项）。

一天，在人来人往的大街上，他偶听到一个路人随便说的一句话，他就立刻找到了写一首诗的声音。

耳顺之年想到如下（开始和结尾都是随意的、无限的）：坚贞让人想到笔直,伤害让人想到弯曲;白发让人想到禁春,耆旧让人想到杨树;风吹让人想到锁骨,武钢让人想到养猪。

他的恋爱从散步开始到说话就结束了。

《源氏物语》认为男人是月亮。日本稀有男性美。日本天皇的用语是女性的。日本男人亦是女性化的。日本的文明更是女性的。

周公曰:群聚饮酒者,杀。

胡适——福气——猝死。

南宋才有油条,而猪头早就在春秋炖得稀烂。

他一望见树林和平原,就想睡觉。

某人生于一九二七年,某人出现在重庆大渡口,真是令人惊讶。

意在喉,志在面,执在心,思在脐。

黑白相间有一种看似简单的复杂性。

为填满精神空虚,她吃很多饭。

日本开天辟地的事:山姥的口袋奶,金太郎的蟹壳脸。

鹅油白糖蒸饺子。

马雅可夫斯基说:"德国一切都很便宜!"

"女性的裸体……预示了一种流逝的感觉,这种感觉本身面向死亡，如同一扇窗面向庭院。"

她的头发比大腿年轻。

鸭蛋在哪里？老丝瓜在哪里？

书是鱼的昵称。

"他脸上的肉没烧熟，带着血丝。"一年四季，他的"皮肤静得像死"。头发有一种初夏正午的睡意。笑，"脸上是一种风干了的红笑"。有时，他看上去竟是欢喜吃猪肉丸的样子。不是身体，是衣服使他看上去很疲乏；衣服脏到了极端，怎么，竟会流露出一种暖意？

信教的人，无论男女，冬天怕冷，都穿着臃肿的棉衣。

火车站的人力车夫见多识广，只要在火车站范围内，他们简直就是百科全书似的老油子，对于人生无所不通，自信非凡，同时又有一种随时准备着要在血盆里抓饭吃的精悍，不知为什么，我看了他们不是绝望，而是难过。

如下是我想象的电影中一个老套路画面：四川人个子矮，最适合去当火车上的查票员。

我曾在《温州：一九三四——一九四九》（长诗）里写过一篇《好听的地名》，其实我心里知道，这些地方除了地名好听外，如真去了，得到的只能是失望。

中国人无论来自城市和乡村，都有一种夸张的大碗吃饭、大碗吃肉的情怀；要么就用拇指大的杯子喝功夫茶，也很矫饰。

没有高马桶，就有高痰盂；前者黑湿，后者明亮；前者农耕，后者工业。如此美学二分，由你挑选。

一个一九六〇至一九七〇年代的旅行者形象：被子叠成方方的田字形背在背上；手里提着红或绿的尼龙网，里面装着面盆、洋瓷饭碗、漱口盅；再顺肩斜跨一个绿或蓝书包，书包与肩带的紧接处扎着一条潮湿的白毛巾（但非雪白！）；这样你就可以旅行了。

冬天，既有丰满的橘子，宜于烤着吃；也有干瘪的小橘子，宜于放在桌上看。

阴天下的黑瓦白屋令人害怕。

总算想起了（先前想了二十多年，都没想起），我的一个小学同学，伍祖荣，他家住在重庆市美专校街街口，靠上清寺方向。特别记录于此，备忘。这样，我写他的故事才有了个着落。

阴天的户外不是寂寞，也非无聊，就是一种锥心的痒！

多年前的一个夜半，在卫生间，我目睹过一只大老鼠从家里明亮的巷道跑过，声音之大、速度之快，我还真以为是马匹哒哒跑过去了。后来，我将这一情形好几次写入诗中，似乎说过，夜半楼道里，硕鼠奔腾如马一类的话。今晨，第十次读张爱玲的《异乡记》，在第八〇页，也看到房间里大老鼠"奔驰起来，满地跑，脚步重得像小狗，简直使人心惊肉跳"。

张爱玲说得对，油浸浸、松垮垮的枕头睡不得，否则你就颓废沉沦了。

唯独可以抢去西湖美丽生意的是丽水。这是张爱玲的一个观点。

黄昏入城得了人烟才会有亲切感，尤其对那些不喜欢看风景的人来说更是如此,譬如张爱玲;张爱玲平生最不喜欢的东西就是风景,其次才是小孩。

蓝,并非中国人的主调,有个外国人立德夫人(Archibald Little,一八四五——一九二六),却写了一本有关中国的书《穿蓝色长袍的国度》。

宁波的船很棒,但人很腼腆。

烟台的夏天去不得,热得很。

张枣《哀歌》,特朗斯特罗姆《悲歌》(我打开第一扇房门)。这两首诗可以对照读。

因为阴天,所以贵阳。见我的诗《阴天青》。

年轻诗人写诗都是献给自己的,难道老诗人就不是吗?其实诗人无论老小,写诗都是献给自己的。所以写诗时如能增强一些反讽,就会减少一些自恋。他写抒情诗,又很唯美,一观便知是个自恋人。

有点瞌睡,就有点累,就会有点颓废,宜于写诗。

一本超现实主义诗选:《骑手和豆浆》。作者:臧棣。

青年人才爱谈绝望,老年人反而是不谈这个话题的。

室内越干净,气氛就越敏感。

斐济和汤加,真像一对双胞胎国家。

请用宋朝烹饪法煎鱼,但并非一定得在杭州。

玻璃是一个奇迹，因此有了《玻璃工厂》（欧阳江河著），有了《冰岛飓风》（特朗斯特罗姆著）。

一颗露珠里有一半欢乐一半痛苦。

那个走路快的学生适合给快乐写一个短跋。

没有北欧的雪天，何来大地上的积木房子。

一身笑的昨天能否肯定有一身笑的明天？但我信。

虚无抬起头来，凑近你说："我不是虚无，是虚脱。"

她的生活已展开多年，她早已不需要你的生活了。

多么绚烂的夏天，没人注意时，他就在办公室外阴凉的过道喝水。

没有特朗斯特罗姆的《名字》，就没有我的《我是谁》。

"自豪些，不要因为你是人而感到羞耻！"（特朗斯特罗姆《罗曼式穹顶》）

脸倾向于红旗或黑旗，不要黄旗与白旗。

她一天写一百封信算不算多？考虑到那是一个抒情的年代，一个精神病神出鬼没的年代。

奔腾芯作古。奔腾心犹在（荔枝犹在）。黄发人击鼓，青衣人唱歌。

王怡说:"鱼的记忆只有七秒钟。"(备忘,将用于诗中)

塑料袋在风中发出的窸窣声有点怪。

贾谊哭,阮籍哭,唐衢哭。老杜更是哭。古诗人无一不哭,李白除外。

"贵人皆怪怒,闲人亦非訾。"(白居易《伤唐衢二首》)

江西自古酷热,此节与重庆最是匹配。老重庆人都知道,重庆的高温占全年的一半时间。江西也不遑多让,今日读白居易《浔阳三题·湓浦竹》,劈头就是:"浔阳十月天,天气仍温燠。"可见唐朝时,江西有多热!

性急的人自尊心强,同时也善良。

帕乌斯托夫斯基的父亲是灰眼睛。杨子写有一部诗集《灰眼睛》。

十九世纪的瑞典炮弹是圆形的。

"穿厚点,别着凉。"即便是晚春初夏天气,中国妈妈和俄国妈妈都爱这样对孩子说话。日本妈妈却不这么说。另外,我曾说过中国人怕雨。后来在帕乌斯托夫斯基的《一生的故事》第一部《遥远的岁月》第五八页(河北教育出版社,二〇〇一年),又见他说起中国人,"他们唯一的缺点就是害怕下雨"。看来俄国人不怕雨。日本人怕雨吗?

薄薄的窗帘随风起伏,周而复始地饱满胀起又渐次消退。

一个俄国人为患上思乡病去了神户,并死在了那里。

幻想是女性的，幻想是危险的，幻想的男人导致贫困。

马儿因等人站得太久，只好原地踏步，发出哒哒的马蹄声……

把贝壳贴紧耳朵，你会听到海浪声。

俄国出大事了！电讯！电讯！托尔斯泰出走了。一九一○年十月二十八日。朗诵开始："天开始暗了，西方银光闪闪的、明亮的金星已经在小白桦树后发出柔和的光辉，东方的高空中，猎户星座中暗淡的第一星已经闪烁着红色的火光。列文在自己头顶上空找到了大熊星座，但随后又看不见了。山鹬已不再飞翔……"（《安娜·卡列尼娜》）

他刚从黑夜森林里跑出来，就看见了别墅阳台上通明的灯火，并听到了欢笑声，他想到"这大地并没有为人的悲伤留下任何藏身之地"。

母亲把羞愧传染给了孩子们。

维也纳人很神经质。金丝雀也很神经质。

基辅秋天的栗子树令人难忘，基辅的戏剧更令人难忘。

"熊肉有一股松香味。"（《一生的故事》第一部《遥远的岁月》，第三○七页）

软口鱼发出锡一样的闪光？

夏天一长，秋天就会快起来，甚至变得一溜烟地短。

大学生活有什么可回忆的呢？除了"比较语言学"，就是在阴凉的长廊里吸烟。

油布只是为了提醒我们关于生活的贫困。

比利时有什么呢?除了电车和神秘诗,就是愉快的人。

清晨,还有什么比马喷出的热气更令人吃惊呢?

在莫斯科,修士有点疯但却是电车上的逃票高手。托尔斯泰的信徒呢,只晓得一天到晚怄气。

提起沉重的粗布裙子走在冬日泥泞的路上,这就是俄罗斯普通妇女的形象。

城市里的动物园总给人一个岛屿的印象。

古老的村庄有胡桃树,也有橡树、椴树、李树……有桤木王吗?

暴风雪后的空气比雨后的空气更清新。

人开始并不需要很多东西,渐渐地,就越要越多了。

蒲席的香味不是混合着而是压倒了香肠的香味。

蒲宁的同情出自冷漠。

在我心目中,库尔斯克(通往俄国南方的门户)最著名的是帕斯捷尔纳克诗《白夜》里的那位小地主的女儿。这一点安徽诗人祝凤鸣也深懂得。而事实上,库尔斯克最著名的是夜莺。

无论战斗多么激烈,他依然不停地(见缝插针地)擦亮他的靴子。

春天，万物泛滥明亮，姑娘们的脸色倒有点暗黄。

读张爱玲《异乡记》知道"……完全失去了毛的猪脸，整个地露出来，竟是笑嘻嘻的，小眼睛眯成一线，极度愉快似的"。不仅死猪如此，死马亦如此，"在一个弹坑旁边躺着一匹被乌鸦啄得体无完肤的死马，它龇着长长的黄牙，仿佛在笑"（《一生的故事》第二部《动荡不安的青年时期》，第七一页）。可死鱼像在哭，像一个老太婆在哭。

死猪笑，死马笑，死鱼哭。而雨燕喜欢围绕教堂飞来飞去，有时也在废弃的机车内筑巢。

他气得脸白而不是脸红。

年轻人精力好，所以比老年人想得多。

每一个药品都在各自药品柜的小格子里，各就各位，这看上去真是让人舒服呀。

与北欧白雪皑皑的大地相比，建在地上的房屋都像是些儿童玩具。

云雀是农民的鸟，它只为庄稼唱歌。

孟加拉的晚霞是热的，乌普萨拉的晚霞是凉的。

想着世上有这么多彻夜工作的人们，他睡得更加心安理得。

一个常识：文学即记忆。

"每一天时光都带走一小部分生活。"(普希金)

"生活,我认识你!接待你!"(勃洛克)

幼时,我曾长时间观看过一些细腿"水上漂"小虫,在水面上飞跑。

大米不仅是东亚的能量,也是关乎东亚的统计学和经济学概念。

某人死后,他的衣服又穿在了另一个人身上。而房子的命更长,几百年来,可住多少代人呀。

埃及女人的眼睛小。基辅女人的眼睛大。还用说吗,南充女人的眼睛圆。

帕乌斯托夫斯基是个华丽作家,爱写"政治正确"的风景,喜欢到处普及他对生活的感受,一句话:他是小一号蒲宁,当然也是蒲宁的狂热崇拜者。

小对话一则。

  甲:"这真可怕。"
  乙:"谁?"
  甲:"凸凹先生。他在等你。"
  乙:"为什么?"

并非所有牧师的儿子都戴着厚厚的眼镜片。

茶——锡兰,糖——古巴,俄罗斯——托洛茨基。

粉墨登场的东西预示了短暂,即不能永葆基业。

我身后是印度的群山吗?不,是歌乐山。

生活是什么呢?"一些人伤心,可是我却有了面包。一些人流泪,可是我却有了一杯牛奶。"(《一生的故事》第三部《一个未知时代的开始》,第一九八页)可风吹动图书室上午的书页,发出的沙沙声,这难道不也是生活吗?!

俄罗斯人懒,没有好奇心。(普希金的观点,参见《一生的故事》第三部《一个未知时代的开始》,第二〇三页))

天真的人近视。近视的人未必天真。

马因看见黑麦而高兴得嘶鸣。

墨水瓶是干的,里面有几只死苍蝇。这是我小时候常见的情形,但我没有说出来。帕乌斯托夫斯基在他写的《一生的故事》第三部《一个未知时代的开始》第二二七页说到了此点。

一九一九——一九二〇年,谣言——敖德萨!体温表——敖德萨!为消灭猪旋毛虫病而斗争——敖德萨!敖德萨的黑海街是世界上最美的一条街?(这得问帕乌斯托夫斯基)胡萝卜茶只适合在敖德萨喝。

他整个下午都在一本小书中寻找真理,黄昏时,他将和到来的朋友进行讨论。

人的生活如花,但山羊吃掉了花。(契诃夫的观点,参见其《伊凡诺夫》)

橡胶热水袋有一种肝脏红,我们现在冬天用起来仍然很顺手。

吉卜林的钢铁散文——《可怕》。

力量意味着贪婪。忧郁是一种凉意，但不是凉爽，也不是冰凉。

巴别尔说他的幸福和苦难就在于没有想象力，只有苦干；为了一篇十页的小说他要写一百五十页，同时写出十多个不同的版本来进行比较，然后筛选出其中一个。"为什么我的句子写得短，我有气喘病，我的呼吸不够长。句子越长，呼吸也就越困难。……只有天才才能允许自己在一个名词前用两个形容词。"（《一生的故事》第四部《怀着巨大希望的时期》，第一七八页））

抄勃洛克——这位来自北方大海戴着白雪面具的光明骑士——《秋之舞》两句：

　　渐渐枯萎的谷物的寂静——
　　这是世界上喜悦的时刻……

早晨青蓝，夜间青铜。他的诗写于正午，却宜于在黎明阅读。

帕乌斯托夫斯基！请闻已经生锈的一九一二年型的水雷味。

他读诗时面无表情，发出的声音有一种威胁性。另一个人读诗，口里似乎在咀嚼什么肉类食物。

诗句越骇人阴郁，越应加入一点柔情来调和。

一种装怪的帽子：软木盔形帽。

白云下，他钓起一条双目失明的鱼。白云下，她写下黑诗。

顾名思义：黑海是阴郁的。但其实黑海是最明朗的。

东西少,你会记住它。书少,你会读透它。

海上遇东北风,惨。乌克兰塞瓦斯托波尔的雪是灰色的,怪。怕风的眼睛爱流泪,中西一律。

有人在梦中看见指甲而惊愕。

怪事:深山里,水冷若冰川,石头却很热。

白化病人一切皆白,连眼睫毛也是白的。

在一艘轮船空无一人的甲板上,这样的一个漫长的雨夜,帕乌斯托夫斯基在想:"人不能是独自一个,无论如何也不能。不然他就会灭亡。"(《一生的故事》第五部《投向南方》,第八四页))

所有海洋中,一九二〇年代黑海的波涛最庄严。所有河流中,一九六〇年代的嘉陵江最秀丽。

老鼠最喜欢的地方是港口,所以老鼠最多的地方也是港口。

用手抓饭吃的是印度人,也包括土耳其人。

那靠神经生活的人说:"风在吹吗?不,风在寻找东西。"

人活在此时,却更是急于投向未来。

帕乌斯托夫斯基:雾也有它自己的声音吗?雾也有它自己的气味?

当然,南京过着南京的生活。

即便是双胞胎,大拇指的指纹也不会相同。

在重庆伟岸的黄葛树下,空气是热的。

写诗不能哪里滑溜就往哪里写(即哪里阻力最小就往哪里写);滑溜不是语感,是偷懒,是习惯和重复。

水牛改变了罗威廉(William T. Rowe),他决定扎入中国史。

年轻就是夸张,不是热情,是煽情;不是好笑,是出丑。老夫呢,边发少年狂,边叹日月如梭,这也算是个寻常见的风景吧。

空想家是懦弱的人。典型案例:帕乌斯托夫斯基的父亲。帕氏的祖母曾说他是个没有资格结婚生孩子的人。空想家是漂泊的人。典型案例当然又是帕乌斯托夫斯基的父亲。他在任何一个地方都呆不久,终其一生晃来晃去,最后抛家而去。空想家注定要遇上冷峻专断的女人。典型案例还是帕乌斯托夫斯基的父亲。帕氏的母亲正是这样一个女人。

历史不是循环,是"押韵"。这是哈佛大学东亚语言文明系及历史系讲座教授欧立德(Mark C. Elliott)的一个观点。

请你不要乱说什么沙漠对皮肤好,对牙齿的健康亦好。

一一三年前,他在巴库发表了一篇论文,谈土库曼小船的耐航性问题。

睡在床上,瞌睡袭来,别起床关灯,否则睡意顿失,又得重睡。

沙特无文学,找来找去就找到这一句:"倘若你和一个跛子一道走路,你也跛行着,那么他的跛腿就不大引人注意了。"

懒人一定是迷信的人。迷信的人倒不全是懒人。

先知宜于在乡村度过他们的一生,并不合适在山中。

三种怪异的治疗术:蜥蜴的枯头磨成粉与烟草混合,让梅毒病人吸;红辣椒和骆驼奶搅拌后敷在沙眼病人的眼皮上;把刚杀的新鲜蜥蜴及小狗的暖肉压在皮肤病人的肿疮上。

那个土库曼妇女戴着十斤重的头饰走来走去。

抬头望,一堆堆重庆近在眼前。为何说"一堆堆",山一堆堆,云一堆堆,屋一堆堆,人一堆堆……

太阳是沙漠的敌人,可有人说,将来它将变成沙漠的恩人。

苏联第一家用天然瓦斯来工作的工厂是"达格斯坦之光"玻璃制造厂。达格斯坦山中的蓝色心脏——苏拉克电力厂。

一九六〇年代嘉陵江边的黄昏有一浪一浪扑鼻的生铁湿气和厕所味。

有人把风叫做蓝色的煤;有人说风是沙漠中最好的力;有人认为风是光的姐妹或兄弟。

看了几具尸体后,他就老是想象某几个即将到来的熟人尸体。

我们骄傲于动车,莫斯科骄傲于花园。

风是力的源泉。马力也可以是一种风力。

喷丁卡,一种东方皮肤病?

有一条狗朝一部机器狂叫了两天后,就疯了。

那苦脸来自奎宁而非苦瓜。

世间真正的经典著作是数学书。

在云南,他说扎西德勒,不说吉祥如意。他说避暑人是个漂亮人,水边人是个话少人。

他凭什么直逼了一头银色的豪猪?

是气味不是声音使他变成了一个诗人。

水不流,水睡去;风不吹,风睡去;人不动,人睡去。

你说:在日本,漆像雪亮的钢一样硬,竹子开花预兆灾难。

尤加利树(桉树)——森林宝石——澳大利亚——硬于橡木——宜于铺路或作铁路枕木,缺点:无树荫。

有一种玩赏的花叫柳穿鱼。

彼得堡的白夜,常常是西边晚霞不灭,东方朝霞已出。

玻璃旧了,威尼斯的燕子还是飞来飞去的。

从王勉医生两张照片"别人的周末与我的周末",见:前者生活深紫,后者生活淡紫。

江南东道有衢州,"衢州人食人"(白居易《轻肥》)。

"劝酒提壶鸟,乘舟震泽人。"(李频《送陆肱归吴兴》)"提壶鸟"亦是"鹈鹕鸟"。

从来鲁酒薄。李树代桃僵。

皮日休(约八三四—约八八三),写抒情诗。或这样说,不是皮日休,不写抒情诗。

无事翻书,竟翻到一个唐代的"回车":韩翃《赠别王侍御赴上都》:"幸有心期当小暑,葛衣纱帽望回车。"

李易安也有个出处——"倚南窗以寄傲,审容膝之易安"(陶渊明《归去来兮辞》)。

诗人叶飙来成都问起我"进退"事,我想起了白居易《赠吴丹》二句:"泛然而不有,进退得自由。"

古人说莫因循,莫犹豫,就去虚度光阴。如何度,老来一觉夜半醒,长久少年难得。

躺下心游虚无,《周易》已在床头。

从 Iris 微博知:"别雷用统计学方法分析抑扬格的韵律形体时进一步表示,语言的音乐根本不是声学现象,不在于单独提出来的元音和辅音的谐声悦耳,而是语句的意义和语句的声响关系——意义与声音的斗争、融解、缠绵,渴求发现。"的确,声音并非一味追求谐声悦耳(除了儿童诗),有时就要拗口才对(因为呼吸和速度需要在常中求变)。这也正是我常在音顿安排中,有意识地加入二三个虚词,这虚词看上去似无意义,但却起到强化我声音的作用。

"金色烈焰,紫色熄灭",梁实秋译的一行艾米莉·狄金森。

当代有个四川画家叫李放。今晨读白居易诗《自题写真》,劈头就遭遇了唐代画家李放(七七九—八二〇):"我貌不自识,李放写我真。"

"病爱枕席凉"白居易这句说得真是精确呀。

客人三种:胡桃客人、橘子客人、石子客人。

评话——大书,弹词——小书(弹词源于李龟年,说书始于柳敬亭);李白——大雅,李贺——小雅。在南方,妇女爱听《精忠传》,男人欢喜《玉蜻蜓》。

滩簧林步青,琵琶小如意。

声震屋瓦,说声音;穿云裂帛,也说声音。

尤瑟纳尔(Marguerite Yourcenar,一九〇三年六月八日—一九八七年十二月十七日),苦炼之后有恨海?

有意思的小丑艺人名字:马飞珠、阎福海、武旦、康黑儿。

一盏灯刺眼,二盏灯玲珑,三盏灯浓郁。

愤怒之余,我们还是需要丰子恺的《护生画集》,也需要张爱玲说的天底下总会有一个地方容得下一对平凡的夫妻。人生不尽是飞扬,它的本质就是卑下的……飞扬与卑下,我们从这两个方面来保持住生活的张力;矛与盾,动与静,愤怒与和平,生活的张力无处不在。生活多姿,我们更需要以多角度的目光从各方面去打量它、思考它。

从倪湛舸处得知:"城隍是研究中国宗教法律政治互相渗透的好

例子。"真是一个好题目，特别记下来。城隍是中国最具原创力的宗教？很可能。

韶年伉俪，朝夕不离。老来夫妻，各打瞌睡。春风桃李事，红妆白发里，书闷醉花阴。

十八年后，他的头发全白了，我还是一眼认出了他；又过了两年后，他乌黑的圆眼睛不见了，眼皮半耷拉下来，我就认不出他了。

韦苏州后无白苏州，李合肥后有段合肥。

《维摩经·方便品》："是身无主，为如地；是身无我，为如火；是身无寿，为如风；是身无人，为如水。"

凄凉人厌倦了凄凉，可遇到的还是凄凉。

庄子认为刻意的事：生若浮，死若休。

饮水可肥人，白居易两次提到。一是："我心既无苦，饮水亦可肥。"（《对酒示行简》）二是："不论贫与富，饮水亦应肥。"（《归履道宅》）一九七四年夏天，我在南充饮水而肥，可作证。

"牛哀病作虎。"（白居易《达理二首》）

"逢酒且欢欣"的白居易可说是个时时刻刻思酒人也，连病中也不忘喝酒："夜来身校健，小饮复何如？"见其《病中逢秋招客夜酌》。诗中"校"字，同"较"。

离开是为了介入。而往往是离开了才更能有效地介入。

一月风凛凛，二月风嗖嗖，三月风剪剪，四月风离离，五月风袅袅,六月风习习,七月风骚骚,八月风寂寂,九月风郁郁,十月风腾腾。

伦理有内外。夏天,那个在衬衫外穿一件红背心的研究生正在研究这一问题。

那些以正义名义抱怨的诗——有一股怪火气——是自私的诗。

布罗茨基谈论茨维塔耶娃的第一句话是:"首先,需要记住,是她的句法多么罕见。"(见《诗建设》,二〇一五年春季号,作家出版社,二〇一五年,王家新《茨维塔耶娃三部曲及其翻译》)

裤子的问题最多。最难看的是喇叭裤,最尴尬的是棉毛裤,最可笑的是紧身裤。

秋风带杀气,故曰金风,故有秋刑。

抒情汉人怎样生活呢,举头望云树,低头顾儿孙。

王建《酬柏侍御答酒》:"茱萸酒法大家同,好是盛来白碗中。"

北人不耐南方热,更不耐南方冷。

洪迈《容斋三笔》卷五:"苏公责居黄州,始自称东坡居士,详考其意,盖专慕白乐天而然。"参读白乐天《东坡种花二首》、《步东坡》等。

人,年届五十,死已不为夭,还想活,便是贪心不知足了。(这也是白居易的观点,可参见其《西掖早秋直夜书意》)

读到北岛诗句:"激情,正如轮子/因闲置而完美。"就想到白居易《逍遥咏》:"无恋亦无厌,始是逍遥人。"

取名龙钟的人,生下来就老了。我认得的一个人就是这样。

他说写作永远都不是一门手艺。那是什么?难道又是"爱"吗?

《维摩经·方便品》:"是身如幻,从颠倒起。"

听诗脱鞋,有点怪。但这事就发生了,在苏州。

霜皮龙鳞,古松本色。

满眼皆是五十岁的人,也即年过半百的人(百岁二分的人)。

白居易"四十如今欠一年",类推,五十如今欠一年,六十如今欠一年,七十如今欠一年。

在人间,每秒钟,四人出生,两人死亡。

青年时代,他并不在乎那种日本式的清贫;夏天,他在花园里看书直到天黑。

格鲁吉亚是琥珀色的,波兰也是。德国银灰。

有人习惯于站着打瞌睡,躺着反而睡不着。

到了这样的高度,你只能成为自己的崇拜者了。

"而骑着的马,却没有背。"(臧棣《骑手》)"那有什么?……我就不说了。"

无人烟的风景,再美,也是恐怖的。这一点,胡兰成还在少年时就深有体会:"……望不见世上人家了,果然是可怕的。"(《今生今世》)其实最可怕的是,在无人烟的风景里,每个人秒秒跳动的小心脏。

有随心所欲的乞丐,就有精神涣散的护士,以及专讲怪话的作家。

与其故作简朴,不如过度繁复。与其地上立碑,不如有口皆碑。

他走起路来有一种重庆的神秘吗?也有一种重庆之美。

"一位读者或一个侦探在博尔赫斯的迷宫中遇到一个置人于死地的作者形象。"

从风水学上说,西南方是一个不好的方向。

除了疾病,连生气的样子也是祖传的吗?当然。

室内如此安静,请不要对我谈论你的痛苦,这是不道德的。

灯影环绕腰际。年轻有一种冷的美感。

百年槭树的巨大树冠。重庆大礼堂黄葛树巨大的树冠。

"一匹白蜡色的马,一种古老的混合物,锡、铅、银……"(毕晓普)

山羊无论公母都有胡子。

昭君月,苏武雪,张枣鹤,海子麦。

生衣，夏日薄衫。熟衣，冬天暖服。戎昱《骆家亭子纳凉》："生衣宜水竹，小酒入诗篇。"

"是法平等，无有高下。"（《金刚经》）

冲黑，冲热，冲雨；向黑，向热，向雨。

舞动浑是火，岂止西班牙。在唐朝，"艳动舞裙浑是火，愁凝歌黛欲生烟"（白居易《醉后题李马二妓》）。

短李鬻庾。"暮节感茱萸……年少不须臾。"（白居易）

从《杂阿含经》卷十五知：有一盲龟寿无量劫，百年一出其头。

"入声商七调，第一运越调。"

行动比信仰重要。

神秘主义者的最佳年龄是五十七岁。真正的神秘主义者都是细节大师，为人处事严格遵循精确性这一原则。

由于生命的基因不变，死亡的基因也不会变，这一点正如博尔赫斯所说："我们现在是什么，死后还会是什么。"顺理成章：贫穷和不幸的人在人间过不好生活，在阴间（或天堂）也过不好生活。

德国人读书，荷兰人就经商。

白居易"事鬼女为巫"，孟买人在美国成代数级（还是几何级？）增长。

闲人爱回忆的特点很少被注意。走私船多出自荷兰倒是路人皆知。

动物园不仅有兽味,也有甜点味。

意大利人喜欢唱歌,也喜欢记仇。

并非只有幸福的人才爱幻想,穷愁潦倒的人更爱幻想。譬如某人(不点名,也切忌对号入座)就说,他是芬兰女总统的情人。

话包子易得肺病。极度渴望得到赞美的人也易得肺病。

杨典流水(精雕细刻),快手快脚,少年拿云。

黄灿然的《委屈》真是好看,亲爱的蚂蚁呀,"真理必以不被相信为代价!"还是从黄灿然《我一代人都埋没了》知:跑步其实是一种埋没。而余光,只能是黄灿然的"余光"。

他二十五岁时的笔迹看上去非常幼稚,直到三十五岁时才稍稍有了一点格式。

文学起源于人的恐惧和幻想。

"世界的目的是一本书。"这是荷马的观点,并不是马拉美的观点。

诺瓦利斯说:"歌德是一位实际的诗人。"

"观看是种失望的艺术。"(史蒂文森)"失去的艺术不难掌握。"(毕晓普)

明月为何一定要寄相思,明月也可以寄墓志铭。

博尔赫斯认为来自冰岛诗歌的双词技巧有一种集邮的快乐,譬如:牛角杯之浪——啤酒;手的雪——银子;河流之火——金子;剑舞——铁雨;面部钻石——眼睛……

早年经商,中年写神秘小说,晚年在孟买的高温下做侦探史研究。

撒娇为何锈容?还是绣容好。记住:成功者皆煽情者。

我今天(二〇一五年五月二十九日)开始编辑我的诗集(从一九八〇年一直编到二〇一五年),有一千首左右。我一九八〇年代共写诗八十余首,我本想删掉五十首,现在看,那时真是写得粗糙。可我的读者都偏爱我那时写的诗,而不太喜欢我后来(二〇一〇年后)写的诗。为了老读者,我考虑再三后,终于一首没删。

如下这段,备用:"有限的白昼好长,好长呀,同时还有一种忧郁的感觉:这世界上的事,不管多么长久,总要完结的。"(契诃夫小说《带阁楼的房子》)

"疏槐未合影,仄日暂流光",在澳门婆仔屋,观古樟树,得此印象。也是怪事,在澳门,我想到:烟载霞,亦载阴;白羊变白石,皇初平化身赤松子。

蜜谢依娜,我还记得那个Pankow明亮的黑夜,你第一次来听我朗诵……

柏拉图的夜莺,济慈的夜莺,帕斯捷尔纳克的夜莺,中国皇帝的夜莺……

我见过这只燕子,两年前,它来过此处。

来到世上的每一个人其实并不知道自己到底是谁,来干什么……

我整个初中时代只被一种气味充满——"那古老尿槽里桉树叶的气味"(柏桦《重庆十五中学的回忆》)。

"昨天的人死在今天的人中,今天的人死在明天的人中。"(普鲁塔克)

用博尔赫斯的句型造句:世界是一个舞台,其实你就是舞台;世界是一本书,其实你就是书;世界是上帝创造的,其实是由你创造的。"世界,很不幸,是真实的;我,很不幸,是博尔赫斯。"

技巧少,恶习也少。成熟,即意味着死亡。

一七一六年,是因为他(斯威登堡)像个希腊人,他才创办了学术刊物《代达罗斯北方乐土人》?

我曾经在多处说过:人不愿成为他自己。连博尔赫斯也不愿意,一九七八年六月五日,他在《不朽》中就说:"……我可不愿意永远当博尔赫斯,我愿意成为另一个人。……"他甚至在少年时,也不想成为自己,"宁愿成为另一个我"。七十八岁时,他更是烦透了自己:"想到我还将当博尔赫斯是可怕的。我腻烦我自己……"

口说无凭,书写留下。但苏格拉底和毕达哥拉斯是不写的,只说。说——口语——飞动——语音中心主义。嗯,基督说,不写;佛祖说,不写;孔子说,不写(述而不作)。请恢复说而不写的古典传统。

休谟——当然更有毕达哥拉斯——时间是周而复始的。

不挖掉眼睛如何静思,所以德谟克利特就在花园里挖掉了自己的眼睛。

不仅孔子为汉人定下七十寿限的标准,连《圣经》也说:"我们一生的年日是七十岁。"(《圣经·旧约·诗篇》第九十篇第九至十节)

睡眠是一种享受性的死亡,我们每天都在进行。对于这种享受性的死亡,有一首西班牙民歌是这样唱的,仅引两行:

不能因为死亡的快乐
改变了我对生活的热爱。

俄国数学家康托尔(一八四五——九一八),集合论和超穷数理论的创立者,一八八四年精神分裂。

如下之人是否妄人,我懒得说。上世纪我遇见过一个人,他说他一定能写出一本超过《圣经》的书。本世纪,我又碰到另一个人也这么说。我后来还在书中读到英国诗人约翰·多恩(John Donne,一五七二——六三一),早在十七世纪,他就说过他不仅要写一本超过《圣经》的书,而且这本书还将超过人类所有的书。

苏格拉底,他的工作就是不停地说话,死亡前一分钟(之后,他将被强迫喝毒芹处死)也不能停下。你的死神是蓝色的,苏格拉底!不是来不及了,是不必贡献一只公鸡了!

你——未来的诗人——三岁时,已开始写诗。

退场,然后不朽,是雨果的事,与你无关,你不必抱怨。告诉你一个奥秘:你越想不朽,就越不要成为自己。一个方法:我们最该向耶稣学什么呢?学爱上敌人!你一旦爱上敌人,你就是耶稣,你就是不朽。

背诵某人就是想成为某人。顺势，他背诵《杜甫全集》，就是想成为杜甫。我们不可避免地活在死人的声音中。当你说出"学而时习之"，你就成了说出那一刻的孔子。当你说出"说话费精神，弹琴费指甲"，你就成了说出那一刻的妈妈（我知道有个妈妈最爱说这句话）。

小说艺术起源于冰岛的《萨迦》。（博尔赫斯的一个观点）

无产阶级一直要等到马雅可夫斯基出现，才有了自己的诗人；这一点，如同平民一直没有代言的诗人，非得等到惠特曼在美洲出现，才找到了自己的诗人。

南半球夜空的星星比北半球多，而且更明亮。

有些人老了吓人，有些人老了好看。

每张脸都是唯一的，无论美丑；每个人都是唯一的，无论善恶；每位儿童都是可爱的，无论健残智愚。

我曾做过多少东西？一页纸、一丝风、一株树、一个字、一条鱼、一头猪……这一切之中，最难做的是做一个人。

锻炼即思想，醒来即逝去，命运即业。

博尔赫斯在《七夕·佛教》里说："对佛陀来说，最为动人心弦的就是：不跟我们所爱的人在一起。"

六牙白象，佛陀狮吼。

我已说过多次了（说给懂的人听的）——T. S. Eliot 的观点——写作即抢夺。抢到的人生，被抢的人死。

不仅人是变化的赫拉克利特小河，书也是，树也是，鸟儿也是……

有许多事是无法追踪的，譬如在各种语言中，谁第一个说出了"天"的发音。

除了红色，我想不出还有什么其他颜色不是安静的。

专心的人大多是沉默的人，爱穿黑衣服。

那个刚做完肺部手术的人，第一个决定是思考人生，接下来就是恢复恶习。

年轻时写诗，靠的是一半兴奋、一半幸运。

请别对我说你喜欢陀思妥耶夫斯基。只有不懂文学的人，才会逢人就说他喜欢陀思妥耶夫斯基。

人活着多好，随便地走来走去；死了就只有在一个地方躺着，也有的竖着（因为好墓地总是紧俏的，你又想埋在好地方，只好将棺材竖着埋了）；还有些（骨灰），洒向山河岁月，一丝痕迹不留。

一个作家和学者过的是怎样一种生活呢，《圣经·旧约·传道书》第十二章十二节说了："著书多，没有穷尽；读书多，身体疲倦。"

一九三七年，哪一个作家既高兴，又保守，而且眼睛瞎了？詹姆斯·乔伊斯（James Joyce，一八八二——一九四一）。

落日若猛虎死去。这样的句子还是让二十岁的年轻诗人去写吧。

写穷人的快乐比写穷人的痛苦更令人欣慰。

抄爱伦·坡（Allan Poe）两行诗：

Ah, bear in mind this garden was enchanted!
And the red winds are withering in the sky.

啊，记住这个花园是着了魔的！
红风在天空中枯萎。

西班牙人不仅爱抒情，也出产许多唯物主义者。

有些名字是叫起来好听，有些名字是写出来好看，还有些是印出来在书铺里很醒目（包括好看与难看）。

他有许多人生经验，但说不出来。她毫无人生经验，却写了很多，也写得很好。

与其说是德国人，不如说是德国，忧郁而孤独。

精神可嘉的人，句法都无可取处，罗曼·罗兰是个典型。他的精神可嘉到什么程度？看看他的书《约翰·克利斯朵夫》在世界风靡到什么程度就知道了，"我记得在一九一七年还有人说：约翰·克利斯朵夫是新一代的口令"（博尔赫斯：《罗曼·罗兰》，《博尔赫斯全集》散文卷下，浙江文艺出版社，一九九九年，第三三五页）。岂止一九一七年！一九二一年，梁宗岱十八岁时就曾在广州岭南的一个下午被约翰·克利斯朵夫深深震撼，震撼之具体情节可参看他写的抒情文章《忆罗曼·罗兰》（梁宗岱：《诗与真·诗与真二集》，外国文学出版社，一九八四年，第二〇八—二一〇页）。甚至在一九七〇年代至一九八〇年代的中国，约翰·克利斯朵夫精神仍继续生猛古怪地刺激着那时中国青年的神经。而且我注意到了一个特点：从一九二一年梁宗岱所受的刺激到我身处的一九七〇——九八〇年，中国的文学青年几乎都以大段背诵《约翰·克利斯朵夫》的相关内容和文字为光荣，并以此作为同道之间见面接头的暗号。

至于罗曼·罗兰行文的词法、句法、章法，就此打住！我也懒得在这里说了。

艺术的本领就是把真的说成假的，假的说成真的。布瓦洛讲过："真实的东西看起来不会逼真的。"博尔赫斯也说："福克纳为了使不真实性看起来真实，大量地使用了不逼真性，而且达到了目的。"（《博尔赫斯全集》散文卷下，第四四四页）

高斯（一七七七——一八五五，德国天文学家、数学家）真的学会了先运算后讲话？而黎曼（一八二六——一八六六，德国数学家）几何使康德失色？

恒河沙数也是阿基米德的以沙计数。

典型人物即无个性的人物，初习写作者尤其应懂得这个道理。

幸福的国家需要培育一种绝望的文学吗？反之，绝望的国家倒更需要一种幸福的文学。

王尔德说："美比善好，但善比丑好。"但真在哪里？在重庆吗？

一个细节——济慈的夜莺吐血，此句该放在怎样的上下文里？放在"望帝春心托杜鹃"之后可以吗？

英国文学最欢喜写的题材是：凶杀。连艾略特也写《大教堂凶杀案》。

谁说过巨著总是单调的？张枣说过大师都是琐碎的。

逐页读书是生活，随意翻阅是做梦。（叔本华的观点）

精神好，又年轻的布勒东，可以去折腾一个什么国际艺术革命委员会。

中国谚语中我觉得这一条最具敏感性：人怪病也怪。但终究错的多，据我所见，许多怪人的病并不怪，反而好多正常人的病倒很怪。

大学教授（无论东西）并不太关心单独的诗歌之美，他们更关心的是所谓的文学运动和流派。所以年轻文人总是要抱团搞运动和流派的，几乎没有（但有个别）单兵作战的，说此点，并无讥讽之意，当作同情之理解也。

要对残酷、不幸、疯狂的文学保持高度警惕，以免被其拖入并洗脑。这类文学苏俄有，英美也有，其中具体诗人和作家的名字我就不点了，以免引起已被洗脑并还以此为荣的某些中国诗人和作家的愤怒。

当代作家的数量总是庞大的，因为时间还没有来淘汰他们。可以想见，唐朝那时的"当代"有多少诗人，三百万？后来留下多少？三百人。

敬畏心是好的，但也要有分寸。一个人最要紧的是：懂得自己人生的界限在哪里。

萧伯纳其实是一个易卜生的门徒。

他写的诗文是时代之音而非个人之音。

他老得都忘了他的身体是要死的。

阿根廷人是很缺乏责任感的。

永生于监狱的人,最好的选择是:永生于数学。

吉卜林晚年是个专写疾病和复仇的作家,直到最后,肉体的疼痛才使他放弃了这一切。

何谓王尔德说的"粗俗中的美丽闪光"?"性"——是我唯一想到的。人生真正的秘密,对于王尔德来说,是追求美。

新西兰适合写哥特式小说?

一九〇〇年春,塞维利亚,巴尔蒙特写下一首诗《不要恐惧》。

"在埃及坡度舒缓的海岸,他像飞鸟一样自由快活。"(巴尔蒙特《自我加冕的帝王》,谷羽译)而你那温柔的波兰公主在哪里?巴尔蒙特!唇——玫瑰——阿拉伯——护身符——大蒜。

俄罗斯"树木阴郁、怪诞而哑默,让人心情压抑……"(巴尔蒙特《无言》,谷羽译)但库拉河两岸……整个格鲁吉亚缀满了樱花。

杜甫已经成为一种美德,但小说还在等待它的司马迁。

我天生苗条,商籁体精确,青春的酥胸精确。(巴尔蒙特《商籁体赞》)

一九八四年的年轻夜谈者吞吐着致命的青烟。

愁肠之后有断肠,肥肠之后有饥肠。饱汉之后有饿汉,老汉之后有硬汉。诗人之后有莽汉。

山楂树——俄罗斯的命数。波西米亚——捷克的命数。

天才的形式是美，不是真，不是善，也不是智慧。

永远——这个词适合女性说，也适合日本男性。

与美国人结婚是十九世纪英国人的时髦。

英国的报纸和百科全书比英国的文学更有意思。

闲人才产生激情。

细节并非总是庸俗的，但一定是尴尬的。

俗夫腾腾，君子燕燕。

白居易《百花亭》："佛寺乘船入，人家枕水居。"

石楠树颜色阴凉（白居易的观点，见其《石楠树》），哪一种树的颜色又不阴凉。

安徽泾县土话称老婆为老相得。

《华严经》第四十二卷："一念入，亿劫起；亿劫入，一念起。"

穷人天生就据有等级制的观念。富人只感受秋天草席的凉爽。

白居易《久不见韩侍郎戏题四韵以寄之》："户大嫌甜酒，才高笑小诗。"

人生年少欢娱事,奈何千分无一分。此二句出自白居易《寄微之》:"人生多少欢娱事,那独千分无一分。"

第一次在诗中相逢"春肠",特别记下:"春肠易断不须听。"(白居易《春听琵琶兼简长孙司户》)

巫山峡气晓多阴,白天如黑夜;面对这样的"穷阴欲夜天",白居易就在《东楼醉》里说:"不向东楼时一醉,如何拟过二三年。"

川东景致:炎蒸、瘴气、闷湿、冷雨、烂泥、恶愁、酒烧……

佛——空王。白居易!"军厨酒似油。时时大开口,自笑忆忠州。"(白居易《发白狗峡次黄牛峡登高寺却望忠州》)

长夜里,"说黑白法,缘无缘法,照无照法"(《长阿含经》卷十二)。

博尔赫斯《恶棍列传》清单:拂晓少年——沼泽天使——边境好汉——闪亮脸。博尔赫斯!"耳闻之事皆成文章。"

在爱尔兰,最应该注意什么呢?牛!据说"那些牛有时是英雄的化身,有时又是鱼和山的化身……"(《刀疤》,《博尔赫斯全集》小说卷,第一四七页)

媒体的本质——哗众,但未必取宠。

听上去,那在水里叫喊的人,似乎不是他在叫喊,是水在叫喊。

掏粪工刘同珍的工作难道就比但丁容易?

晚间一家开着的杂货铺,有几个男人在玩纸牌,这是一幅阿根廷闲人日常生活的典型景致。博尔赫斯不厌其烦地老老实实写了几百次。

当一对父母在交谈时,刚说到"散花楼",他们两岁的儿子就立刻吵着要去。儿子当然并不知道什么散花楼,更不知道那里是否好玩,但为什么执意要去呢?仅仅因为"散花楼"的声音效果。孩童对奇异的声音总是特别敏感的。一种听觉诱惑。(布罗茨基的观点,见其《战利品》)

这世上还有哪一座城市是虚空的?除了雷克雅未克。

建筑破坏风景,文学延续风景。

与其说里约热内卢是超现实的,不如说它是中性的。

戒烟就能戒掉你的神经质。

握住的手终归是要松开的,人之一生终归是各是各的。

中国人粗豪,就随随便便,美其名曰:大气;日本人细腻,就斤斤计较,也美其名曰:精致。此点,我也在多处说过。

俄国人不复杂,俄国侨民复杂。

间谍的事业最好是从伊斯坦布尔起步。

俄罗斯是一个契诃夫国家,如今在逐渐变成一个纳博科夫国家。

说生活在别处的人,其实是想说,公正在别处。

一个家庭是一个小宇宙,旋转又旋转,注意你的周围,但请勿随意惊扰死亡,你终归要抵达它的,别急。

真理是人为的,因此也是有缺陷的。

句容出奇人,葛洪小神仙,是个化学家。

山西,面好、水差。

一代又一代,总是老人喜欢清晨,年轻人喜欢黑夜;老人保命,年轻人颓废。

强力出自幻觉,不是清楚。

一九五九年,北碚幼儿园外面是长长的青色石阶,接着是红色泥土的很陡的斜坡。

怎么可能,路越平坦,心越曲折?

光从水里跃出。额头有一个基辅。

危险的人独特,可独特的人并不一定危险。

黄神秘,黑神秘,白神秘,哪一种色又不神秘?

中美洲(也包括整个拉丁美洲)除了玉米文化,还有什么?还有诗人当外交官这一传统。

"当我们梦到我们在做梦时,梦就要醒了。"(诺瓦利斯,一七七二——一八〇一,德国浪漫主义诗人)

"柏拉图说,推究哲理即准备死亡。我说生活本身就是准备死亡。"（《帕斯选集》下卷，作家出版社，二〇〇六年，第五九三页）为此，我们可以说：生活的意义就是准备死亡。

二〇一二年，某话多的尔雅学者爱上了训诂的奢华。

厦门的木棉树火红，但商业荒凉。

说他像神那样不受伤害，就是说他像死那样不受伤害。

阅读就是想象别人的生活、别人的样子。阅读也是遗忘，遗忘了自己和时间的流逝。

阿根廷闲人比中国闲人更爱玩纸牌。

猫科动物并不知道它们为何物，也不知道人为何爱恋它们的俊美。

温顺的人并不是听话的人，很可能是另一种有耐久力的怪人。

恨一个人不如忘掉一个人。同理，报复一个人不如忘掉一个人。

人只能成为可以成为的人。你瞧，波斯人耍的弯刀，丹麦人就不耍，丹麦人耍钢剑。

二〇一五年六月二十五日（星期四），偶然看到一个写诗近四十年的诗人这样写春天："琥珀的春天。"震惊！

他既然可以变身为一棵树，当然也可以变身为一粒沙。

生的形式只有一种，死的形式却是无限。

大人们摔倒的样子总会引来孩子们的笑声。

爱在记忆里,不在瞬间中。一见钟情其实是色情。

绕一圈:塞维利亚的燕子也是燕子,摩尔多瓦的人就是摩尔多瓦人。

为何非得等夏天过去之后,我们才开始探究热与冷的关系。

诗句只有在记忆中,才可以起化学变化。

日记过时,懒得再看。

从头读到尾——《原因》,我只喜欢第六句:"黎明时狼的爱情。"

恒河沙数用来说世上诗句之多,最为恰当。当然有时我们也这样说,诗句多如牛毛。

日本音乐薄而吝啬,弱且沙扬娜拉(取声音不取意思)……

对于瞎子来说,黑夜当然并不存在。对于柬埔寨来说,夜莺初试啼声也并不稀罕。

数学多猜想,哥德巴赫猜想、费马猜想、卡塔兰猜想、庞加莱猜想、孪生素数猜想……

青年——或别的东西;老年——无别的东西。

天意样样有,唯独无怜悯。习惯千千万,他唯独养成了不死的习惯。

睡眠岂止神秘，简直令人震撼！

他有一种老派杀人犯的风度。

他（博尔赫斯）喜欢英国诗人史文朋（Algernon C. Swinburne，一八三七——九〇九），这一点很可能是他故意乱说；因为大作家常玩这样的游戏，即表面很真诚地对公众说一些自己最喜欢（其实内心根本就不喜欢）的作家和诗人。

有些人见百次，印象也不深。个别人（其实是普通人）见一次，而且时间很短，一小时，就终生记得了，我有这样的经验，譬如一次在海南岛……

一个人的一生要呼吸多少次？这个问题我以前也问过。今晨又想起，那是由另一问题引起的：一个人的一生会念出多少遍白居易的名字？

广州知道自己是广州，苏州却不知道自己是苏州。为普通读者作想，还是解释一下：有些美人知道自己是美人，有些美人不知道自己是美人。

幸与不幸在回忆中都会变得亲切美好，这也是人之常情。

一切知识都是记忆（谁敢肯定这是柏拉图说的）。写作靠记忆，思想靠记忆。甚至爱情也靠记忆。

博尔赫斯感兴趣的事：用死者的指甲造船。

存疑的事：干咳少痰，或痰多色黄而稠，午后潮热、颧红、盗汗、舌质红，脉细软的时候，一定不要吃樱桃。

一个巴基斯坦人住在雷克雅未克,他留着一缕长方形的密集黑胡子。

三百年后,嘉陵江大桥还在不在,他不知道;枣子岚垭的斜坡还在不在,他也不知道。

那只猫从来不知道自己是猫,但却给了我们天真的欢娱。

一首诗没有神秘性,就缺了流连的兴味。

不仅仅是温州商业值得注意;温州学风,更值得注意。

压眼钱(英习俗):人死后,在其眼皮上各放一枚便士。理尸剪(古希腊罗马习俗):入殓时给死者剪发。

谁的爱比死还要强烈?伊丽莎白·芭蕾特·白朗宁(Elizabeth Barrett Browning)。

一心想脱亚入欧的日本,其实也很亚洲,仅举一条:日本人很在意别人对自己的看法。当然,日本也有很多非亚洲的地方,且不说日本人的洁癖,单说日本民族的暴露狂就令人膛目结舌。

中国人口十多亿,姓氏却不足五百个,常用的就一百个。西方则反之,姓多名少。

洗澡和睡觉是日本头等大事。

夏目漱石曾暗自庆幸或心有余悸或沾沾自喜或感慨系之地这样说(但愿他没有幸灾乐祸):"余未有生为中国人或朝鲜人,真是不错。"

古代公开杀人的地方，多选在菜市场，真弃于市也。刽子手杀人前，先要烧一锅白开水来暖刀；刀，从大到小，共五把。

读罢陆游著名的反凌迟奏疏《条对状》，我在犹豫，还写不写"凌迟的训诂史"。

一九○五年四月九日幅株哩被凌迟，一九○五年五月十日康小八被凌迟。之后，凌迟废除。

一个惊人的对比：唐朝开元时全国获死罪人数仅二十四人。有明一代——浙江长兴，一四八八年，登记的户口数为三万零一百四十八户，一五六六年，学者、诗人归有光为官长兴，他到任后即查得县监狱里有七十九人正等候处决：二十五人绞死，五十一人斩首，三人凌迟。（参见卜正民等：《杀千刀：中西视野下的凌迟处死》，商务印书馆，二○一三年，第一三三——一三四页）

今日眼近紫薇花（唐中书省植紫薇花），去年心存紫微郎（紫微郎即中书舍人），人生只合紫微天（紫微天即唐中书省）。末句由"人生只合扬州死"（张祜《纵游淮南》）化出。

"不，这不可能，它不可能发生在我和他身上！"但就发生在了她身上，而不是别人身上。

一个家庭历史学家（family historian）通过写一个家庭的故事，写出了人生的故事。

大器晚成出于拙，未老先衰由于病。

革命的、颓废的、古典的、抒情的，我这说的是谁的诗？郑单衣。

冬天的老棉袄总是油乎乎的。缠钢折铁雁翎倭刀一年四季都是光闪闪的。

森林看上去要么凶险，要么神秘，没有秀美的。

乡下人不分中外都睡得早，就枕便睡，一宿无话。

功名从来出闺阁。

一十八狱狱中狱，三十三天天外天。

合了人情天理，便是儿女英雄。

得意时慢开口，失意时慢开口，相投时慢开口，不投时慢开口。

人无风趣官多贵（袁子才）。案有琴书家必贫（周青原）。花太娇红子必稀（吴元礼）。

风雅与轻佻，虽二分，又最难区分。心高气傲脸薄，则总是连在一处。

读书仍有用。针箴已无用？老师多方头？诘屈聱牙人。

你那倒头写来的长文也是废文！

他说话大声，如怪鸟；不是难听，是震惊。

下午，啪地一声，报纸一叠，扔在桌上。怎么？这莫非是宣布：下午到。

一本书读完，学了四个字：心肥气飞。

顺理成章的事：带卷舌音发声莽的人喜欢鲁提辖，虚幻无用的人喜欢鲁哀公……瘦子多眼镜，胖子多龅牙，也顺理成章吗？未必。

一个故事刚开了一个头，无法进展，先记下：小屋仇似海，从郸县逃；打打杀杀，那阴阳人怕……

急人清晨吃午饭。慢人过午不吃饭。酒人吃酒照个杯，干了！

"注虫鱼者必非磊落之士也。"（《儿女英雄传》第三十二回　邓九公关心身后名　褚大娘得意离筵酒）

清朝老太太的理想形象："太太无事也好带上个眼镜儿，叼袋烟儿，看个牌儿……"（《儿女英雄传》第三十三回　申庭训喜克绍书香　话农功请同持家政）

说书的，闲口闲舌；听书的，梦里梦冲。

中国人以光洁为美，日本人对毛发兴味浓烈。

日本人的羞耻感其实就是中国人的好面子，前者无甚夸耀之处，后者也不必为此自卑（或更不必对这所谓的国民性批判一番）。

东南亚的热风，重而细腻，也如是淘洗了那里的人。欧洲之风，温顺而理性，也如是淘洗了那里的人。中国季风湿热，有一种"空漠的单调"，人也单调。日本山河湿热玲珑，人也玲珑。台风使日本人情感敏捷、凶猛、纤细？

南洋的单调并非内容的单调（季节单调！），而是力量横溢（杂花生树！）的单调。（和辻哲郎：《风土》，商务印书馆，二〇〇六年，第二三页）

恶劣的天气（酷暑与潮湿）"使印度人的意志控制能力无法约束其情感的迸发"（第二五页）。印度是农业的、意志松垮的、诗的、哲学的、主观的、感情的（甚至是软弱的）；丰富的婆罗门、咏叹的吠陀、生灵平等、绝无对抗……少了历史观，印度人将人生看得透；

自然之力，一边荣耀印度，一边毁灭印度。

铁和煤来自欧洲森林。欧洲有草地，但无杂草。如果说亚洲是湿热文化，非洲是干燥文化，欧洲就是湿热与干燥综合后的文化。

日本是个吃鱼国（渔业全球之冠）。希腊是个食兽国。日本海意味着食物，地中海只是交通。地中海干燥，日本海湿润。为什么意大利的树木若教科书上一般美丽？没有狂风施虐，树形因此规矩。单调的晴天，单调的意大利心情。单调的阴天，单调的瑞典心情。

说希腊有一种光明的感觉，不如说希腊是一种白昼的感觉。

说《易》无天机，但可见天心。

恋爱狂人就是倾诉狂人。

人，考试前的放松，是为了活泼天机，到时上场后，才会文思泉涌。

镰刀用于收割，锤子用于敲打。谷雨过后有麦秋，芒种完了有大秋。渐渐地，槐花黄起来了……考试忙起来了。

那个年过花甲的训诂学家为什么穿上了花衣裳，甚至弹起了吉他唱摇滚歌？加入时髦流行，为了更好地隐藏。

肤浅的、轻松的（东西），总是最容易被记住的，譬如戴望舒的《雨巷》。

一九〇〇年，在云南，其中有个人，拎着个白布包，一脚的泥，一脸累相，眼睛似乎要闭起来睡了。

生活中的无聊事：无钱生活在纽约。生活中更无聊的事：一生除了打高尔夫什么也不干。

春梦婆、秋梦婆……随缘便是长生法。

颓废是一种体力、活力,一种死本能能量。运动可以消耗它。

一九五〇年代的哈瓦那有一家"上海"歌舞厅。

我一读到他那些感情直露语言简单的诗歌,就会想起那位将他的诗歌翻译成英语的贵族,这贵族已死了多年。

金发总是让人羡慕,不仅在日本,在欧洲也如此。

蚂蚁有一万六千种。我注意到八种:切叶蚁、行军蚁、斗犬蚁、红火蚁、宽节箭蚁、达尔文木匠蚁、长角狂蚁、猛蚁。

英格兰的云总在春日,意大利的云老是夏天。俄罗斯冬云,法兰西秋云。永在夏日的巴西、印度、老挝、越南、斯里兰卡……
一种美感:在山西夏天古槐树的浓荫下乘凉。

在日本,称嬉皮士为安哥儿。

有剧场的地方总有燕子飞翔。

过去的中国对于日本来说,就相当于现在的欧洲。(三岛由纪夫:《阿波罗之杯》,作家出版社,一九九五年,第二五六页)

这句写得好:"越南人不怕死,就像他们午睡的脸上爬满几十只苍蝇也毫不在乎一样吧。"(《阿波罗之杯》,第三四九页)
三岛由纪夫在他的许多书中,都不厌其烦地写到苍蝇,在《金阁寺》里,他说:"姑娘却一味将我的手放在她的微胖的小手上,就像落满在午睡者身上的苍蝇一样。"还用说吗,这里的苍蝇比喻就写得很不好。在《镜子之家》(上海译文出版社,二〇一一年)第四三页,他说"……女人的嘴唇像苍蝇爬行在自己薄薄的眼睑上。"更差!等于白说。"她像冬天的苍蝇一样一动不动地蛰伏于性的幻想中。"(《镜子之家》,第一五九页)简直糟透了!文青之笔!

张爱玲,同学少年多不贱。张恨水,同事少年多不贱。

"报屁股"是说报纸有个屁股吗?"写将"——朱虚白,每月写一万字"报屁股"文章,得钱十元。(朱周斌:《张恨水作品中的乡村与城市》,中国电影出版社,二〇一五年,第一八页)另,又想到"烟屁股"、"老虎屁股",还有什么屁股?

甘肃隆德县"乡下人没被褥盖,又不能睡光炕。只是炕下烧马粪,炕上堆干沙,人睡在沙里,有那过小的孩子,竟是在干沙里烤死了"(张恨水:《西游小记》,载《山窗小品及其它》,北岳文艺出版社,一九九三年,第三三七页)。

甘肃永寿县城只有八户人家,"生平所经过的城市,要算这是第一个荒凉之城了"(《山窗小品及其它》,第三二〇页)。

桐梓城非得点桐油灯吗?

他有往事的形象,并没有怀念的形象。圆脸宜抒情,长脸宜沉思,得想想方脸和尖脸……

"女人永久地把我们吸引。"这样的话适合歌德来说,的确也是他说的。

少年作家总是胆大而腼腆的。

企业家都是迅速入睡的高手,哪怕只有五分钟的空闲也能立刻入睡。醒来后,又可以一直集中精力工作到下一个空闲时间,或三分钟,或十七分钟。依次循环,周而复始,很难一次睡过两小时的。

犬养,一个日本姓氏。

演员过的生活就是被别人选择的生活。

肌肉是比语言更优秀的思想媒体。（《镜子之家》，第六〇—六四页论肌肉部分）肌肉若盆景（第一二〇页），也像铠甲（第一二四页）。

思考的反面是拳击！

拳击家有马鞍的鼻，花菜的耳（第九六页）。

生存，女人靠天生的才能，男人靠后天的才能。

歌乐山对于我来说要么属于过去，要么属于未来，只是不属于现在。

他爱上的是她的希望而不是她的感情。

白色之都旧金山。黑色纽约。

拳击力量也来自一种物理学的抽象。

太宰治差得无底线，仅有一部作品——《斜阳》——及格。

有时，人越渺小，越要做出莫测高深的样子。

"假如我遇见你恰如我想要的样子，该有多好。"（见姚风译费尔南多·佩索阿《烟草店》）

皮肤上的盐粒在阳光下发出抽象的白光。

生存的意义最适合初中生来讨论，让他们去热烈地讨论吧！

废弃的铁路是中外青少年们都最喜欢走来走去的地方。譬如重庆四川外语学院旁的那条常年生锈的铁道，一代一代的青少年就在那里走着走着长大了、离开了。

扳手有一种智慧。肠子,家族般的。

南十字星逝去,破晓厚云层被光之剑划开,天空紫红,青灰,清晨开始显露出来,大海空荡荡,何来原谅?

黄种人的一个普遍特点:每当睡眠不足或身体疲劳,脸就会冒油。

日本两代文人都在研究阴翳。

天人五衰中的一衰,恶臭,是他不能忍受的。

确如你所说,里斯本才是世上最忧伤的城市,有"呼愁"之称的伊斯坦布尔不算。

牧猪人有猪儿味,牧马人有马匹味,检察官有检查味;各有各味,以此类推。这正是"近朱者赤,近墨者黑"也。

典雅的风度总是输给丑态。雄辩之人怯懦,胖人马虎;开口照亮,闭口去蔽,这说的是他!

一个现实刚结束,新现实就立刻开始运转。

人,因为死亡,才获得了意义。

在非洲,连蝙蝠都像皮革般坚韧,老太婆发出咝咝的蛇的声音。

从词源学上说,精神的原意是风,傲慢的原意是扬眉。

英雄行动,圣人思想,诗人说出。(爱默生论诗人的一个观点)

"宇宙的历史是征兆性的,而生活则是记忆性的。"(爱默生《代表人物》)

"人是一种极小的天堂。"(爱默生《神秘主义者斯维登堡》)

英国语言不分贵贱,一视同仁。在英国,一个铁匠也是一个潜在的贵族。而一个贵族,完全有可能就是一个铁匠。

当一个人既是消费者又是生产者时,他才是一个完整的人。

王国维:"天以百凶成就一词人。"改一个字:天以百凶成就一诗人。

金陵板桥,汴州板桥,中国何处无板桥。

白居易《不睡》:"年衰自无睡,不是守三尸。"

看清朝《儿女英雄传》:诗狂客翻作酒病夫。

《华严经》:"以白梅檀涂身,能除一切热恼而得清凉也。"

白居易闲卧的境界:"有山当枕上,无事到心中。"

苏州新诗,杭州老酒;"苏州心不及杭州"(白居易《岁暮寄微之三首》)。

白居易的延年术,见其《北窗闲坐》:"心闲岁月长。"

"长醉如今教伯伦。"(白居易《咏家酝十韵》)

老杜,"安得广厦千万间";乐天,"争得大裘长万丈"。

白居易《六十拜河南尹》："流水光阴急，浮云富贵迟。"

写作首先是寻找一种理想汉语，或先被一种语言（文体）所吸引。

古人爱新酒，今人喜陈酒。

白居易《闲吟》："看雪寻花玩风月，洛阳城里七年闲。"

对我们大多数人来说，我们有的不过是被我们虚度的瞬间。（艾略特《干燥的萨尔维吉斯——四首四重奏之三》）

华莱士·史蒂文森（Wallace Stevens，一八七九 一九五五），一九五五年一退休就去世，这实在是不知让我说什么好了。

透露一个秘密：我最不喜欢的外国诗人是弗罗斯特（Robert Frost，一八七四——一九六三）。但他也说出了一个骇人的真理：写诗以愉悦始，以智慧终。他的诗是以智慧终吗？又是"修墙"，又是"白桦树"，又是"未走的路"，等等，无计其数，这里除了一些简单的本不该啰嗦的道理之外，我丁点也看不出智慧在哪里？

说一件"桃金娘"的今古趣事：桃金娘在古希腊是一种神圣的灌木，"谁若与某位姑娘倾心相爱，便把绿桃金娘花冠往其头上戴"（密茨凯维奇：《先人祭》，四川文艺出版社，二〇一五年，第七三页）。如今有一种药品，叫标准桃金娘油肠溶胶囊，专门用于治疗急、慢性鼻窦炎和支气管炎。

黑灵魂是光的敌人。

并非所有的恋爱都是因为上了风景的当。

她很迷信，清晨，她把她的一根眉毛放入盆景里。

那用于祭奠的肥油母鸡看上去真是漂亮，就像工艺品。

这句话是契诃夫说的吗？好像是："只有死人才什么都不需要。活着的时候，就要全部，要整个人间。"

写作中有一种"掠夺"之快意、之美妙，可惜很少人懂得。但江苏诗人庞余亮知道。

江水向东流，囚车朝西驶。东闪西闪，我说的是一个人的动作。

有关彼得堡的建造，在密茨凯维奇的《先人祭》第三九五至三九六页《彼得堡》一诗里，看到惊人的一幕：

> ……
> 沙皇在这儿显示了他的意志的万能。
>
> 在流沙和沼泽的深处
> 他下令钉上千百万根木桩，
> 用千百万农民的血肉之躯把陷阱填满，
> 又令他们的子孙后代
> 驾上独轮车、马车和轮船
> 从遥远的陆地和深海
> 搬来木料和巨大的石块。